La collection « Azimuts »
est dirigée par Monique Gagnon-Campeau

D1376959

L'adieu aux étoiles

Du même auteur

Les Blancs Pâturages, Dakar, Nouvelles Éditions Africaines, 1994, Prix du Centre de recherche et d'étude pour la diffusion du français 1995 (France).

Azimuts | roman

Romel Chery
L'adieu aux étoiles

Vents d'Ouest

Données de catalogage avant publication (Canada)

Chery, Romel
  L'adieu aux étoiles

  (Azimuts. Roman)

  ISBN 2-921603-53-5

  I. Titre. II. Collection.

PS8555.H448A72 1997   C843'.54   C97-940995-0
PS9555.H448A72 1997
PQ3919.2.C43A72 1997

Nous remercions le Conseil des Arts du Canada de l'aide accordée à notre programme de publication. Nous remercions également la Société de développement des industries culturelles et Patrimoine canadien pour leur appui.

Dépôt légal — Bibliothèque nationale du Québec, 1997
                Bibliothèque nationale du Canada, 1997

Révision : Jean-Marie Brière

Éditions Vents d'Ouest inc.
99, rue Montcalm
Hull (Québec)
Canada
J8X 2L9
Téléphone : (819) 770-6377
Télécopieur : (819) 770-0559

Diffusion : Prologue inc.
1650, boulevard Lionel-Bertrand
Boisbriand (Québec)
J7H 1N7
Téléphone : (514) 434-0306
Télécopieur : (514) 434-2627

Diffusion en France :
Librairie du Québec
30, rue Gay Lussac
75005 Paris, France
Téléphone : 43 54 49 02
Télécopieur : 43 54 39 15

Diffusion en Suisse :
Intervalles
Rue Mont Sujet 18
2515 Prêles, Suisse
Téléphone : 032/315 19 01
Télécopieur : 032/315 14 23

Comme un livre n'est jamais tout à fait le produit de celui qui l'a écrit, je tiens à remercier Gina Simard, Jean-Pierre Vidal pour leur soutien, Richard Poulin pour sa confiance et Monique Gagnon-Campeau pour son aide précieuse et surtout pour sa grande générosité.

L'occasion est belle pour saluer des amis de longue date que j'ai perdus de vue: Danielle Thermidor, Rémy Camy, Yvane Prévil, Guy Sanchez, Jacques Nelson, Bob Clermont, Pierre-Henri et Gabriel Silencieux, Marco Péan, Kary Rozéfort, Yvan Lamontagne, Guy Valcourt, Lucien Célestin, Bernard Delpêche, Wilner Bichotte, Gabriel Monestime, Carole Maignan, Claude Labossière, Jim Eugène et Guerdès Lionel. Et aussi ceux qui sont morts: Jacques Galland, Dady Jean, Serge Chery, Ti-Roro (de la Petite-Guinée), Bibiane Tremblay et Yaya. Ils demeurent, malgré la patine du temps sur mes souvenirs, le sel de ma mémoire.

À Gina Simard, pour tout.

À Mes filles
Karen,
Myriam
et Alexandra.

Tambour quand tu résonnes mon âme hurle vers l'Afrique.
Tantôt je rêve d'une brousse immense, baignée de lune,
où s'échevèlent de suantes nudités. Tantôt d'une case immonde,
où je savoure du sang dans des crânes humains.

Carl BROUARD

Première partie
Les forces du mal

Nous revenons d'une mémoire…
Le temps fut fait de l'épouvante d'une nuit d'hommes de fer ;
Ô détresse sur la ville !
Cauchemar et bruit d'acier interminable, sur les graviers
Je parle de la nuit où l'étoile fut blessée.
René PHILOCTÈTE

Chapitre premier

La métamorphose

L A MAMBÔ[1]. La maison de Nadeige Dolcé était sise au pied d'un morne dans un quartier sans prétention, où de modestes citoyens de tout acabit venaient s'installer, pour la simple raison que les loyers étaient d'un prix abordable. La façade en briques s'ornait de larges portes aux battants de guingois qui, à une autre époque, avaient dû connaître des jours meilleurs. Les persiennes, toujours closes, étaient peintes en bleu foncé et contrastaient avec le rouge défraîchi des murs. Cette demeure ancestrale ne se distinguait en rien des autres maisons de la ville, qu'une rigoureuse architecture française avait alignées côte à côte en une longue enfilade.

Ce soir, comme d'habitude, la haute silhouette de Nadeige s'encadrait dans l'embrasure de la porte. Elle prenait le frais en contemplant le spectacle gratuit de la vie haïtienne.

Dans ce coin de la Caraïbe, rien n'avait changé.

La première république noire tout entière était, avec ses chômeurs innombrables, toujours aux abois et prise dans les rets de

---

1. Prêtresse vaudou.

Bébé Doc. Le successeur de Duvalier commençait son règne à pas de chat avec, comme bruit de fond, le miaulement à peine audible des orphelins dont les pères avaient été fusillés sur les places publiques. La répression continuait à coups de faucille. Elle fauchait en grand les mots rebelles propagés par des langues trop longues. Point d'attroupement le soir sous le halo des lampadaires ; on se faisait tout petit. Les peureux dansaient sur une seule jambe, pissaient dans leurs culottes à la vue d'un camion des Forces armées. Ils ne savaient jamais sur qui le malheur allait s'abattre. Hier encore fourmillantes de noctambules et de bons vivants, les rues se vidaient de bonne heure, en deuil de leurs piétons. Le *pater noster* oublié redevenait à la mode et, sur les lèvres en détresse, sifflaient des mots saints capables de conjurer le mauvais sort. Le couvre-feu réglementait désormais la vie des gens, tel un métronome bien accroché à la margelle d'une cathédrale de haine. Craignant d'humiliants compromis avec la dictature grandissante, les gens prévoyants fuyaient par avion vers les pays du Nord. Le bruit courait aussi qu'ils prenaient d'assaut cargos et bateaux de croisière. Même les corneilles vagabondes avaient l'à-propos de suivre le chemin inverse de la migration des outardes. Les pionniers de l'errance retroussaient les jambes de leurs pantalons et franchissaient ce cours d'eau de l'espoir, menant vers les Amériques et l'Europe.

Nadeige, elle aussi, avait voulu fuir, mais une force étrange l'avait poussée à s'enraciner pour de bon, à s'installer en sédentaire dans sa Petite-Guinée, ici au Cap-Haïtien. Cette force s'était emparée d'elle sans crier gare. Elle avait pris possession de ses pensées et s'était entortillée à sa vie avec la vigueur d'une plante noueuse. Nadeige, avec l'âge, se sentait liée à cette puissance comme une femme entrée en mariage. Plus encore, comme un cours d'eau à son lit. Sans se plaindre, elle se laissait aller au gré de cette houle qui la berçait parfois, qui la propulsait souvent vers un estuaire en crue, à flanc de chute, telle une embouchure crêtée d'écume de joie et de malheur, tour à tour.

Chez Nadeige, une métamorphose s'était opérée. En elle s'était greffé un sixième sens, comme un membre nouveau ayant le pouvoir de la protéger, mais qui, en retour, grugeait toute son énergie. Elle avait compris que c'était là l'œuvre d'un esprit incube qui la prenait pendant son sommeil, à plein corps, qui laissait serpenter en elle avec impudeur sa vrille délétère. Jour après jour, au réveil, elle ressentait une douce fatigue, comme après un long moment de plaisir.

Elle s'était habituée, avec le temps, au prélude secret de ce rituel proscrit par l'Église et même, y avait pris goût. Jamais auparavant elle n'avait été sujette à une pareille allégresse, à une telle surenchère de jouissance, si obscure fut-elle. Sa vie avait basculé dans le vide de l'inconnu et de l'invisible. Ces forces occultes, qui la consumaient pendant des nuits, dirigeaient maintenant ses pensées vers des zones où la raison s'estompait.

Nadeige, au fil du temps, était devenue une femme louche, une femme capable de voir l'avenir et même le passé avec un œil intérieur : celui de l'âme. Elle savait aussi parler aux plantes et aux fleurs, desquelles elle tirait des potions, des décoctions et des élixirs miracle. Elle était ni plus ni moins une voyante, un médium de la trempe d'Okil Okilon et de Maman Pimba, ce que d'aucuns appelaient, en langue vernaculaire, une *mambô*. Une femme *houngan*[1], ayant le pouvoir de guérir ou de tuer par la voie du vaudou, c'était selon.

Ce don jusqu'alors exploité avec parcimonie s'était développé en force et en fureur lorsqu'un commandant de l'armée, un matin de décembre, avait arrêté Frank, son fils, sous prétexte qu'il faisait de la politique. Depuis lors, elle ne l'avait plus revu, n'avait même reçu de ses nouvelles. Sa vie était un vaste réceptacle où l'inquiétude s'était installée à demeure, avec déraison. Ce qu'elle craignait plus que tout, c'était que ce tumulte intérieur ne dégénère en violence et en vengeance.

---

1. La même fonction chez l'homme.

Cette arrestation avait assurément perturbé Nadeige. Quelque chose d'indéfinissable hantait ses nuits, les peuplait de songes et de cauchemars. Elle se réveillait parfois en sursaut, troublée par une obsédante vision : celle d'une femme pourchassée qui criait sa peur dans la nuit. À cette image se superposait celle d'un homme empreint d'ombre, qui râlait comme une bête piégée dans une cave infestée de rats. Ces deux êtres aux silhouettes effilochées avaient les mains tendues et l'appelaient au secours d'un tunnel opaque. Jamais elle ne parvenait à reconnaître le visage de la femme. Et pourtant, elle était prête à jurer l'avoir déjà vue quelque part. Quant à l'homme, il avait les traits de Frank Dolcé. Des traits ravinés de douleur et de pleurs retenus. Nadeige savait, dès lors, par les nombreuses vibrations dont son corps était l'objet, que son fils était vivant, quelque part dans une prison, sous la tutelle d'un homme cruel, Jean-Bart de son nom.

Ce soir, depuis un bon moment déjà, Nadeige semblait plus absente que jamais. De sa véranda, elle n'avait pas même remarqué que les voisins et les badauds avaient déserté les lieux. La lune était maintenant pleine et haute dans le ciel. Elle déversait sur la terre une lumière crayeuse et qui donnait au moindre objet un aspect surnaturel. Nadeige, bien calée dans sa chaise, laissa errer son regard sur la rue endormie. Pas un bruit. Seul le fromager séculaire soupirait dans le silence. Il déployait ses branchages feuillus sur le toit d'ardoise, étalés comme la tignasse d'une Négresse sur le poitrail d'un amant assoupi. Pas un bruit. Pas même un chat en maraude. Tout était au repos. La nuit végétait, la nuit rêvait, engluée dans un lourd sommeil d'éternité.

À côté, une porte claqua et une femme à la démarche claudicante apparut. Nadeige se leva pour accueillir son amie, *madan* Carole Saint-Armand. Une robe fleurie qui, déjà, avait dû appartenir à une autre, enserrait sa taille. Elle haletait en marchant. On pouvait entendre de loin sa respiration oppressée et deviner sa corpulence de crapaud. Ses yeux ardents brillaient dans le noir avec des reflets de roches polies et ses dents, débordant de sa bouche, donnaient l'impression qu'elle souriait en permanence. Sur ce visage exsudant une puérile naïveté, la nature s'était acharnée avec une fougue malicieuse pour achever le portrait de la laideur. En vérité, *madan* Saint-Armand avait l'air de ce qu'elle était, une bête de foire qui ne devait rien à la vie et qui n'attendait rien d'elle en retour. « Tu n'as pas l'air dans tes chaussures ce soir encore, comme je peux voir », fit la voisine, en embrassant Nadeige sur la joue. Puis elle recula pour la regarder de pied en cap. « Mais, où as-tu été chercher ça ? » répliqua Nadeige, distraitement.

« Ah ah ! On se connaît assez pour qu'il n'y ait plus de secret entre nous. Je sais très bien à quoi tu penses », insista *madan* Saint-Armand, avec l'air de quelqu'un qui veut entrer en confidence. « Il va falloir que tu te retrousses les manches, ma commère. Regarde-toi, tu te laisses dépérir. » « Où avais-je donc la tête ? Entre donc, ne reste pas dehors. Il ne faut pas faire exprès d'attraper un refroidissement », s'excusa Nadeige, en prenant la voisine par le bras. « Attention Nana, fit *madan* Saint-Armand, tu vas me faire renverser mon bol. Je t'ai apporté un petit quelque chose. Ah ! Ce n'est pas du caviar mais, eh eh ! il y a de quoi là réveiller un mort ! J'ai décidé de m'occuper de toi. Quand tu seras retombée sur tes deux pattes, comme une vraie femme d'Haïti-Thomas, tu sauras quoi faire contre les Nègres poisons qui te font la vie dure. » « Chut chut ! Paix à ta bouche, ma commère. On a tout le temps pour en parler. Tu vas réveiller tout le quartier ! »

Ce disant, Nadeige la poussa à l'intérieur où deux chaises en osier les attendaient. « Mange ça ! Fais-moi le plaisir de manger ! » marmonna la voisine. « Le cœur n'y est pas. Ces jours-ci, je pense constamment à mon fils. C'est plus fort que moi. Je le vois partout, à chaque intersection, dans chaque rue. J'ai beau me convaincre qu'il reviendra, il ne s'amène jamais. J'admets que je me suis trompée ; sans aide, il n'y parviendra pas. Malheur à moi si je ne fais rien ! J'entends parfois des voix qui me menacent de représailles. Elles me demandent d'agir… » « Tu as raison », renchérit *madan* Saint-Armand, profitant de cette brèche pour déverser tout le fiel qu'elle avait sur le cœur. « Tu ne dois pas te sentir coupable de ce qui arrivera. Ils auront ce qu'ils méritent. Il faut qu'ils expient. À la guerre comme à la guerre ! Hé ben ! s'il faut me jeter à l'eau avec toi, alors je m'y jette et tant pis si je me noie ! Je suis prête à t'épauler. Tu as assez attendu, ma chère. On va faire le ménage. On va leur ronger les tripes, à ces vermines. »

Elle s'arrêta un instant pour fixer le visage de Nadeige, puis ajouta, sur un ton de tragédienne : « Tiens ! voici la cause de notre malheur ! »

D'un mouvement vif, la voisine sortit de son soutien-gorge une poupée créole à l'effigie d'un officier de l'armée et la tendit à Nadeige, qui l'arrêta d'un geste de la main. « Ne précipitons pas les choses ; je crois qu'il est encore trop tôt, ma sœur. Je n'ai pas senti à ce jour les bonnes vibrations. Lorsque le temps viendra, tu seras la première à savoir. Patience, ce n'est qu'une question de jours », expliqua-t-elle en se rengorgeant. « Pendant ce temps, mon filleul va continuer à moisir en prison », rechigna la voisine. « Je souffre, moi aussi », continua Nadeige. « Mais je persiste à croire qu'il ne faut pas précipiter les choses. Il y aura mort d'hommes, rappelle-toi. C'est une décision qui n'est pas facile à prendre. Lorsqu'on plonge dans la mare au Diable, dans la sauce du gros mal, la digestion au réveil se fait dure. Tout ce sang qui sera versé me gêne déjà. Quelle affaire ! Quelle affaire ! » acheva-t-elle.

Madan Saint-Armand cligna des paupières en signe d'approbation. En vérité, elle éprouvait une légère déception qu'elle ne s'avouait pas. « Tu as raison, Nana », concéda-t-elle affectueusement. « Tu fais preuve d'une grande sagesse. Je ne te parlerai plus de ça. Mais au moins, je veux que tu saches que tu pourras compter sur moi, le moment venu. Quelle affaire ! comme tu dis. »

Ayant prononcé ces mots, elle hocha la tête et sourit, découvrant avec exagération ses dents carnassières. Nadeige la prit par le bras et l'entraîna vers une porte qu'elle gardait fermée à clé. Du plafond tapissé de toiles d'araignée pendait un fil sur lequel elle tira, faisant jaillir une lumière ouatée, étrangement diffuse. La chambre baignait dans la pénombre et avait cet aspect sépulcral des caveaux de famille. Une odeur de moisi, volatile et tenace, montait au visage des deux femmes et les obligeait à se boucher le nez. Le sol était jonché d'objets cabalistiques devant servir à d'éventuelles messes noires. Tout y était. On trouvait là des jéroboams, des masques funéraires, des calebasses, des carapaces de caret, des pilons, des cruches de terre cuite, des hochets, des embryons séchés et même, des crânes humains. C'était un bataclan aux formes étranges et répugnantes, mais combien fascinantes par leur disposition symbolique. Menaçant, l'attirail attendait là un mot d'ordre pour s'animer, pour entrer dans une ronde macabre. Trois rats emprisonnés dans des cages en fer forgé menaient un train d'enfer. « Tu vois, tout est prêt ! Il suffit d'attendre le bon moment. Le mot patience rime drôlement bien avec vengeance, tu ne crois pas ? » gloussa-t-elle, d'un air entendu, à l'oreille de sa comparse.

D'un geste évasif, elle déposa la poupée sur une étagère. Puis les deux femmes, suivant un rituel dont elles avaient l'habitude, quittèrent la chambre à reculons. Au salon, elles parlèrent bientôt à bâtons rompus de choses futiles sans aucun rapport avec leurs pensées présentes. Constatant l'heure tardive, *madan* Saint-Armand prétexta la fatigue et annonça son départ. Nadeige la suivit sur le pas de la porte, puis la regarda s'en aller, l'œil vigilant, jusqu'à ce qu'elle disparaisse derrière un pan de mur. Par un avertissement de l'âme, elle savait que quelque part dans la ville, dans des venelles de cauchemars et de songes, le danger veillait, guettait encore une fois des innocents. ♣

Chapitre II

Le coursier de la mort

L A CAVALCADE NOCTURNE. Tous les soirs, Gabriella Messidor empruntait le boulevard du Front-de-Mer pour sa promenade. Elle aimait prendre l'air et jouir de la quiétude des rues silencieuses et vides. À ces moments-là, ses sens étaient aux aguets. Elle prêtait l'oreille avec bonheur aux frémissements de la nature et, tout près, au mugissement de la mer, à ses vagues dentelées d'écume allant s'échouer sur les remparts.

Dans le lointain, là-haut sur la montagne, un petit tambour égrenait sa plainte vespérale. C'était le tambour sacré, le fameux *assôtor* qui, à toute heure de la nuit, rappelait que les Nègres d'Haïti étaient frères. Ce tambour nostalgique roucoulait sa litanie en l'honneur des dieux de l'antique Afrique. C'était le tambour magique qui saluait les initiés des péristyles avoisinants. C'était aussi le tambour vaudou, qu'on chargeait de réveiller les mystères de la terre pour exorciser le malheur. Ce tambour avait une âme. Ce soir, il n'en finissait plus d'être maussade. Il transmettait à tout venant un message de deuil, triste à mourir. *Abobo*! *Abobo*!

Gabriella accéléra le pas en regardant de gauche à droite. Ce soir, bizarrement, elle se sentait épiée. Depuis l'instant où elle avait quitté la maison, elle était certaine que quelqu'un la suivait. Pour en avoir le cœur net, sinon par fanfaronnade, elle pénétra dans une rue sombre et se cacha derrière un tamarinier. De là, elle put scruter à son aise la rue transversale qu'éclairait chichement un lampadaire fatigué. Elle attendit sans impatience que son poursuivant se montrât. Son désir de voir son visage, manifestement, était plus grand que son anxiété. Un geste audacieux dont elle ne saisissait pas encore toute la portée. Des amants enlacés passèrent rapidement sous le lampadaire, laissant derrière eux l'écho de leurs voix modulées par l'amour. Gabriella envia leur insouciance et leur tranquillité. Soudain, elle sentit ses membres parcourus de légers soubresauts qui trahissaient la couardise. Une brise aux effluves chargés de mauvais présages frôla ses narines. Il n'en fallait pas plus pour que l'alchimie de la panique exerçât sur elle son envoûtement.

Gabriella voulut appeler au secours, briser le silence pour faire savoir qu'elle était seule et désemparée. Mais qui aurait bien pu se soucier de sa crainte ? Depuis quand les gens s'occupaient-ils du malheur d'autrui ? Surtout à cette heure de la nuit, on l'aurait vite prise pour une écervelée ou une pute en mal de clients. Elle se résolut malgré tout à crier : « À moi ! à moi ! » Cependant, aucun son ne sortit de sa bouche. Sa voix restait bloquée dans sa gorge.

Gabriella se résignait à poursuivre son chemin lorsqu'elle vit une ombre raser les murs, celle d'un homme de grande stature. Il n'y avait pas de doute, quelqu'un l'avait prise en filature et l'attendait au coin de la rue. Sa peur, aussitôt, monta d'un cran. Elle ne pouvait faire marche arrière. Son corps était maintenant traversé de spasmes violents. « Que dois-je faire mon Dieu ? J'aurais dû rester à la maison. M'emmurer à jamais. Une promenade à cette heure-ci, c'est téméraire par les temps qui courent. J'aurais dû savoir que ceci risquait d'arriver, un jour ou l'autre. Quelle imprudence, vraiment ! » songea-t-elle.

Gabriella haletait. La détresse en ce moment battait la mesure dans ses tripes comme le petit tambour, là-haut sur la colline, qui ne cessait d'égrener le chapelet de sa prière vers l'Afrique. Rassemblant son courage, elle se mit à courir sans demander son reste dans les venelles obscures. Une force animale la propulsait vers l'avant, décuplée par sa peur. Des oiseaux tapis dans les frondaisons des arbres s'envolèrent, sûrement dérangés par cette cavalcade. Sa robe blanche, comme une voile déchirée, ballottait en tous sens, fouettée par le vent. Son poursuivant se rapprochait. Il avait l'amble des pas d'un cheval de race et apportait la mort avec lui.

Gabriella retrouva soudain la voix. On pouvait l'entendre crier : « Au secours, on veut me tuer ! » Ce cri de femme ressemblait au hurlement d'une bête traquée. Or, cet appel resta sans réponse, personne ne daignant voler à son secours. C'était à croire que les braves de tout poil avaient troqué leurs pantalons virils pour des tarlatanes étroites. Au vrai, la répression les avait quasiment tous envoyés *ad patres*. Ils gisaient maintenant six pieds sous terre, dans l'oubli. Sans plaques commémoratives, sur les places publiques, pour rappeler aux vivants qu'ils avaient été héroïques. Ils demeuraient des pauvres en cul, sans gloire et sans honneur.

Ici et là, Gabriella voyait luire des quinquets, des lampes-bobèches ; elles dansaient devant elle en halos concentriques. Des portes étaient encore ouvertes ; il semblait qu'une veillée de palabres et d'alcool battait son plein. Des hommes et des femmes échangeaient le baiser d'adieu. Or, en l'apercevant, ces bonnes gens s'esquivèrent en douce dans leurs maisons. Elle s'arrêta devant une porte et, fébrile, frappa, frappa à coups redoublés, produisant un vacarme du tonnerre. En pure perte. Le quidam, lui, avait encore gagné du terrain. Voilà qu'il lui lançait des injures à la volée : « Maudite pute, salope, attends que je t'attrape ! »

Il était à présent dans son dos, si proche qu'elle n'osait pas regarder en arrière. Elle pouvait entendre son souffle rauque. Chaque seconde en ce moment valait son pesant de vie. La fatigue taraudait ses côtes, des crampes la tenaillaient. Gabriella n'avait plus le temps de penser à ses douleurs ; elle les transcendait. Le coursier de la mort la talonnait, sans merci, décidé à lui livrer sa fatale missive.

Elle se rendit à l'évidence que, jamais, elle ne pourrait le semer le long du boulevard. Elle bifurqua pour s'engager dans un raccourci qu'elle connaissait bien, puis enjamba un muret. Une voix demanda aussitôt : « Qui est là ? » Une lumière s'alluma et s'éteignit sans plus attendre. Gabriella piétina un carré de fleurs, trébucha sur une brouette et ouvrit la barrière qui grinça sur ses gonds. Elle risqua un coup d'œil à la dérobée : son poursuivant la talonnait toujours. On eût dit qu'elle l'entraînait dans l'élan de sa course comme un boulet amarré à sa cheville.

Gabriella aperçut enfin sa maison, là-bas parmi d'autres, blanches et lointaines. Elles tanguaient devant elle, comme autant de caravelles fantômes. Il lui restait quelques fougueuses foulées pour venir à bout des vingt mètres qu'elle devait encore parcourir. Ses nerfs étaient sur le point de craquer. Ses lèvres, deux parenthèses charnues, palpitantes et nerveuses, tremblaient à l'excès. La douleur lui transperçait les côtes. Une douleur à fleur de peau, étalée sans merci dans la nuit.

En trépignant, Gabriella essaya d'introduire sa clé dans la serrure mais, dans sa nervosité, l'échappa sur le carrelage de mosaïque. Ce bruit signifiait qu'elle venait de franchir la dernière étape d'une courte vie. Elle se laissa tomber sur les genoux, les bras affaissés le long du corps, envahie soudain par une profonde lassitude. Stoïque, elle se retourna pour livrer sa gorge à l'assassin, à la mort. La peur déformait sa beauté. L'homme était devant elle et, la couvrant de sa haute stature, la dominait, la regardait en vainqueur. Il la sentait faible et vulnérable comme les aiment les tueurs. Il riait fort, avec une vulgarité de boucher. Les yeux de Gabriella cherchèrent ceux de l'homme dans une tentative d'imploration. Celui-ci eut un mouvement de recul en voyant l'épure de ce visage digne du pinceau d'un grand artiste. Mais ce moment d'hésitation ne dura pas ; déjà, l'instinct bestial reprenait le dessus. Un couteau brillait dans sa main gauche et, de la droite, il retenait la tête de Gabriella pour mieux enfoncer la dague dans son cou. Elle n'avait plus envie de crier, de se défendre. Le sort en était jeté. Tout près, elle entendit sourdre comme un requiem le mugissement des vagues en colère. Tout était fini.

L'homme riait toujours, savourant son plaisir, imbu de son pouvoir sur cette femme en état de soumission. Au moment d'abaisser le couteau, il perçut le faible susurrement d'une voix. Il ne pouvait s'en expliquer la provenance. Vraisemblablement, ils étaient seuls dans cet amphithéâtre de malheur, hormis deux rats qui vadrouillaient tout près. Cette voix, qui semblait sortir du fond des âges, se faisait obsédante et sentencieuse, tour à tour. Elle scandait dans une langue hybride, mi-latine, mi-dialecte africain : « *Magnificat, magnificat, acribâa, afgâa, lima Bizango !* »

À ces mots, l'homme s'était figé. Ses yeux frappés d'ahurissement semblèrent vouloir sortir de leurs orbites. Il tituba et poussa des cris d'orfraie, comme s'il avait bu un poison violent. Au bout de quelques secondes, il prit ses jambes à son cou et disparut derrière un buisson. Gabriella, que l'angoisse avait épuisée, enfouit la tête dans ses paumes. Les épaules secouées de convulsions, elle pleurait dans la nuit, encore et encore, comme une enfant molestée. ♣

Chapitre III

La Vierge noire

UNE ÉTRANGE FEMME. Tard en après-midi, Nadeige et ses commères, *madan* Saint-Armand, Amélie LaForce et Mercedes Nelson, avaient installé leurs chaises sur le perron pour prendre l'air. C'était une fin de journée comme on n'en voyait plus dans les Antilles. Une fin de journée pour vaquer à ces mille riens qui n'accaparent pas l'esprit, pour laisser son regard filer à l'anglaise, en douce, au hasard de la curiosité.

L'air, en cette fin de journée, était plein d'odeurs de pistils et de bourgeons en gestation. Il charriait aussi un remugle d'humus, de terre fraîchement hersée venant des plaines avoisinantes. Le ciel d'octobre s'empourprait, se vêtait de beaux atours couleur de jaspe. On eût dit une robe de mariée faite de larges guipures de nuages. La brise, annonçant une soirée sans moustiques, attiédissait à grandes bouffées les murs ocre des édifices centenaires. Les rues étaient, comme à l'accoutumée, embourbées de bambins gouailleurs. Au loin, en contrebas, les marchandes en fatigue, avec leurs couffins en équilibre sur la tête, allaient d'un pas allègre retrouver la tranquillité du primitif *ajoupa*[1]. Les voitures et les bécanes allaient et venaient dare-dare. Elles dérangeaient à coups de klaxons agressifs, qui les piétons, qui le léger va-et-vient des tripotages éperdus. Les oiseaux volaient bas, rasant les fils électriques de leurs ailes éthérées, à vive allure. On aurait juré qu'ils sentaient l'approche d'un danger. Nadeige, à l'instant, exhala un long soupir de découragement. Ses yeux empreints de mystère fixaient un point invisible, une tache de mire dans le lointain. « Qu'est-ce qu'il y a, ma commère? » demanda *sor* LaForce, d'une voix qui se racornit dans la gorge. Nadeige n'eut pas le temps de répondre qu'aussitôt un bruit sourd attira leur attention.

Une foule de curieux se précipitait vers la rue 12 Espagnole. On criait. On hurlait. On courait comme au temps du carnaval. On se ruait vers l'accident comme une rivière en crue qui se déverse dans son embouchure. D'aucuns avaient les mains sur la tête, comme pour soutenir une douleur trop forte. D'autres mimaient le malheur ou la surprise, à grand renfort d'exagération. « À Dieu bon Dieu, à Dieu bon Dieu, mes enfants jouaient par là. Fasse qu'il ne leur soit rien arrivé. Pitié Seigneur! » pouvait-on entendre, venant de voix maternelles frappées d'hystérie. Juchés sur un muret, des flâneurs, mégots aux lèvres, regardaient aller et venir tous ces gens avec un sourire désinvolte. Ils pouvaient, quant à eux, aller se faire pendre au diable vauvert. Ces jeunes se foutaient de tout. Leur esprit était absent, englué dans une sempiternelle cogitation d'exil — de fuite en bateau, d'échappée en avion. Le ciel pouvait leur tomber sur la tête en cet instant, ils n'en avaient cure.

Madan Saint-Armand avait déjà tourné le coin de la rue. Malgré sa grosseur, elle s'en allait d'un pas ferme pour être dans le feu de l'action. Nadeige et les autres ne demandaient pas mieux que d'aller voir. Pour faire comme tout le monde. Pour être au courant. Dans ce coin de pays, le malheur des uns faisait oublier

---

1. Maison de chaume et de terre glaise.

la misère des autres. Comme il avait coutume de passer de porte en porte avec son fardeau de déveine, les commères de toute obédience n'étaient jamais en manque de sensations fortes. Elles avaient toujours de quoi se mettre sous la dent. Pour tuer le temps. Pour tuer l'ennui et sa funeste monotonie. Elles étaient telles des croque-morts à l'affût, non de morts, mais de mots et de nouvelles à enterrer dans leurs bouches. Elles les happaient d'instant en instant, à la volée, à pleines dents. Toutes oreilles surtout, perpétuant cette tradition séculaire qu'on appelle le commérage.

Sur le lieu de l'accident, une Volkswagen, dans son impact, avait presque arraché un poteau électrique. Gabriella Messidor en sortit, la main au front, à la manière de quelqu'un sur le point de défaillir. Deux femmes l'insultaient avec une volubilité de marchandes d'ignames. Un liquide blanchâtre musardait sur le coin de leurs bouches tant elles étaient enragées. On comprit vite qu'elles lui en voulaient parce qu'elle avait failli écraser leurs enfants. *Madan* Rigaud, une bringue aux cheveux cannelle, poussait l'impertinence jusqu'à la violence. Avec une agilité qu'on ne lui soupçonnait pas, elle se mit à secouer la fille de ses deux bras. « Petite bourgeoise de mes fesses, ça ne te suffit pas d'avoir tout l'argent du pays ? Maintenant, il te faut nos enfants ? » Ce disant, elle la plaqua sur le capot de la bagnole, l'index menaçant. « On va te foutre une leçon ! » hurla encore *madan* Rigaud, les yeux acides. De la foule montait une clameur d'approbation qui encourageait les femmes à continuer.

Gabriella, qui commençait à peine à reprendre ses esprits, ne comprenait pas la raison d'une telle hargne. Après tout, c'était elle la victime. Quelques minutes plus tôt, elle avait tout fait pour éviter les enfants en allant s'écraser sur le poteau. Ce n'était pas sa faute si les freins avaient lâché. Voyant l'étrange situation dans laquelle elle se trouvait, elle essaya de parlementer, de leur faire entendre raison. Mais c'était peine perdue. On lui intimait l'ordre de fermer sa gueule de sainte nitouche. On lui suggérait avec force postillons d'aller jouer à la vierge éplorée ailleurs, dans son coin de paradis. Pendant ce temps, *madan* Saint-Armand criait à Nadeige de presser le pas pour éviter un lynchage. Celle-ci déchira la foule, laissant derrière elle un couloir bordé d'humains, comme si l'on craignait de marcher dans son sillage. En sa présence, on cessa de rouspéter. On se tut, comme l'auraient fait des enfants turbulents à l'approche d'une maîtresse d'école sévère. « Laissez-la tranquille, bande de sauvagesses ! » fit-elle, sur le ton de l'admonestation.

Madan Rigaud s'interposa. Elle pivota sur ses talons pour croiser ses cornes avec celles de Nadeige. Elle avait les jambes écartées, les bras accrochés aux hanches comme une invitation au combat. Une femme, cachée derrière elle, parla la première : « Tu ne nous fais pas peur, Nadeige Dolcé. Si tu étais si *mambô* que ça, ton vadrouilleur de fils ne croupirait pas en prison à l'heure qu'il est. Allez ! du vent ! »

La foule acquiesça en un long murmure, dans le dessein évident de surexciter les nerfs des pugilistes. « Je n'ai aucune intention de vous faire peur. En ce qui concerne mon fils, j'en fais mon affaire. Regardez-moi aller ! Maintenant, vous laissez la fille en paix. C'est tout ce que je veux. » S'adressant cette fois à *madan* Rigaud, la meneuse de foule, elle ajouta sur un ton péremptoire et chargé de moquerie : « Ce n'est pas parce que ton escogriffe de mari est macoute que tu dois te croire tout permis. Regarde bien où tu poses les pieds. C'est même pas un conseil que je te donne : c'est un avertissement. Je ne le répéterai pas deux fois, tu piges ? » « Aïe aïe ! tu me fais des menaces, ma démone ! » riposta *madan* Rigaud, en cherchant de la foule un soutien verbal. Or, nul n'osait proférer un mot, de peur de se mettre sur la liste noire de la *mambô*. Nadeige avançait maintenant vers son adversaire d'une démarche éthérée, comme si un double d'elle-même s'était infiltré dans son corps et marchait à sa place. « C'est un avertissement, prends-en note ! » cria-t-elle, une lueur mauvaise au fond des yeux. *Madan* Rigaud sut que la femme devant elle n'avait aucune prétention de badiner ; elle avait tout à gagner à la prendre au sérieux. Alors, elle ravala sa salive et recula sans fierté, non sans secouer le rebord de sa jupe. Un rituel qui, au pays d'Haïti, avait pour but d'éloigner l'esprit malin de l'âme du chrétien-vivant.

Gabriella écoutait en silence cette altercation. Elle n'avait de cesse de remercier du regard cette femme si imposante et si sûre d'elle. Pensant lui devoir une explication, elle prononça une phrase qui, à peine ébauchée, trahissait tout son émoi. « Chut! chut! Tu n'as pas d'explications à donner. Un accident est un accident », fit Nadeige. Sur ce, elle la prit par les épaules et l'invita à venir chez elle se remettre de ses émotions. La foule, visiblement déçue que tout se soit terminé dans le calme, se dispersa en zigzag.

Sur le palier, Nadeige couvrait la fille d'un regard bienveillant. Elle s'étonnait de sa ressemblance avec l'icône de la Vierge noire. Par un avertissement intérieur, elle comprit soudain que c'était bien cette figure qui, sans cesse, revenait dans ses rêves. Nadeige fut certaine, à cet instant, que leurs chemins se croiseraient de nouveau, un jour ou l'autre. Elle se fit violence pour que Gabriella ne se rendît pas compte de son trouble et reporta son attention sur sa grande taille, son port majestueux et, surtout, sa propension naturelle à rejeter la tête en arrière. Une expression placide prenait ses aises dans ses yeux. La jeune femme portait une robe de soie qui accusait la cambrure de ses hanches et le galbe de ses seins. Elle avait l'aura vaporeuse des êtres mythiques, officiant à la charnière de la vie et du rêve… De beauté, en vérité, Gabriella n'était pas en reste, ayant tous les atouts pour susciter, chez des soupirants, le romantisme et l'amour courtois. Les pucelles, sur son passage, devaient crever de jalousie et les maquerelles, de hargne. Les deux femmes s'échangèrent des sourires de politesse. *Madan* Saint-Armand, pendant ce temps, trottinait en s'épongeant le front. La pauvre n'était pas de toute première jeunesse.

Nadeige se dirigea vers le salon et fit signe à Gabriella de s'asseoir sur l'un des fauteuils. Celle-ci sursauta en voyant passer un nain qui faisait des pirouettes acrobatiques. « Sois sans crainte ! » lança Nadeige. « C'est Ninnin, un ami de la maison. En quelque sorte, il travaille ici. Au fait, tu ne m'as pas dit ton nom, mademoiselle. » « Ah ! j'ai été impolie, c'est le choc, vous savez ! Mon nom est Gabriella Messidor. » « Quel joli nom ! » siffla *madan* Saint-Armand, avec exagération. « C'est un nom de princesse, un nom de conte de fées… Ton visage va bien avec ton nom. » « Ninnin, prépare-nous du café. Notre invitée boirait bien quelque chose de fort », lança Nadeige d'une voix enjouée.

Gabriella souriait à ces femmes qui l'entouraient, qui la regardaient de pied en cap, comme si elle eût été une bête de faïence. Pour faire diversion, elle laissa errer son regard dans le vaste salon où trônaient des meubles d'une autre époque. Au-dessus d'un bahut, une pendule fredonnait au quart d'heure le temps qui passe. C'était l'une de ces pendules du siècle dernier, comme on en voit dans les vieux films français. Gabriella s'étonna de trouver dans cette maison une bibliothèque et, en retrait, un bureau sur lequel des livres et des feuilles étaient entassés en désordre. On aurait dit qu'un écrivain en mal d'inspiration, soudainement lassé, y avait laissé en plan ses travaux. Sur le mur de gauche, la photo d'un homme était accrochée à l'espagnolette. Elle resta un moment à contempler ce visage aux traits forts, qui semblaient taillés dans un matériau puissant. La peau, d'une carnation foncée, captait la lumière ; le nez était légèrement aquilin, avec de larges narines arrogantes. Musclé, avec des veines en saillie, le cou évoquait une force dormante. Plus que tout, il y avait dans les yeux de cet homme des reflets éloquents : ceux qu'on reconnaît aux êtres capables de vivre une passion inaltérable. Gabriella était troublée par ce portrait.

Elle respira profondément et continua sa prospection. Plus loin, posées près d'une porte, une poupée créole ainsi que des amulettes racontaient, à leur façon, leur petite histoire sur la *mambô*. Dans un angle éclairé avec parcimonie, trois icônes étaient aussi suspendues. Il y avait là le fameux saint Jacques le Majeur, patron des foyers haïtiens. Il était englué dans un amas de brume crépusculaire et, de la main gauche, dardait de son javelot un dragon ailé. Ensuite, on pouvait voir des anges furtifs poursuivis par d'indistincts géants. La troisième icône représentait une Vierge noire parée d'un diadème, qui fixait un point invisible. Une crinière abondante et bouclée tombait sur ses épaules avec des reflets moirés, comme ceux qu'aurait laissés la pluie sur la chaussée, le soir. Un sourire errait sur ses lèvres. La Madone était d'une grande beauté. Une beauté chargée d'un pouvoir mystérieux, qui attirait irrésistiblement sur elle tous les regards. À cet instant, un léger frisson parcourut l'échine de Gabriella. Sa ressemblance avec l'icône était si frappante, si vraie, qu'elle en demeura un instant bouche bée. Puis, elle tenta de se convaincre que tout cela n'était qu'illusion, un tour de passe-passe sorti tout droit d'une boîte à sortilèges.

Avertie par un instinct secret, elle baissa les yeux pour éviter de rencontrer ceux de Nadeige. En philosophe, elle jugeait cette femme à la fois sympathique et étrange. « Mon Dieu, dans quel guêpier me suis-je encore fourrée? » soliloqua-t-elle. Elle avait hâte de quitter les lieux, se méfiant de la bonhomie de ces gens et surtout, de la jovialité du nain. Gabriella entendait au loin son rire de lutin blesser par à-coups le silence. C'était le rire de quelqu'un qui prétend que la vie est belle, mais sans y croire. Un rire faux, hypocrite. Un rire de mutin ayant choisi l'hilarité pour attirer l'attention des grands. Elle n'aimait pas non plus l'odeur d'encens que la grosse *madan* Saint-Armand venait de brûler dans la cuisine. Peut-être ces femmes étaient-elles liées à une société secrète du vaudou? À la mystérieuse clique des *Zobops* ou des *Vinblindingues*[1]? Les questions se bousculaient dans sa tête.

---

1. Société secrète dont les membres, croit-on, peuvent à la nuit tombée se transformer en bêtes de toutes sortes.

Gabriella dirigea son regard vers la bibliothèque de peur que Nadeige ne lise dans ses pensées. « Tu aimes les livres ? » lança la *mambô* à brûle-pourpoint. « Ceux-ci appartiennent à mon fils Frank… Frank Dolcé. Il est journaliste. Tu as déjà lu quelque chose de lui ? » « Non » avoua-t-elle, avec une moue de gêne. « J'ai passé beaucoup de temps à l'étranger. Je suis rentrée au pays il y a trois ans de ça. » « Ah ! » « On l'a arrêté », renchérit *madan* Saint-Armand, de sa voix enrouée. « Je sais qu'il est vivant ; on ne peut pas le tuer. Maman est là, hein mon petit ! » ajouta Nadeige. Ce disant, elle ramassa sur le sol une sculpture en bois à l'effigie d'un rat. D'une main absente, elle caressa le fétiche d'ébène et se mit à lui parler comme s'il se fût agi d'une personne. Gabriella se rendait à l'évidence qu'à travers lui, Nadeige s'entretenait avec quelqu'un qui n'était pas forcément dans la pièce. « Tu es mon petit Lazare, d'ores et déjà ressuscité des limbes. Bientôt, tu vivras des moments extraordinaires », dit-elle encore. Cette phrase, modulée sur un registre plus haut, trahissait le fait d'une pensée tourmentée. Gabriella ne trouvait rien d'autre à cette attitude que des signes de folie. Elle s'agita sur sa chaise, ne pouvant cacher son malaise. Quelques minutes passèrent sans que personne n'échangeât la moindre parole. Seul le bruit de la pendule marquait le temps, le temps triste et lancinant.

Un bruit de pas dégela bientôt l'atmosphère. Le nain faisait irruption, les mains chargées d'un plateau. Le fumet du café chassa du même coup le désagréable remugle d'encens et d'asafœtida. Ninnin remplit les tasses en lorgnant l'invitée. Il savait qu'il l'effarouchait et y prenait un plaisir évident. Gabriella attendit que tout le monde eût goûté au café avant de porter la tasse à sa bouche. Cette suspicion n'avait pas échappé à Nadeige. « Tu es très intelligente, ma petite Gabriella. Tu as un bon ange avec toi. » Nadeige avança à petits pas et s'agenouilla devant elle.

« Est-ce que tu permets que je regarde ta main ? » « Mais… pourquoi ? » « Pour te dire ta vie… laisse-toi faire. Il m'arrive de voir
dans le passé et même dans l'avenir. » « C'est peine perdue. Je ne
crois pas à un traître mot de tout ça. » « Fais-moi confiance, tu ne
le regretteras pas. Je ne te demande pas de croire. Même mon fils
n'y croit pas, tu vois ! » rusa-t-elle, en regardant la photo accrochée au mur.

De guerre lasse, Gabriella lui tendit la main droite. Nadeige
lui fit signe de présenter la gauche et, y ayant jeté un bref coup
d'œil, s'éloigna d'un pas silencieux. Elle murmura des paroles
cabalistiques, telles une sourde mélopée bourrée de tristesse.
Gabriella, non moins incrédule, sirotait maintenant son café, un
sourire énigmatique aux lèvres. *Madan* Saint-Armand s'esquiva
dans la cuisine car elle avait horreur des prémonitions. Elle préférait de loin les cérémonies vaudou, dehors dans la cour et sous le
fromager mystique, à la pleine lune. À ces moments-là, il était
bon d'entendre, sortant des cruches sacrées, les voix lointaines
venues de l'Afrique ou d'une zone néante. Les voix des bons
esprits qui parlaient encore le langage des chrétiens-vivants.

Nadeige reprit son propos et psalmodia sentencieusement :
« Tu es du genre angoissé, toujours sur le qui-vive. Mais il y a
pire… Aïe ! aïe ! mon enfant… Quelqu'un veut ta mort. Je n'arrive pas à voir qui c'est. Une chose est sûre, cette personne a de
l'ambition et de la suite dans les idées. » Elle s'arrêta un instant,
comme pour reprendre le fil d'une idée laissée en suspens, puis
continua, les yeux mi-clos. « Tu avais un frère jumeau. Il est… »
« Pourquoi AVAIS ? » sursauta Gabriella. « J'ai dit : AVAIS ? Oh !
excuse-moi ! Ma langue se fourche parfois en parlant, tu sais. Le
jury n'en tiendra pas compte », bégaya-t-elle, avec une ironie
amusée. « Aussi, il y a deux mois de ça, on a failli te zigouiller tout
près de chez toi. Surveille-toi mon enfant ! Ton ennemi est tenace.
Il a déjà un mort à son actif. Prends garde à toi. Ah ! j'ai comme
l'impression qu'on va se revoir ! Tu comprendras en temps et lieu.
On ne bouscule pas la vie, c'est elle qui nous bouscule… Va !

Rappelle-toi : en temps et lieu ! » ajouta-t-elle, en contemplant tour à tour l'icône de la Vierge noire et la photo du jeune homme.

Gabriella se sentit retournée, comme projetée hors du temps, dans l'oubli d'elle-même. À dire vrai, elle se mourait d'inquiétude. La précision des informations révélées par Nadeige ne pouvait être le fruit du hasard. Il devait exister un lien entre cette femme et l'assassin qui l'avait poursuivie. Il y avait chez cette personne un je-ne-sais-quoi de surnaturel, capable de donner la poisse à n'importe qui. Une Diablesse en latence, voilà ce qu'elle était ! Gabriella remercia la maisonnée à grand renfort de politesse et se sauva.

Dans la rue, elle héla un taxi en maraude et se réfugia sur la banquette arrière. Elle avait le cafard, elle avait peur. Oui, la peur était dans ses tripes, battant à l'aigu son tam-tam d'effroi et de désarroi. Son cœur, machine à arrêter le temps, à arrêter la vie, cognait, cognait dans sa poitrine à petits coups syncopés. ♣

Chapitre IV

Les erreurs de mon père

L A PRIME ENFANCE. Gabriella se dirigea à foulées amples vers le vestibule aux murs tapissés de peintures naïves. Sitôt franchi le seuil de la grande cuisine, des bouffées de fleurs odoriférantes lui montèrent au visage. Des plantes rares s'y épanouissaient dans des vases polychromes, longeant les murs avec une volubilité champêtre. Elles baignaient dans une somptueuse lumière qui sortait crue des fenêtres oblongues découpées à même le toit. Le trille des oiseaux se faisait entendre par intervalles, couvrant le ténu chuchotement de l'intérieur. Cette enceinte semblait respirer le calme et la plénitude des endroits de villégiature.

La tête penchée sur son bol de soupe, le père Messidor regardait sa fille à la dérobée. À sa mine défaite, il jugea qu'elle avait passé une mauvaise nuit. Du revers de la main, il s'essuya la bouche tout en poussant des soupirs de résignation. Bien que ses traits se fussent durcis et qu'il semblât souvent préoccupé, on décelait dans son regard des traces d'insouciance. Son visage bouffi dissimulait quelques rides, de sorte qu'il était difficile de lui donner son âge véritable. On devinait qu'il n'était plus jeune, mais l'air fanfaron et noceur qu'il arborait en public suffisait pour laisser croire le contraire. Ce grand échalas, à la démarche de dandy à la retraite, était en fait exportateur de café et de cacao. Il officiait à Milot, près du Cap-Haïtien, et connaissait tout le monde, ou pour être plus précis, tout le monde le connaissait.

On le devinait vicieux car on le savait plein d'entregent à l'endroit des jeunes filles. Aussi passait-il ses après-midi sur le boulevard, à reluquer l'anatomie de ces demoiselles. Connaisseur, il accordait une attention particulière à la cambrure de leurs reins. C'était par là, disait-il, qu'on détectait le gonflement du désir féminin avant qu'il ne devienne plaisir. Or, à peine sorties de la puberté, ces diablesses venaient se déhancher devant lui. Elles prenaient un malin plaisir à le faire saliver. Et il salivait, tel un saint-bernard au soleil, en voyant passer devant son mufle ces jolis corps outrageusement galbés.

Ne pouvant leur résister, il lui arrivait de leur offrir de l'argent en échange des services rendus, tantôt dans une chambrette, tantôt dans sa voiture. Avec le temps et surtout, grâce à ses largesses, il avait rassemblé autour de lui une véritable cour d'amour, où jeunes d'hier et belles d'aujourd'hui venaient butiner son miel. Sa réputation de don Juan généreux n'était plus à faire. Léonce était devenu une marchandise très convoitée, voire très prisée dans les milieux où, à longueur de journée, le chat faisait la grasse matinée dans le réchaud. En période de vaches maigres, des mères ambitieuses promenaient devant lui leur petite dernière, dans l'espoir de l'estourbir d'amour. C'était à celle qui réussirait la première à le sortir des griffes de sa femme légitime. Ah! c'était de bonne guerre!

Les mauvaises langues disaient qu'il n'avait jamais réussi à conquérir une femme sans faire usage de son porte-monnaie. Physiquement, il n'avait rien à offrir; financièrement, il avait tout à donner. En fait, Léonce pouvait acheter une bonne partie de la ville sans craindre de dilapider sa fortune. Son sens des affaires, dans le temps où le commerce extérieur était florissant, lui avait valu une bonne assise dans le forum des riches. Voici l'homme qui avait engendré Gabriella, la fille la plus convoitée de l'île.

Un observateur peu averti aurait pu croire qu'il menait une existence comblée, sans tare et sans tache. Pourtant, depuis la mort de sa première femme et surtout, avec l'arrivée de Rita Moscova sur son échiquier, sa vie semblait avoir pris un autre parcours. Le mauvais sort, avec son carrosse de malheur, s'était arrêté devant sa porte afin de lui ravir ce qui lui restait de plus précieux au monde : ses enfants.

Le père Messidor ne perdait pas de vue sa fille. Celle-ci portait à sa bouche une tasse de café et la vapeur embuait à demi son profil. Il attendit qu'elle y eût goûté avant de parler. « Alors, tu t'es bien remise de ton accident, ma belle ? Tu as l'air en pleine forme, plus radieuse que jamais. J'ai toujours su que tu étais une femme forte », dit-il, un rien badin. Fidèle à sa nature, il aimait prendre les choses à la légère, quelle qu'en soit la gravité. « Papa, tu sais très bien que ça ne va pas. Et je ne suis pas si forte que ça. Comme si on pouvait s'habituer aux accidents ! Tu cherches à m'encourager, mais la réalité est toute autre », rétorqua-t-elle, avec un sourire contraint qui disparut aussitôt.

Gabriella n'appréciait guère la façon dont son père réagissait devant le malheur. En effet, en bon vivant, Léonce tirait toujours le meilleur parti d'une situation. Devant un accident grave, il remerciait la Providence, dissertant à loisir sur ce qui aurait pu arriver de pire. Il était du genre à dire : « Je suis aveugle, mais j'ai des oreilles pour entendre et des jambes pour marcher. » Si plusieurs mettaient cette attitude sur le compte d'une sagesse acquise avec l'âge, Gabriella la considérait comme une lâcheté déguisée. Un refus de voir la réalité en face.

Durant son enfance, pourtant, l'insolente désinvolture de son père revêtait un charme particulier à ses yeux. C'était bien avant qu'elle ne soit au courant de ses turpitudes. À cette époque, elle lui vouait une admiration sans borne. C'était son héros, celui qui savait inventer mille pitreries pour les faire rire, elle et son frère jumeau. Elle ne comprenait pas les reproches de sa mère quant à la naïveté de son époux, sa trop grande générosité. Jeanine Messidor supportait mal, entre autres choses, les machinations que de vagues cousins de son mari mettaient en œuvre pour profiter de ses largesses.

Les incessantes réprimandes dont Léonce était l'objet avaient fini par le rendre vulnérable aux yeux de ses enfants. Ils le plaignaient. Gabriella, surtout, éprouvait pour lui une sympathie particulière. Un impérieux besoin d'être constamment près de lui. Elle se mit à le suivre dans ses déplacements, ce qui lui permit de s'initier tôt aux affaires. À quatorze ans, la tenue de livres de comptes n'avait plus de secrets pour elle. Gabriella, avec le temps, allait prodiguer à son père de judicieux conseils pour consolider son entreprise. Elle restait tout de même une fille gâtée, sans cesse accrochée aux basques de son paternel. Ce n'était pas sans raison qu'on la surnommait « la petite morveuse à son papa ». Celle qui se prenait pour la science infuse, la Vénus noire, née de l'écume des vagues.

Avec le temps, Gabriella était devenue très réservée, fuyant la foule comme si elle eût été porteuse d'une calamité.

Jaloux, les voisins avaient pris l'habitude de dénigrer sa famille. Ils colportaient que son père avait trouvé une jarre contenant des pièces d'or dans son grenier. Que c'était de cette façon qu'il avait pu se tirer d'affaire, alors que d'autres commerçants étaient acculés à la faillite. La rubrique populaire — qui ne s'en laissait pas conter sans mettre son grain de sel — était allée jusqu'à raconter que le vieux avait pris un contrat ferme avec le Diable. Une commère avait même prétendu voir sortir de chez lui, à l'angélus de minuit, un homme bicéphale dont la hauteur dépassait facilement les trois mètres. « C'est pour le moins étrange », murmurait-on de lieu en lieu. Certains l'avaient surnommé l'homme-jarre. D'autres, pour se moquer de sa grande taille, l'avaient carrément baptisé le roi-de-minuit. À les entendre cancaner, on aurait pu croire que Léonce était un vrai suppôt de Satan qui errait librement. Peu à peu, la maison des Messidor était devenue un lieu de pèlerinage singulier. Les aigris, hommes et femmes en proportions égales, venaient y maudire le créateur — Dieu ou Diable — pour avoir donné aux riches la santé, la beauté. Aussi répandaient-ils, devant leur porte, des graines d'orgeat tout en psalmodiant des exorcismes.

En ces temps de chagrin et de tyrannie, la méchanceté avait germé en force dans le cœur des gens et les avait rendus acariâtres. Nul ne pouvait prévoir leurs réactions. Or, Gabriella, à la longue, était devenue le point de mire des envieux. Ainsi un jour, à la plage de Rival, sous les vérandas patinées par le temps, les *viejos*[1] taciturnes avaient giclé en sa direction de longs jets de salive, en signe de dédain. Pour eux, elle faisait partie des spoliateurs qui les avaient oubliés dans les *bateys*[2], en République dominicaine. Ceux qui ruinaient le pays et qui allaient s'installer en douce dans les blanches contrées de bombance.

Aux invectives grossières s'ajoutaient les apostrophes offensantes lancées à la cantonade : « Ton père a donné ta pauvre mère en gage pour conserver sa jarre. C'est de l'argent pourri, ma fille ! » « Toi et ton frère jumeau, vous ne perdez rien pour attendre ! Le Diable n'oublie jamais ceux qui mangent dans sa main, aïe ! aïe ! » Ces bordées d'injures et de malédictions étaient agrémentées de rires salaces et vulgaires, lesquels avaient longtemps résonné dans sa tête comme un écho malsain. Pour ne pas se laisser abattre, Gabriella s'était appliquée à faire fi de ces rumeurs qui prenaient source dans la fabulation. Ah ! on était au pays du réel-merveilleux ! L'imagination pouvait continuer de rêver...

Malgré cet effort, l'antipathie flagrante qu'on lui vouait avait fait naître en elle un désolant sentiment de persécution qui la hantait. Jamais, cependant, elle n'aurait cru que cette hargne puisse un jour se changer en décret de mort. Il y avait fort à parier

---

1. Vieillards.
2. Plantations de canne à sucre.

qu'on ne la laisserait pas tranquille de sitôt. Elle se prenait à réfléchir à ce qu'elle allait faire… à ce qu'elle allait devenir. Lui restait-il seulement une planche de salut, dans ce pays de chiens enragés ?

En ce moment, les yeux de Gabriella trahissaient un grand désespoir. Le père Messidor y lut un appel dont le sens lui paraissait évident. « On a de la peine, Rita et moi. On ne s'en serait jamais remis s'il t'était arrivé quelque chose », fit-il, tout en espérant recevoir l'appui verbal de sa femme.

En face de lui, sur un fauteuil en osier orné de coussins fleuris, la maîtresse de céans posait avec grâce, la tête en l'air, comme pour mieux dominer ses sujets. C'était une belle et jeune dame aux afféteries de poule jaboteuse. Ses cheveux bouclés et retombant en cascade encadraient un visage rond. Ses lèvres étaient pulpeuses et provocantes. Ses dents blanches, très espacées, brillaient de vice et de malice. Elle ne semblait pas écouter ce que son mari disait. Elle se contenta de glousser un « oui » désinvolte, tout en éclaircissant sa gorge.

Gabriella la dévisagea avec une moue de dépit. Parfois, il lui arrivait de penser que sa belle-mère la détestait, comme les autres dans la rue et même, qu'elle lui vouait une haine amère, sournoise. Elle frissonna à l'idée que le monde entier était contre elle. « Papa, il m'arrive depuis quelque temps des ennuis graves. Il faut que tu fasses quelque chose, je t'en prie ! Je suis à bout de force. Je me demande même combien de temps je pourrai tenir sans craquer. À bien y penser, je ferais mieux de partir d'ici. Retourner au Québec. J'y avais la tranquillité, la paix. Je ne sais pas ce qui m'a prise de revenir dans ce pays de cannibales. Je commence à en avoir marre ! Je devrais partir, ce serait mieux ainsi », fit-elle tout d'un trait.

Le père Messidor l'arrêta d'un geste de la main : « Ne prends pas les choses de cette façon, ma belle. Tu passes un mauvais moment. Je vais faire remorquer ta voiture et t'en commander une autre, si c'est ton désir. Partir de nouveau n'est pas une solution. Tu es privilégiée ; tu as du confort, un bon travail à la banque. Je ne m'en remettrai pas si tu pars. J'ai besoin de toi, ma fille. » « Et moi dans tout ça ? coupa Rita, qui mordillait un bout de pain grillé. Je ne compte pas pour toi, mon Nounours ? Ta fille est assez grande pour prendre ses décisions et mener sa vie comme elle l'entend. Tu ne vas pas la chouchouter jusqu'à cinquante ans, tout de même ! » « Te mêle pas de ça, veux-tu ? » répliqua-t-il, avec un mélange d'autorité et de douceur. On aurait dit qu'il soupesait ses mots en s'adressant à sa jeune épouse, comme s'il avait peur de la blesser.

Peine perdue. La voix de Rita monta en crescendo dans une bousculade de mots et d'onomatopées. Gabriella ne l'entendait pas, ne voulait pas l'entendre. Rita parlait dans le vide, comme toujours. Pour rien. Devenue soucieuse, sa belle-fille semblait prise dans les franges d'un rêve diurne. Elle ne quittait pas son père des yeux. Un déclic venait de se produire, réveillant le passé. Une idée fixe, qui sommeillait en elle depuis la prime enfance, envahissait peu à peu son esprit.

J'ai vu sa jupe rouge disparaître derrière la porte vermoulue, comme une étoile filante. Marité se cache parce qu'elle ne veut plus jouer avec nous. Gabriel est fâché contre elle. Depuis qu'elle a ses quatorze ans, elle se croit une grande fille. Elle ne nous aime plus. Moi, je l'aime Marité, comme une sœur aînée. La grange a englouti son corps menu. Papa la suit au pas de course et regarde partout, aux aguets. Il éteint sa pipe en la cognant sur le talon de sa botte. Il regarde dans notre direction, sans nous voir. On dirait qu'il s'en va jouer à cache-cache avec Marité. Papa n'a aucune raison de jouer avec elle. Il est trop vieux. Après tout, c'est notre amie, à moi et à Gabriel. Pourquoi veut-il toujours jouer avec Marité ? Un papa, c'est fait pour accompagner les mamans. Ma mère est toute seule et mon père ne s'occupe plus d'elle. Il la boude. Et elle est triste, maman. Papa se baisse pour entrer dans la grange, pour être seul avec Marité. C'est pour ça qu'il ne veut pas que je joue avec elle. Il dit souvent que Marité est une petite dévergondée qui peut me corrompre. Je ne l'écoute pas parce que je sais qu'il ment.

Gabriel part en courant vers la grange. Il ne m'attend pas. Je lui crie : « Gaby, Gaby ! » Il me fait signe de me taire tout en regardant par un interstice. Je l'imite…

Papa pousse Marité sur le tas de foin. Elle rit à pleines dents. J'entends sa voix claire, son rire en cascade. Papa lui remet quelque chose, qu'elle enfouit dans son soutien-gorge. Elle a l'air content, soulève sa robe. Papa se met à ronchonner sur elle comme un cochon. Marité pousse des hurlements. Papa lui fait du mal, à Marité. Il va vite et semble hors d'haleine. Pourquoi fait-il ça ? Marité crie de plus en plus fort. On dirait que papa va la tuer. C'est peut-être pour ça qu'elle ne veut plus jouer avec nous ? Des fois, elle dit qu'elle a peur de papa. Tantôt, pourtant, elle semblait joyeuse, et puis peinée. Je ne comprends pas. J'ai l'impression qu'on me frappe la tête à tout rompre… Je suis partie en pleurnichant. Gabriel s'est moqué de moi.

La mère de Marité la cherche partout. Je sais où elle est, mais je ne dirai rien. Elle se fait du mauvais sang. Une phrase s'échappe de sa bouche noire, édentée : « Qu'est-ce qu'elle a à vagabonder dans les champs ? Marité ooh ! Marité, ooh ! »

Papa revient en sifflant. Ma mère le dispute, le menace de retourner en ville. Elle lui crie des injures. Je me bouche les oreilles mais j'entends quand même. J'entendrai toute ma vie, en écho, leur chicane d'adultes qui ne s'aiment plus. « J'en ai marre d'un mari fugueur qui ne pense qu'à culbuter les jeunes filles. Tu n'as aucune morale, Léonce ! Tu as des enfants, toi aussi. Alors, cesse d'agir comme une bête. Tes enfants paieront pour tes erreurs. Crache en l'air… »

Maman nous a ramenés ce jour-là, à notre villa à Carénage. Elle jure de ne plus remettre les pieds de son vivant à la plantation de Milot.

Je pleure, je pleure car je ne reverrai plus Marité.

L'horloge du salon sonna la demie de six heures et l'éloigna de sa rêverie. Gabriella éprouvait un trouble apparent. Léonce se leva et se pencha pour l'embrasser. D'un geste furtif, elle écarta sa joue ; elle le savait incapable d'émotions profondes. Un sentiment de déception l'envahissait face à cet homme qui ne s'était pas toujours bien comporté envers autrui. « Mon petit papa est un goujat », se répéta-t-elle intérieurement. Cette main aux veines saillantes, qui caressait à l'instant ses cheveux, cette main était entachée de sang et de sueurs de paysannes abusées. Cette main-là avait été cruelle et lâche. Peut-être l'était-elle encore ? Sa gorge enrouée laissa échapper : « Laisse-moi, je t'en prie. » « Je te promets que je trouverai celui qui t'emmerde. Et ce jour-là, je le tuerai de mes mains », grommela son père, sans conviction. « Oublie ce que j'ai dit, papa, fit-elle. Tu n'as rien fait pour Gabriel quand on l'a arrêté ; je ne vois pas ce que tu pourrais faire pour moi. Tu veux toujours nous entourlouper avec ton air charmeur de bonimenteur. Tu remets tout à la Saint-Sylvestre comme on remet à plus tard une messe. Les choses sérieuses perdent tout sens à tes yeux. Comment veux-tu que je te croie ? Comment veux-tu que je te prenne au sérieux, mon cher papa. En fait, tu ne penses qu'à toi. »

Gabriella s'arrêta de parler. Ses mains balayèrent le vide, comme pour donner de l'emphase à son discours. Puis, dans un geste de lassitude, elle baissa les bras et se dirigea vers le salon. « Oublie tout ce que je viens de dire. Il est grand temps que je me prenne en main. Tu ne m'entendras plus parler de mes problèmes. Parole d'honneur ! »

Elle en voulait à Léonce avec toute la force de sa mémoire et de sa solitude. Rien ne pouvait vraiment le réhabiliter à ses yeux. Pourtant, quelque chose lui disait qu'elle l'aimait encore. ❧

Chapitre V

Les bestioles de la nuit

LA PRISON DU CAP, OCTOBRE 1976
(Chronique imaginaire d'un prisonnier matraqué à mort)

L'homme est couché à même le sol, recroquevillé en boule, en chien de fusil. On le voit à peine. Il fait très noir. Une noirceur d'encre qui tire sur le mauve, une noirceur de ténèbres. L'homme semble à l'étroit dans sa cellule. Une vieille cellule de style colonial avec une porte aux gonds rouillés. L'homme bouge. Il est en vie.

Dans ce royaume obscur, on perçoit des taches luisantes qui courent sur les murs ; on dirait des petites étoiles à portée de la main. Ce sont les coléoptères. Ils font un bruit irrégulier ; on dirait des étincelles qui éclatent, qui crépitent : tic, tec, tec. Ils agressent le silence. Tic, tic, tic. Ils disparaissent dans leurs trous, en vitesse, lorsque l'homme bouge. Oui, on entend son souffle rauque, celui d'une bête piégée râlant au ras du sol. Une bête enragée ayant dans le corps une forte dose de mort-aux-rats. La mort est dans sa voix. La mort l'habite, l'étripe. Elle ronge ses viscères à coups d'incisives, par intermittence. Elle râpe sa vie et l'épuise à regret. L'homme râle, il marmotte. Il égrène en pure perte ses dernières syllabes. Tout bas. Des syllabes lasses

qu'on entend à peine, hélas ; des syllabes recluses et confuses, évidées de
tout espoir de devenir verbe. Ses lèvres, deux morceaux de chair noirs,
persistent à défier le sort. L'homme bouge. Il semble perdu dans les
limbes d'un rêve sans fin où il doit combattre pour sa vie. Il se
retourne en geignant. Il entre en lutte avec quelqu'un. Ses poings
meurtrissent le sol. Les blattes filent en chassé-croisé : un feu d'artifice
dans le ciel de la cellule, d'une immonde beauté. L'homme halète. Il
quitte son rêve en sursaut. Le vide de la nuit l'enlace et le calme. Ses
yeux voguent à la dérive dans le vide, cherchant dans son cachot un
signe de vie. Une bouée de sauvetage. Il frotte son nez. Un remugle
d'urine mêlé d'humidité le ramène au réel.

Il veut se relever en s'appuyant au mur. Il est faible. Ses jambes
flageolent. Ses muscles ont perdu de la vigueur. Quand même, il y
réussit, se met debout. Il est tout ombre. Une ombre qui s'embourbe
à chaque pas dans la mélasse de ses propres excréments. Une ombre
qui ondule sur le mur comme celle d'un géant voûté, courbant
l'échine pour ne pas heurter le plafond. L'image est faussement défor-
mée. En fait, l'homme est de taille moyenne, avec des épaules démesurément larges. Soudain, il se retourne. Des dizaines d'yeux le
guettent, l'observent, l'entourent. Ce sont les rats. Ses frères des bas-
fonds qui veillent sur lui. Il est sûr que quelqu'un les commande à
distance.

L'homme trouve la force de sourire. Il aime étrangement la compagnie de ces bestioles aux yeux argentés. Des yeux coquins, qui sem-
blent appartenir à des êtres doués d'intelligence. Yeux argentés, qui
hypnotisent. L'homme les fixe. Il lui est difficile de se soustraire à cette
emprise. Au-delà de ces reflets grisâtres, quelqu'un le regarde et l'appelle d'une voix lointaine : « Frank ! Frank ! » C'est celle de sa mère.
« Frank, réveille-toi ! Sors de ta léthargie ! Ton calvaire achève.
Bientôt, tu sortiras de la prison. Je ne peux plus me soumettre au
silence des sages. Je t'ai donné la vie ; je te dois la liberté. Tu t'enfuiras
à la première occasion. Je m'occuperai du reste. Ne cherche pas à comprendre ; il n'y a rien à comprendre. Va ! suis ta route, d'instinct, elle
est déjà tracée ! Mes yeux s'embrouillent, éteints de toute pitié, de toute

piété. Réveille-toi! Tu es mon petit Lazare d'ores et déjà ressuscité des limbes. Bientôt, tu vivras des moments extraordinaires… »

L'homme s'est assoupi. Il a repris, encore une fois, le chemin des songes. Les yeux des ténèbres se sont éteints. Les rats ont disparu. On entend seulement un bruit lointain, comme un écho… Ecce homo.

Dans cet espace enténébré, Frank Dolcé se réveilla tout à fait, non sans jeter de rapides coups d'œil dans toutes les directions. Il lui semblait qu'on l'épiait. Que des yeux l'observaient. C'était certes une fausse impression. Il était seul maintenant. Enfuis ses compagnons d'infortune qui, naguère, peuplaient ce cachot exigu. Perdu dans un nuage de pensées, léthargique, il en vint à songer à ces bruits qui ne laissaient point de trêve à l'oreille. Cela lui apportait effroi et réconfort en même temps. De fugitives émotions, celles que ressentent les hommes abrutis par le malheur. Frank eut un haut-le-corps, surpris d'avoir pu éprouver quelque chose. Son cerveau, machine indestructible, était en éveil, traversé maintenant d'une lueur d'espoir, ultime viatique qui donnerait un peu d'aplomb à son âme fatiguée. Il scruta de nouveau la pénombre, cherchant un point où poser le regard, occuper son esprit, comme pour se cramponner à une bouée de sauvetage.

L'atmosphère était lourde. C'était à croire que l'air pénétrait mal par la seule fenêtre qu'on devinait dans l'obscurité. Frank respirait lourdement, le souffle court, pareil à celui d'une vieille femme dont les poumons, par un effet de l'âge, remplissaient mal leur fonction. Une natte, effrangée par des années d'usure, couvrait à moitié le sol hérissé de pierres et souillé de matières fécales. Les murs froids, marbrés à souhait de moisissures, dégageaient une humidité de rigole, au grand plaisir des rats dodus et des ravets lustrés qui disputaient leur sordide empire au dernier des prisonniers.

Frank remonta le collet de sa vareuse et y enfonça le cou. Ses mains glacées prirent la direction de ses poches, au fond desquelles il serra les poings, comme pour éprouver sa force. Au bout d'un court instant, il inclina la tête comme s'il eût trouvé, dans le désordre de sa pensée, une idée généreuse capable de le divertir, de lui faire oublier, l'espace de quelques minutes, qu'il était enfermé vivant dans un tombeau de briques. Des images d'enfance vinrent s'échouer sur l'abrupt sentier de ses souvenirs. Il ferma les paupières pour jouir des délices de ces moments perdus…

Cette femme filiforme, aux longues jambes, au derrière qui retrousse jusqu'au dos, c'est ma mère. J'aime la regarder. Elle m'amuse, elle me fait rire. Elle me cajole de sa main furtive, douce comme un gant de velours posé sur ma tête crépue. Je la regarde avec attention, en surveillant tous ses gestes à la loupe. Je sais qu'elle m'aime; avec elle, je me sens en sécurité. Son parfum de musc aux relents tenaces me rassure, lorsqu'elle est absente. Elle marche sur la pointe des pieds. On dirait qu'elle va s'envoler vers les nuages. Elle me fait penser à une gazelle aux aguets, à une guêpe en éveil et qui ne cesse de bourdonner autour d'un pot de fleurs. Elle est toujours occupée, ma mère. Et je la regarde sans cesse. Elle a des yeux qui brillent dans la pénombre, des cils longs comme des branches de palétuvier. Son perpétuel sourire laisse croire à sa bonne humeur, même quand ça va mal. Son visage irradie la joie de vivre. Elle n'est pas comme madan *Saint-Armand, qui a toujours la mine basse malgré son sourire. Je veux rester avec ma mère pour toujours. Me blottir contre elle, sentir son cœur battre contre ma tête. Et qu'elle me dise : « Dors mon petit, le crabe est dans le gombo*[1]. » *J'aime entendre son rire saccadé. J'aime voir ses dents blanches, emboîtées l'une sur l'autre comme des petits dominos. Elle est belle, ma mère.*

Parfois, elle danse toute seule, ma mère. Son corps léger est un brin de paille au vent qui tourbillonne dans le vide, le désir, l'insouciance. Elle se tord de rire, en proie au vertige. Je ne sais pas pourquoi elle rit. La lumière du jour fait briller le satin de sa peau, parsemé de pores granulés. Elle tremble, elle frissonne, chatouillée par un vent de

---

1. *Dodo tititt, krab nan kalalou.* Le sens littéral demeure : Dors sans crainte, mon enfant, car il n'y a pas de danger à l'horizon.

fin d'après-midi qui s'attarde sous sa jupette. Il ébouriffe ses cheveux où était piqué un crayon, qui tombe sur le sol. Je voudrais le ramasser mais je me retiens : elle pense que je dors.

Penchée sur sa table de travail, elle fredonne une chanson que je ne connais pas. Elle coupe des morceaux de tissu pour en faire des robes, des jupes noisette, orangées, violettes. Je prends plaisir à deviner le ténu froufrou des étoffes entre ses doigts. Elle les défripe et les repasse, s'attardant sur chaque pli. Les interstices de ses lèvres laissent voir des épingles. J'ai peur qu'elle ne les avale et ne meure. Je crois que les mères sont éphémères comme des fleurs, n'est-ce pas ? Elle s'assoit, tout en me jetant un sourire à la dérobée. Je feins toujours de dormir. J'aime ces moments où le bonheur semble s'arrêter pour nous saluer. J'aime cette quiétude, rythmée par le bruit régulier que fait la pédale de la Singer, qui mange le cachemire, le tergal, la mousseline. Ma mère se lève tout d'un coup ; elle ne tient pas en place. Elle est comme une guêpe, ma mère. Elle butine de tissu en tissu durant le jour.

Le soir, elle s'enferme dans la petite chambre et parle à des êtres que je ne vois jamais. Je l'entends murmurer, crier, dans des langues que je ne comprends pas. Des gens viennent la voir et s'engouffrent dans cette chambre. Une pièce sans lumière qu'elle referme à double tour derrière elle. Un lieu mystérieux, qui m'est défendu. Un jour m'a-t-elle dit, je comprendrais sans qu'elle n'ait besoin de rien expliquer. Mais un enfant finit toujours par tout savoir...

À l'école, mes amis m'agacent, me crient des noms. Ils disent que ma mère est un Garou, une Galipote, une Zobop. Ils disent même qu'elle vole, le soir, pour aller chercher l'âme des enfants. Jamais mes amis ne sont venus chez moi, de peur que ma mère ne les mange. Et pourtant, ma mère est si gentille. Elle ne ferait de mal à personne... ♣

Chapitre VI

Le commandant

CLAUDIUS NÉRON. Hervé Jean-Bart s'habillait devant son miroir et, de ses mains, aplatissait des écheveaux de poils sur son crâne luisant. Il sentait peser sur lui le regard de sa femme qui, béate d'admiration, le détaillait. Il se tourna vers elle. Depuis toujours, son sourire l'émoustillait. Il contempla l'épure de son corps quadragénaire à travers son chemisier de tulle. Jamais femme n'avait fait sur lui autant d'impression. Elle était assise en fakir sur un lit à baldaquin et soupirait d'aise en regardant autour d'elle. À dire vrai, Ketty Jean-Bart était heureuse, heureuse comme une chatte dans un réchaud de cendres tièdes. Tout, dans cette maison décorée de délicats lambris, répondait à ses attentes. Située à Ducroix, à flanc de montagne, c'était une espèce de bunker cerné d'arbres et presque inaccessible aux curieux. Deux dobermans, qu'on avait dressés pour tuer, patrouillaient la propriété jour et nuit. Ketty avait mis un peu d'elle-même dans tout cela. Ainsi, elle avait commandé expressément de Turquie des tapis que des ouvriers du coin avaient posés à grandeur de demeure. Des meubles art déco, importés d'Italie, donnaient la réplique à ceux de Chine, ornés d'éloquentes arabesques. La chambre conjugale, attenante à la salle de bains, se terminait en arcade par une baie vitrée. Ketty n'avait qu'à ouvrir la porte, côté jardin, pour respirer au lever du jour le parfum des rosiers et des myosotis.

Le baiser de son mari l'éloigna de ses rêveries matérialistes. De grosses lèvres charnues musardaient dans son cou. Elle était chatouilleuse, la Ketty, et riait de sa voix cristalline. Elle lui rendit son baiser tout en ajustant sa cravate. Ses gestes avaient ce quelque chose de lascif et de félin qui pouvait adoucir le plus terrible des machos. Tout en louvoyant, elle lui glissa avec un fort accent parisien : « Tu ne seras pas en retard pour dîner, n'est-ce pas chéri ? La bonne va nous préparer du lambi aux noix d'acajou. » Au moment où Jean-Bart allait sortir, la sonnerie du téléphone se fit entendre. Ketty se roula sur le lit et décrocha le récepteur : « Oui, allô ! *Yes mister, hold on a second* », fit-elle, en tendant le combiné à son mari. « Qui est-ce, chérie ? » « Steve Schultz », grimaça l'épouse avec dédain. « *Yes* » enchaîna Jean-Bart. « *The plane is coming tonight… Yes, yes… As well as the deposit… Good. We can't talk too much on the phone. I'm on my way…* » Il se frotta les mains, embrassa de nouveau sa femme et s'en fut. « Ah ! ce fieffé pédé, c'est un malade ! Il causera ta perte, tu viendras me le dire un de ces quatre », murmura Ketty qui, déjà, cherchait à chasser cette préoccupation.

En l'espace d'un moment, elle fut ailleurs. Elle avait le vent dans les voiles et tanguait de l'autre côté de l'océan. Elle pensait aux emplettes qu'elle faisait chaque mois à Miami, aux grands *Shopping Centers*, aux dancings huppés, à son club de tennis. Enfin, à toutes ces bonnes choses qu'offrait une grande ville industrialisée, où tout était froidement pensé, ordonné, où la misère même était à sa place. Elle jouait discrètement à cloche-pied dans les HLM, dans ces buildings de béton où l'on apprivoisait le malheur à coups de subventions. Un malheur caché, encadré, qui absolvait la conscience de tout remords. Un malheur différent de celui qu'elle côtoyait dans les îles et qui blessait la vue, bossu, gangrené de maladie et qui traînait dans les rues, au hasard de l'itinérance. Un malheur qui avait la main tendue à longueur de journée et qui répétait comme un leitmotiv : « La charité s'il-vous-plaît-pour-l'amour-de-Dieu. »

Ketty était lasse de voir ces clochards qui semblaient l'accuser des yeux, qui refusaient son obole. On aurait dit qu'ils faisaient exprès pour obstruer la rue, pour venir se fracasser sur sa Mercedes, comme des éphémères amoureux de lumière.

Excédée de constamment heurter son regard à la mendicité criante, Ketty avait fait construire une maison tout aussi luxueuse à Tampa Bay, en bordure de mer. Là était la vraie vie, sa vie. Miami était devenue sienne. Sa chose à elle. Elle y allait souvent pour oublier ce pays délavé par la misère, érodé de tout espoir, cette terre de chagrin, oubliée du reste du monde, qui ne savait enfanter que des cyclones et des fléaux. Elle rêvait de vastes étendues, de contrées fabuleuses où galopaient en toute liberté des étalons dressés. Elle rêvait de jardins stylisés où fleurissaient à foison dahlias, muguets et bégonias. Elle rêvait de gazons luxuriants sur lesquels des hommes en maillot frappaient une petite balle blanche avec une tige de métal. De grandes autoroutes, rien que pour le plaisir de voir filer côte à côte Jaguar, BMW et Alfa Romeo, non sans leur cortège de gens heureux au parler nasillard. Et de voir, devant les grandes vitrines des magasins, les femmes en bikini, bronzées à l'excès. Comment pouvait-elle oublier leur démarche sautillante, leur cul arqué et fier, elles qui paradaient comme des bêtes devant des acheteurs de marque? Comment pouvait-elle oublier leurs sourires radieux, leurs regards pleins de vice et de caprices?

Ce paradis blanc était fait pour elle, à sa mesure. Loin d'elle l'image des mulets fatigués, ahanant sous l'écrasante charge de charbon. Loin d'elle les allées de pissenlits, de chèvrefeuilles et d'orties dans les jardins empoussiérés, les petits commerces aux façades tristes, les *tap-taps* tarabiscotés menant, ci et là, des Nègres au visage raviné de misère. Pour Ketty Jean-Bart, le mystère de la vie était en Floride. Elle reniait son pays. Elle n'en voulait plus, grands dieux, non! Elle voulait voir autre chose à longueur d'année. Des plantations de maïs à perte de vue, des orangeraies, des gentlemen-farmers en jeans, buvant de la bière devant leur *pick-up* rutilant. Comme à la télé. Une vraie vie, quoi!

Ketty, qui avait franchi un nouveau pas, était heureuse de sa réussite. Elle et Jean-Bart se complétaient admirablement. Ce n'était pas sans raison qu'ils étaient ensemble depuis vingt ans. Si ce n'était plus l'amour fort, l'amour fou, l'amour véritable, il restait avec l'âge et l'habitude ce lien tenace qu'on appelle l'affection. Souvent, elle se demandait si ce bonheur allait durer. Elle craignait qu'une autre femme ne vienne lui ravir son mari. La concurrence était forte en ce pays de désœuvrées. Les femmes en rut, mignonnes à souhait, cavalaient dans les rues comme des vautours à la recherche d'un homme en or. « Le mien, il est à moi et je le garde! » cria-t-elle à une interlocutrice invisible. L'instant d'après, elle se dit qu'une telle catastrophe ne pouvait lui arriver. Il y avait tout de même un bon Dieu quelque part!

Ah! cet Hervé Jean-Bart… Quelle pièce d'homme! Son homme. Elle aurait juré que le temps n'avait eu sur lui aucun effet. En vérité, le commandant détestait l'acharnement des années sur son corps. Il s'imposait d'effroyables séances de musculation destinées à contrer la mauvaise foi de la nature qui, déjà, l'acculait au mur de la vieillesse. Rien n'y faisait. Sa bedaine, en bon comptable, dénonçait avec arrogance ses cinquante ans d'abus alimentaires et de débauches orgiaques. Or, Ketty paraissait n'en rien voir. Elle ne s'attardait pas davantage à ses joues poivrées de points noirs, souvenir d'une acné dévastatrice, à cet amer et vilain rictus qu'il affichait en permanence pour se donner un air bourru.

Ketty trouvait pourtant à redire sur un point qu'elle tenait pour une faiblesse : sa tenue vestimentaire. Hervé Jean-Bart était toujours en uniforme, au grand dam de sa femme qui aurait aimé le voir en maillot et en baskets. Il préférait le pantalon et la chemise kaki chamarrée de décorations, qui indiquaient son haut rang de commandant. Il y avait aussi la cravate noire, qu'on aurait dit assortie à ses bottes de même couleur. Un revolver de calibre 45 à crosse de nacre pendait à sa gauche et complétait la tenue. Il marchait les pieds par en dedans, usant d'une souplesse naturelle à tendre la jambe droite toujours plus loin en avant. Cette astuce donnait à la démarche du commandant une finition chaloupée, ce dont il n'était pas peu fier. On ne voyait que très rarement ses yeux chassieux, qu'il dissimulait derrière des lunettes de soleil. La lisière de sa casquette cachait son front, si bien que nul ne pouvait lire ses intentions. N'eût été ce tic nerveux qui traversait ses lèvres à intervalles irréguliers, on aurait juré qu'il était fait de marbre.

Il était sept heures trente quand le père Messidor vit Jean-Bart débarquer de sa Range Rover. Celle-ci était d'un rouge sang caillé, qui blessait la vue tant elle rutilait. Léonce inhala deux bouffées de sa pipe. Une âcre fumée lui obscurcit la vue. Il balaya le vide de la main avec nervosité, accrochant au passage ses jumelles et son carnet. Chaque matin, avait-il remarqué, et presque à la même heure, Jean-Bart se garait devant l'épicerie de monsieur Chung pour s'approvisionner en cigarettes. Ce faisant, le commandant ne manquait jamais d'écouter les rodomontades des chômeurs matutinaux. Il aimait voir leurs gestes obséquieux, leurs regards pleins d'égards envers lui.

On s'esquivait pour le laisser passer. On se renseignait sur sa santé. On lui faisait des compliments, non sur la grosseur de sa bedaine, mais sur son allure sportive. Il les remerciait de la main comme Néron du haut de son podium, avec dédain. Des va-nu-pieds essuyaient à grand renfort d'exagération la carrosserie de son véhicule tout terrain. De biais, ils le regardaient, espérant un petit quelque chose. « Dégagez, bande de vauriens, vous savez très bien que vous n'aurez rien de moi ! Nourrissez une corneille et elle

vous crèvera les yeux si elle en a l'occasion. » Feignant de prendre
l'insulte pour une plaisanterie, tout ce monde riait d'un rire faux
et gras. D'un rire jaune, qui avait le pouvoir d'entraver la peur.

Le commandant démarra et fit crisser les pneus. Il venait de
se rappeler qu'il avait rendez-vous avec Steve pour préparer la
livraison du soir. Le père Messidor nota d'une main tremblante
dans son calepin : sept heures trente-cinq. Il le feuilleta page par
page et s'avisa que Jean-Bart se présentait aussi chez Chung le
mercredi, à huit heures trente. Il se dit tout bas : « Tant mieux ».
À cette heure-là, les rues étaient presque tranquilles. Léonce disposait maintenant de toutes les informations requises pour
mettre son projet à exécution. Mais aurait-il la force d'aller jusqu'au bout ? Une telle entreprise demandait du courage et, le père
Messidor le savait, il n'était pas l'homme de la situation. Or,
depuis sa conversation avec Gabriella, il éprouvait le remords de
n'avoir pas agi plus tôt. Insidieusement, sa fille l'avait incité à venger son frère, à réparer un oubli. Le père Messidor se sentait
obligé de faire quelque chose. Il ne pouvait plus revenir en arrière.
Comment l'aurait-il pu, alors que la machine destructrice de
Jean-Bart poursuivait son œuvre et menaçait à présent Gabriella ?
« Qu'a-t-elle fait pour mériter un tel acharnement ? Pourtant, ma
fille ne s'est jamais mêlée de politique. Veut-on s'en prendre à moi
en attaquant mes enfants, tonnerre de Dieu ? » ruminait-il avec
désolation. Assurément, Jean-Bart méritait la mort pour avoir
fait disparaître son fils. Un tel acte ne pouvait rester impuni.
Léonce songeait aussi qu'en se débarrassant de lui, Gabriella
serait désormais hors de danger. Avec rage, il se mit à maudire ce
pays où les militaires s'arrogeaient le droit de disposer à leur
guise de la vie des gens. Le visage en sueur, les tempes bourdon-
nantes d'idées assassines, le père Messidor fit démarrer sa voiture
et quitta les lieux. ❧

Chapitre VII

Un troupeau de transhumants

L'ATMOSPHÈRE DU PAYS. Nadeige délaissa sa machine à coudre pour se diriger vers la porte. Elle venait d'entendre des bruits inhabituels en provenance de la rue. En deux temps trois mouvements, elle se trouva sur le perron avec d'autres commères qui, déjà, jacassaient des nouvelles fraîches de la soirée.

Au loin, une procession d'hommes efflanqués vêtus de cotonnade bleue, griffée de trous et déteinte par l'usage, s'amenaient au pas militaire. Ils se déplaçaient d'est en ouest vers la caserne des Volontaires de la sécurité nationale. Nadeige, les lunettes fixées sur le bout du nez, reconnut à cette horde de loqueteux les macoutes de Duvalier, fraîchement recrutés des campagnes avoisinantes. Elle eut un mouvement de saisissement, comme si elle venait d'apercevoir une tripotée de monstres hideux. Ses lèvres marmonnaient des patenôtres avec la frénésie d'un paralytique au pied de Sainte-Anne. De la foule assemblée pour la circonstance montait un rauque bourdonnement. On aurait dit celui de la marée annonçant l'arrivée d'un cyclone.

Les miliciens de la Sécurité nationale paradaient en sifflotant sans conviction un air guerrier. Ils étaient armés de pics, de bâtons, de machettes et d'instruments aratoires. C'étaient en effet des gueux de paysans qui, fatigués de trimer dur dans les plantations de canne à sucre, avaient décidé de rejoindre la clique de Bébé Doc. Au pays d'Haïti, en ces temps de vaches maigres, c'était une aubaine considérable. Leurs visages d'acajou étaient sans expression, griffonnés de rides de misère. Or, ils étaient fiers de joindre les rangs de ceux qui tenaient le bâton par le bon bout. Leur pauvreté était si lourde à porter qu'ils étaient prêts à tout afin de parvenir au sommet. Là où l'argent coulait à flots. S'ils marchaient ce soir, c'était par instinct de survie. Le désir impérieux de ne plus retourner dans les plantations entraînait leurs mouvements. Dans ce grand abattoir qu'était devenue la cité du Cap-Haïtien, un métier de boucher les attendait, lequel déjà les grisait de gloire intérieure. Eux qui, jadis, tuaient gratuitement poules, cabris et cochons pour rendre service à un bon voisin, étaient maintenant décidés à tuer sans remords des chrétiens-vivants. Pour infléchir leur destin, effacer leur passé atroce. Dans un muet discours, ils remerciaient celui qui les avait conduits à ce simulacre de résurrection.

Le grand Duc des macoutes, Robert Étienne, suivait à la lettre la philosophie de Papa Doc. Lors du recrutement, il choisissait ses sujets selon un *curriculum vitæ* bien précis. Préférence était donnée aux illettrés, aux laids, aux frustrés et aux orphelins dont le carnet de santé était sans reproche. Aussitôt arrivés à la caserne, on les prenait en charge. On les secouait ferme pour posséder leur *petit bon ange*. Sans âme et défunts de leur conscience, ils étaient corvéables à volonté pour les besognes sanguinaires. Durant plusieurs jours, on les privait de nourriture. Maïs moulu agrémenté de *ti-pisquettes* et de *piments-boucs* était le seul repas qu'ils connaissaient, les premiers temps. Ils se devaient de rester debout sans geindre et de dormir à la belle étoile par temps de pluie. Ce faisant commençait, *ad nauseam*, un lavage de cerveau.

On pointait du doigt la société responsable de leur sort. Une enceinte acoustique accrochée à l'encoignure d'une fenêtre propageait des messages haineux à chaque cinq minutes. Elle disait en decrescendo : « Méfiez-vous des bourgeois, des mulâtres, des communistes et des intellectuels. » Après trois mois de dur entraînement, on les débarrassait de leurs hardes. Un uniforme bleu, courtoisie du manufacturier Acra et Fils, parait leur corps endurci. Des armes rutilantes, une pintade en broche, une besace de paille ainsi qu'un foulard écarlate complétaient leur tenue. Des lunettes de soleil, qu'ils devaient porter en tout temps, même le soir, cachaient leurs yeux rougis. On leur interdisait de rire en public. Un grincement de dents était préférable à toute forme de gentillesse. La dureté dans les gestes était obligatoire. Toute dérogation à cette ordonnance était sujette, au mieux, à la révocation, au pire, à l'emprisonnement. Dès le premier coup de baguette, on éliminait sans quartier les faibles. Ceux-ci, à la merci des aléas du sort, allaient grossir la bande de parias qui se ramassaient sous le pont Hyppolite, en bordure des bidonvilles improvisés. Les durs, certes, résistaient. Ces quidams au foulard rouge devenaient les « bois campés », les chiens méchants mis en laisse pour l'État. Au son de la voix qui les avait dressés, toutes griffes dehors, ils étaient prêts à de viles bassesses : soit à couper les têtes ou à brûler les maisons. Envers et contre tous, on les avait changés en bêtes…

D'une main vigoureuse, la droite, le grand chef des tontons macoutes faisait maintenant tournoyer sa mitraillette. À ce signe, les macoutes répétaient en chœur : « La mort à ceux qui n'aiment pas le président. La mort, oui. » Robert Étienne, Bébert pour les intimes, était grand, élancé, costaud. Beau mâle de l'île, il n'avait pas assez de son membre viril pour baiser toutes les femmes de la ville. Bébert était bien habillé, une vraie carte de mode pour connaisseurs. Une impression de fausse dignité se dégageait de sa personne. Tout en muscles, avec à peine un soupçon de ventre, il en imposait. D'une cruauté raffinée, il ne laissait jamais voir ses émotions. C'était un fin renard qui, avec son sourire bon enfant, laissait croire qu'il ne pouvait faire de mal à une mouche. D'aucuns disaient que c'était un homme terrible. D'autres croyaient qu'il était capable des plus grandes douceurs. En vérité, il était aux macoutes ce que Hervé Jean-Bart était à l'armée.

À l'instant même, il marchait à reculons et guettait dans ses rangs tout signe de fatigue et de nonchalance. Roulement de caisses et ronflement de trompettes accompagnaient les pas de ceux qui ne savaient pas garder la cadence. Robert lorgnait le mouvement des jambes de ses sujets. Triste cinéma! Les plus chanceux portaient des bottes déchirées, des souliers en loques qui laissaient paraître leurs orteils ferrés. Les autres, plus dépourvus, nu-pieds qu'ils étaient, marchaient en boitillant. Des tessons de bouteilles, répandus sur la chaussée par des enfants, les obligeaient à prendre une démarche d'ivrogne. Par une méchanceté de la nature, le clair-obscur venait baigner leurs visages, mettant à jour les sillons de leurs joues labourées par le hersage de la laideur. Leur regard était absent, projeté dans la mémoire d'un temps révolu. Un curieux aurait pu observer que leurs lèvres avaient ce noir parcheminé des prunes bouillies. Une nuée de mouches, attirées par les mauvaises odeurs, tournoyaient à qui mieux mieux au-dessus de leurs têtes. On les entendait de fort loin. D'emblée, ceux qui croyaient en Dieu et qui craignaient le Diable se signaient avec componction. Dans leur cœur, en vérité, il n'y avait aucune place pour la pitié ou pour le pardon.

Des rires épars fusaient. Les gosses insouciants se bidonnaient. En plein milieu de la rue 7 Espagnole, un albinos fanfaronnait sur un monocycle. Un chat, avec un rat dans la gueule, traversait la rue en courant. En haut, sur le balcon en face de chez Nadeige, le bourgeois Sanchez prenait le pouls de la vie haïtienne. Toute la piétaille du terroir — des *mazinflins* à qui l'on n'aurait pas donné le bon Dieu sans confession — était là et en mettait plein la vue aux caméras que tripotaient les zouaves du *National Geographic*.

Il ne manquait plus que ça : les Américains ! Bébert était vert de colère et surtout, de honte. Mais il se consolait à l'idée que dans trois mois, ils seraient méconnaissables. *Regardez-les passer et gardez vos paroles de pitié pour vous. Aujourd'hui, ils ne valent pas l'obole d'une prière, mais demain, ils vous feront pleurer !* Le peuple ne perdait rien pour attendre. Il appela son aide de camp d'un claquement de doigts : « Fais taire ces petits cons. Et pis, débarrasse-moi des autos qui traînent dans les parages. Pronto ! Pronto ! » « À vos ordres, chef ! » Le milicien virevolta et s'en fut au pas de course. Il ne demandait pas mieux que de faire un peu d'exercice viril car il commençait à s'emmerder. Il se mit à taper à grands coups de crosse de fusil sur le capot des voitures. Hardi comme les sots petits Nègres de son calibre, il s'en donnait à cœur joie. « Déplacez les autos ! Je veux voir la rue nette », hurlait-il, grisé de son pouvoir et de la mission qu'il avait à accomplir, « sinon, vous pouvez dire adieu à vos voitures. Et que ça saute ! Je n'ai pas toute la soirée devant moi, bande d'imbéciles. Dites à vos enfants de fermer leur gueule s'ils tiennent à leurs os... »

Le macoute obtint pour toute réponse un hourvari de protestations qui parut lui déplaire. Il se retourna et fit semblant de frapper au hasard sur quelqu'un. Voyant venir la crosse du fusil et ne sachant sur quelle tête elle allait tomber, la foule recula en désordre. Satisfait de l'émoi qu'il venait de causer, le petit homme arrêta son geste, non sans chercher des yeux celui ou celle qui oserait défier son autorité : « Vous avez foutre de la chance aujourd'hui ! » cracha-t-il, sur un ton goguenard. Puis, il aperçut une dame adossée à une Jeep Wagoneer. Elle avait l'allure d'une paysanne qui, ayant épousé un homme fortuné et malgré d'extravagantes tenues, ne parvient pas à se défaire de son air rustique. L'aide de camp s'arrêta pour la saluer avec révérence, comme s'il s'agissait d'une personne de haute importance. « Mes respects, mes excuses, madame Moscova », bégaya-t-il. « Je ne vous avais pas reconnue. Je… » Elle l'interrompit net d'un geste condescendant de la main. Ayant évalué toute la frayeur qui se lisait sur le visage de l'apprenti-macoute, elle se borna à rétorquer : « Fais attention, mazette ! Regarde bien, la prochaine fois, où tu mets les pieds. On se comprend ? »

On s'empressa de déplacer les voitures. Il ne fallait sous aucun prétexte déranger les serviteurs de l'État dans l'exercice de leurs fonctions. La foule, disciplinée mais curieuse, s'alignait sur les trottoirs, en bancs serrés, prête à s'envoler comme une bande d'oiseaux effarouchés au moindre bruit suspect. Elle regardait, incrédule, ce troupeau de transhumants que la lutte pour la survie poussait vers des pâturages à défricher, des contrées à découvrir, des maisons à démolir et des cités à anéantir.

En cours de route, ils allaient piller et voler : matelas, armoires, réfrigérateurs, téléviseurs et autres objets de luxe. Tout ce qui pouvait se vendre et procurer de l'argent en vitesse serait confisqué. Ils ne laisseraient sur leur chemin que cadavres, débris de cadavres et douleur. Des veuves hurleraient la disparition d'un être cher, les pleurs de marmailles orphelines résonneraient à l'aigu, en pure perte. Comme toujours, des blessés par centaines seraient laissés pour morts. Les plus malchanceux seraient enterrés vivants dans des citernes abandonnées en bordure de mer, puis brûlés avec un peu de mazout. Ces hordes aveugles laisseraient dans leur sillage hardes, oripeaux, détritus, cendres et sang coagulé sur fond de deuil, une hécatombe. C'est pourquoi la rue, vidée de ses voitures et de ses bicyclettes, accueillait ceux qui n'avaient jamais participé à aucune guerre et qui, de surcroît, se prenaient pour des héros de la révolution.

Les commères du voisinage, *sor* Amélie LaForce, *sor* Nelson et *madan* Saint-Armand s'étaient agglutinées devant la porte de *sor* Nadeige. On aurait dit des fourmis sur un morceau de sucre. Elles avaient l'habitude de dire ce qu'elles pensaient, à voix basse certes, mais savaient aussi parler haut et fort lorsqu'il le fallait. Ce soir, Nadeige n'avait aucunement l'intention de jouer les martyrs. Elle voulait à son tour rendre coup pour coup avec une arme millénaire qui, maintes fois, avait fait ses preuves. « Ils vont en voir des rats. Je vais leur en foutre une peste carabinée dans les viscères. Croyez-en ma parole ! » jeta-t-elle à la cantonade. « C'est le commencement de la fête ! » renchérit *sor* Amélie, en s'éclaircissant la gorge. « Un régiment de sanguinaires en si grand nombre en plein dimanche, j'aime vraiment pas ça. Tu me comprends Nadeige ? » gloussa *madan* Saint-Armand, tout en lui clignant de l'œil, en complice. « On n'est pas sortis de l'auberge ! » ajouta *sor* Nelson. « Je sens qu'il y aura un couvre-feu dans les quarante-huit heures. » « Notre tranquillité d'esprit n'est pas pour bientôt », continua *madan* Saint-Armand. « Au moins, mon filleul sera libéré. Aïe aïe ! les rats ! Ils vont en avoir plein les tripes, foutre-tonnerre ! »

Voilà l'atmosphère qui régnait dans le pays en ce 29 octobre 1976. Nadeige avait le regard extatique. Ses yeux irradiaient une lueur ardente. On aurait dit une sibylle attendant un mot d'ordre aux portes de Lucifer. En fait, elle réfléchissait. Elle affûtait ses ergots en attendant le grand combat, sous le péristyle sacré. L'heure de sortir son fils de prison était arrivée. Nadeige devait se mettre à l'ouvrage sans perdre de temps ; sinon, il serait trop tard. « Ce soir », dit-elle en aparté à *madan* Saint-Armand. « Je viens de sentir les VIBRATIONS que j'attendais, les bonnes. C'est ce soir ou jamais ! » ✿

Chapitre VIII

Les funestes cargaisons

UNE MACHIAVÉLIQUE AMBITION. Il était vingt et une heures lorsque la Range Rover du commandant s'arrêta devant la maison du Dr Steve Schultz. C'était une coquette résidence de style colonial, peinte en blanc et de construction récente. Une véranda en bois ouvragé en faisait le tour, ce qui ne manquait pas de rappeler l'architecture louisianaise. Encadrant la maison, des lilas, des tilleuls et des chèvrefeuilles enjolivaient le décor sur la pelouse fraîchement rasée. Les grillons et les criquets avaient, depuis un moment déjà, entamé leur concert.

Ti-Steve, comme on le surnommait, était assis sur une marche d'escalier, en train de fumer. En voyant Jean-Bart, il écrasa son mégot du talon et engloutit son fume-cigarette dans sa poche. Puis il dévala l'escalier en sifflotant. Cet homme encore jeune avait un visage doux, vestige d'une bonté d'enfance que l'âge achevait de ternir dans le vice. Aux traits d'une délicatesse douteuse s'ajoutait le timbre de voix, tantôt nasillard et tantôt aigu, comme si deux âmes se disputaient, dans ce corps frêle, le droit de s'exprimer en même temps. Il avait la fastidieuse manie de replacer une mèche de cheveux derrière son oreille gauche, d'un geste tremblotant qui évoquait une précieuse de banlieue snob. D'une poigne ferme, Jean-Bart lui serra la main. Steve la retira aussitôt, de peur qu'il ne la lui aplatisse dans un excès de virilité. « Maudite brute, tu ne changeras donc pas ! » fit-il avec un rire qui, d'un coup sec, se figea. Il venait de sentir dans son dos une haleine animale.

Il se retourna en vitesse et vit deux paires d'yeux qui brillaient dans l'obscurité. C'étaient ceux de dobermans, des compagnons de chasse que le commandant traînait avec lui, le soir, lorsqu'il allait faire une transaction. Ti-Steve ne les avait pas remarqués en montant dans la Range Rover. Jean-Bart, qui avait tout éteint à l'intérieur, voulait se payer la tête de son freluquet partenaire. Sous l'effet de la surprise, un cri fluet s'était échappé de la gorge de Steve. Ses mains avaient balayé le vide avec de petits gestes saccadés, efféminés. Jean-Bart en avait encore le fou rire. Il était de ces êtres polissons qui aiment jouer des tours. De plus, il prenait un malin plaisir à se foutre de la gueule de son protégé. « Ce sont mes chiens, fainéant ! Il n'y a pas de danger quand je suis là. Ils ne toucheront pas à un seul de tes cheveux. De toute manière, ils aiment la couenne noire, NOIRE, m'entends-tu ? » Sur ce, il appuya sur l'accélérateur et démarra.

Jean-Bart et Ti-Steve se connaissaient depuis longtemps. Ils entretenaient une étroite amitié de travail. Le premier, comme tous les militaires de l'île, travaillait pour sa propre poche en vue d'augmenter son avoir dans les banques suisses. Le second, quant à lui, s'évertuait sans cesse à parler de patrie, d'intérêts américains et de recherche scientifique. S'il avait échoué sur cette île, il y avait de cela dix ans, c'était dans le dessein de ravitailler les hôpitaux américains en organes et en cadavres. Comme ce pays était moins réputé pour la clémence de son climat que pour la violence de sa dictature, les autorités américaines en avaient conclu que les cadavres ne devaient pas y être une denrée rare. Ces Nègres-là étaient de plus renommés pour leur bonne santé, maladies vénériennes mises à part. Reste qu'ils n'avaient aucunement l'intention de regarder la bride ni la couleur du cheval. Des milliers de leurs concitoyens attendaient, qui pour un foie, qui pour un rein, qui pour un cœur.

Profitant de la situation au maximum, ils avaient dépêché leurs médecins avec de l'équipement *high-tech* dans les grandes villes, sans oublier pour autant les bourgades reculées. En missionnaires, pour commencer, histoire de détourner les soupçons des journalistes afin qu'ils n'aillent pas fourrer leur nez dans leurs affaires. Si d'aventure certains parvenaient à flairer la magouille, les Américains comptaient acheter leur silence en argent sonnant pour éviter qu'ils n'étalent le pot aux roses sur la place publique. De fil en aiguille, les chercheurs américains avaient fini par enquiquiner tout le monde, des curés aux hauts fonctionnaires qui, en spécialistes du graissage de pattes, leur avaient donné carte blanche. Forts de ces complicités, les missionnaires de l'Oncle Sam pouvaient même désormais, sans craindre le scandale, ravir leurs organes aux prisonniers fraîchement exécutés. C'était comme ça. Il n'y avait pas de place pour la pitié. Le temps pressait pour de riches Californiens qui attendaient, venant d'un Nègre, cette portion de longévité, ce supplément de vie.

Steve était l'un de ces médecins diplômés qui, au sortir de l'université, s'était porté volontaire pour une « bonne cause ». Sans trop de réflexion, il avait choisi Haïti, non par philanthropie ou pour le soleil flamboyant, mais pour le sexe à bon marché. Cette île-là serait son royaume de luxure, son labyrinthe de plaisir et de débauche. Une caverne d'Ali Baba riche en culs, sentant le foutre et la rance odeur des corps désunis. Une grotte où les éphèbes à la queue leu leu allaient se prosterner à genoux, pour de l'argent. Ti-Steve s'était promis de se gaver de ces corps, de les pervertir jusqu'à fendre son propre corps. Dans cette portion d'île, ce sanctuaire de débauche, corrompu à souhait par des vandales de toute obédience, il saurait tirer son épingle du jeu.

À cette convoitise s'ajoutait une ambition débridée qui n'avait cessé de croître depuis qu'il avait reçu, au Camp Krome, le titre de Docteur *honoris causa* pour services rendus à la nation. Dans un mémoire adressé au recteur de l'Université du Maine et au P.-D.G. de la Fondation Badinxter, Steve faisait part de ses accointances avec une société secrète vaudou. De celle-ci, il espérait apprendre la formule de zombification si convoitée par ses confrères. Il ne manquerait pas, avec cet élixir, de donner à l'Amérique un brin d'éternité. Il concluait en disant : « La science et la mystique se rencontreront inévitablement à l'aube de l'an 2000. Ce n'est plus une question de siècle, c'est d'ores et déjà une question de décennies. En attendant ce produit miracle, il faudra se limiter à l'importation d'organes pour assurer le mieux-être de notre nation. »

Depuis, il n'avait de cesse de dégoter cette satanée formule zombifère qui le hisserait au panthéon des grands. Assurément, une telle découverte ferait de lui un homme comblé, internationalement reconnu. Un homme nouveau, sans tare et sans tache, que les gens épris de bonnes mœurs n'oseraient plus regarder de haut, avec dédain, comme un vulgaire dépravé. Son nom côtoierait en caractères gras ceux d'Albert Einstein, d'Isaac Newton et de Galileo Galilei. Tel était son objectif à trente-cinq ans. Grands dieux! Il était prêt à donner son âme au Diable pour posséder les sortilèges de ces Nègres macaques et sanguinaires. Ainsi, l'amitié qu'il vouait à Jean-Bart était une amitié sans base et sans fondement véritable. Une amitié qui se trouvait en porte-à-faux sur la corde raide de l'hypocrisie. Une amitié à sens unique qui ne respectait que la seule loi de leur ambition personnelle. Entre ces deux lascars, ces compagnons d'infortune ou de fortune, le jeu était clair.

Jean-Bart jetait maintenant un coup d'œil à son rétroviseur. Une fourgonnette de l'armée les suivait et roulait tous phares éteints pour ne pas attirer l'attention. Steve alluma une cigarette. Il ne tenait pas en place. Il n'aimait pas ce genre de transaction à la faveur de la nuit. Il préférait de loin la table d'opération, sentir la froideur du bistouri dans ses mains gantées. Compiler des données à l'ordinateur, le soir, tout en prenant sa bière préférée. En trois bouffées, il eut fini sa cigarette, fit mine d'en allumer une autre. Jean-Bart le pria de se calmer.

Les véhicules de l'armée, avec leurs funestes cargaisons, empruntèrent la Nationale nord en direction de l'aéroport. C'était une route cahoteuse, où alternaient l'asphalte et la terre battue, une route qui, de toute évidence, n'avait pas connu de réfection depuis bon nombre d'années. Jean-Bart avait l'habitude. Il évitait les trous tout en prenant un plaisir évident à démontrer son habileté de conducteur sur cette route accidentée. Il emprunta bientôt un chemin sombre bordé d'arbres et de buissons qui faisait songer à un sentier de lièvres. Des bêtes nocturnes riaient dans la nuit, lugubres. On entendait aussi le ronflement des moteurs, en compression. Un rauque bourdonnement syncopé qui marquait la rétrogradation des vitesses. Steve regarda son collègue, en coin. « Tu ne peux pas aller un peu plus vite ? La marchandise doit être de l'autre côté avant trois heures », supplia-t-il. « Tu m'as l'air très nerveux ce soir, vieux. » Jean-Bart sembla soucieux une fraction de seconde. Puis il reprit sur un ton méchant : « J'espère que vous n'êtes pas en train de me monter un bateau, toi et ta CIA de merde ! N'oublie pas que c'est moi qui commande ici. On va à mon rythme ou rien du tout », ronchonna-t-il. Au loin, on pouvait apercevoir un fanal qu'on balançait à hauteur d'homme. On arrivait à l'aéroport. Le gardien de nuit, à la solde de Jean-Bart, envoyait son signal : c'était dire qu'il n'y avait pas de fouinards à l'horizon.

Depuis qu'il s'était fait avoir par ce journaliste à la manque, ce Frank Dolcé, Jean-Bart ne prenait plus de risque. Il redoublait de vigilance. Le gardien aurait-il failli à la tâche que ses chiens auraient pris la relève. Il ne voulait plus d'incident semblable. Ce qu'il ne se pardonnait pas, surtout, c'était d'être tombé sur le fils de la plus que célèbre *mambô* de la Petite-Guinée. Il avait, à l'apogée de sa carrière, trouvé chaussure à son pied. « Quelle déveine, quelle guigne, foutre-tonnerre ! » avait-il hurlé. Il savait d'emblée que la *mambô* allait jouer des pieds et des mains pour avoir sa peau. Qu'elle allait appeler à son secours tous les démons de la Géhenne pour embouteiller son petit bon ange. Mais il l'attendait. Entre eux, une guerre de sorcellerie était déclarée de façon tacite. Celui qui aurait la meilleure protection la gagnerait. Hervé Jean-Bart jouait sa vie à chaque minute, à chaque seconde. Pourtant, depuis vingt ans, il s'était toujours tiré indemne des traquenards qu'on lui avait tendus çà et là. Ce n'était pas pour une *mambô* qu'il allait pisser dans ses culottes. Steve l'éloigna de ses pensées noires en lui montrant de l'index le *Twin Otter*. Tout près, deux pilotes en tenue de combat attendaient. L'un d'eux avait à la main une valise. L'autre regardait sa montre. Manifestement, ils semblaient pressés de repartir avec leurs précieuses cargaisons. Le commandant s'essuya le front. Ce n'était pas la transaction de ce soir ni les brusques volte-face de la CIA qui le tracassaient. C'était… autre chose. ♣

Chapitre IX

La supplique de la mambô

L'ARRESTATION. Dans les heures qui suivirent la procession des tontons macoutes, Nadeige prit l'ultime décision d'agir. Quelques pas énergiques l'avaient menée au salon où ses yeux, voilés d'une colère trop longtemps retenue, s'arrêtèrent sur la photo de Frank. D'un geste plein de tendresse, elle la décrocha du mur. Le jeune homme avait son habituel sourire en coin. Le jour où l'appareil photo avait capté cette image, Frank devait être dans une forme superbe. Jamais, semblait-il, il ne s'était douté que, quelques heures plus tard, il serait séquestré et molesté. Nadeige se rappelait tout de ce moment à la fois bref et interminable, de ce temps figé qui ne voulait pas s'écouler.

Ce soir-là, on avait frappé à sa porte à grands coups de pied. Son fils était à fignoler l'éditorial du lendemain, un papier où il était question de Jean-Bart et de l'exportation d'organes vers les États-Unis. Le vacarme avait bientôt redoublé d'intensité, réveillant à coup sûr tout le quartier. En vain. Nul n'osait s'aventurer dans la rue, de peur de connaître le même sort que les assiégés. « Doum, doum! » avait-on fait, avec une rage décuplée. Nadeige avait crié avec force : « J'arrive! J'arrive! », tout en enfilant une robe de nuit. Mais en moins de deux, la porte avait cédé. Frank, en temps normal, se serait rué vers l'entrée à la place de sa mère. Or, il avait eu des soupçons ; il devinait qu'on venait l'arrêter. Aussi avait-il préféré rester en retrait. Usant de ses dernières secondes de liberté, il s'était hâté de brûler son article.

Sitôt la porte enfoncée, un rustre aux yeux proéminents et aux lèvres de bouledogue avait envoyé dinguer Nadeige au sol d'une paire de gifles. À demi assommée, elle avait quand même trouvé la force de crier de ne pas toucher à son fils. Celui-ci, fou de rage, s'était jeté sur le gendarme qui l'avait esquivé de justesse et qui, au passage, lui avait fait don de son poing à l'arrière du cou. Frank avait vacillé comme une feuille morte sous le choc, puis s'était écroulé. Jusque-là inactifs, les comparses s'étaient rués sur lui, achevant le travail à coups de gourdin et à coups de pied. Du visage de Frank, le sang avait pissé en petits geysers et avait éclaboussé le mur. Le gendarme aux yeux de chien — un certain Massillon, redouté dans la cité — s'était arrêté un instant pour contempler son œuvre. Puis, il avait éclaté de rire sans raison, comme un détraqué. Comme si la vue du sang qui se répandait sur le corps inerte de sa victime le mettait dans un état d'allégresse. La gueule de travers, il martelait une seule phrase sur le ton rogue d'un flibustier : « On va t'apprendre à écrire des cochonneries sur les serviteurs de l'État ! » Nadeige voyait là un maniaque qui ne demandait qu'à détruire le fruit de ses entrailles. « Laissez-le tranquille ! Vous me le payerez cher. Toi le premier, fils de pute. Tu mourras étranglé comme une… » Elle n'avait pas eu le temps d'achever sa malédiction que Massillon l'avait estourbie pour de bon. La *mambô* gisait par terre, les bras en croix, lorsque les sbires à la solde de Jean-Bart avaient quitté les lieux. Elle n'avait pu voir qu'on embarquait son fils comme un matelas sale dans le gros camion à benne.

Nadeige remit sur le mur, avec précaution, cette photo témoin d'un passé déjà vieux de trois ans. Elle retenait mal une envie de pleurer et se sentait toute drôle. Une forte douleur montait en elle, comme une plaie sur laquelle on vient brusquement de verser de l'alcool.

Dans les profondeurs de la maison, l'horloge sonna quatre heures. Nadeige porta machinalement la main à son cœur. Il cognait à tout rompre, comme s'il captait un message codé, mystérieux, dont elle seule possédait la clé. *Quatre personnes perdraient la vie dans les quarante-huit heures. Quatre personnes.* Ainsi parla la *mambô*. Elle alla s'asseoir sur sa *dodine*. Sa figure avait le reflet minéral de la glaise séchée au soleil. Ses traits se déformaient, s'enlaidissaient. Ses yeux avaient pris la teinte rougeâtre d'un réchaud de braise. Les esprits malins qu'elle avait toujours refusé de servir, de vénérer dans le sang, venaient la visiter, rôdaient autour d'elle pour l'acculer au mal. Le souffle de la mort planait, la poussait vers d'occultes desseins. Déjà, elle entrait en contact avec les Anges de l'errance. Tous ses membres tremblaient, tremblaient pour accueillir en elle les esprits malins du vaudou. Ogou Badagri, de son rire malicieux, lui ouvrait tout grand ses bras noueux. Baron Samedi, le roi des cimetières et des nécropoles, lui faisait l'honneur de quatre fosses, fraîchement creusées, prêtes à recevoir ses prochains occupants. Tous ceux qui avaient croisé le chemin de Nadeige en seraient quittes pour leurs frais.

En proie à la détresse, le souffle court, la *mambô* psalmodiait maintenant des mots à peine audibles, des mots qui, s'ils reléguaient le bien aux oubliettes, étaient aussi un cri de l'âme jeté à la face du monde…

Le temps a altéré les choses dans le pays. Les vermines ont poussé dru comme de la mauvaise herbe. Rien n'est plus pareil! Les morts enterrés sans cercueil ne suffisent pas à eux seuls à engraisser cette terre. Par temps humide, l'atmosphère exhale l'odeur putride de leurs corps mal ensevelis, comme en représailles aux vivants. Ces morts rancuniers n'en finissent pas de hanter les nuits de clair de lune. J'entends leurs voix dans la cruche sacrée, à côté de mon lit. Ils me parlent à moi parce que je comprends leur langage et qu'ils me transmettent leur pouvoir. Ils me parlent à moi parce qu'ils voient la débauche des vivants macoutes.

L'île est maudite, je vous le dis. Il n'y a pas assez d'eau pour nettoyer les abus commis. Les filles violées avant puberté, le ventre ballonné d'une précoce grossesse, réclament à tout vent leur hymen déchalboré[1]. Dans les courettes obscures de La Fossette, je les entends hurler à des lieues à la ronde, au désespoir du voisinage qui voit, dans ces cris de détresse, le signe avant-coureur d'une calamité sans nom. Les prêtres catholiques, du haut de leur chaire, n'ont plus ce verbe éloquent capable d'enfanter des mots de réconfort. À la nuitée, les saints des églises sont convertis en dieux noirs du vaudou, ressuscités de l'antique Afrique. Saint Jacques le Majeur délaisse étole et chasuble pour se vêtir du pagne des houngans. *Point de vin, ni d'hostie, ni d'eau bénite dans le calice d'or. Cochons, cabris, poules et autres bêtes ailées sont immolés sur l'autel des impies et servis dans des gamelles fêlées.*

Devant ma porte, les gens affluent, qui par intérêt pour les maléfices, qui pour se venger d'un mauvais plaisantin, qui pour racheter l'honneur de sa fille molestée, voire encore pour accroître sa puissance. Chacun a quelque chose à solliciter. Les ambitieux et les capons viennent pour savoir l'avenir. Les outils de mon art, gôvis[2], *poupées créoles, fourmis rouges embouteillées, poudre de* crapaud-bonga, *carapaces de caret, couleuvres* nan-dormi, *lampions, lampes-bobèches, hochets et autres bataclans cabalistiques servent à la tâche qui m'échoit d'aider les faibles à obtenir justice. Je suis la main qui frappe et qui guérit. Les ennemis de mes amis sont châtiés selon leurs œuvres. Des petites punitions, le fameux* madougou[3] *est très en demande, le mal de ventre, le gros-pied et le honteux mal caduc, d'autres encore. Avec ce fardeau, ma croix est lourde à porter. À l'apogée de mon expérience et de mon savoir, j'hésite à châtier mes propres ennemis.*

---

1. Défloré sans précaution, avec rage.
2. Cruche de terre cuite dans laquelle on fait descendre un *loa* pour l'interroger, pour obtenir des renseignements.
3. Hernie testiculaire.

Il m'arrive de songer à leur donner la Mort, à les Zombifier. Mais de nouveau, je me ravise. Un excès de sagesse mal placée me retient. Adepte de magie noire et blanche, ô contradiction, je suis tourmentée jour et nuit par le désir du juste et de l'injuste. Chaque nuit passée sans décréter la mort de ceux qui gardent mon fils en détention est une victoire, un combat gagné sur l'esprit du mal qui est en chacun de nous. Haut et clair, j'avoue hésiter entre le jardin du Seigneur et la brousse désertifiée de Lucifer. Depuis trois ans tournent dans ma tête un flux et reflux de pensées sanguinaires. Tumulte d'eau trouble, ravine débordée dans laquelle je me noie. Or, si ce soir je broie du noir, c'est que j'ai une âme à défendre, une conscience à préserver. Car lorsqu'on plonge dans la mare au Diable, dans la sauce du gros mal, la digestion au réveil est ardue. Je vous le dis et redis, je suis indécise. Cette arrestation m'a changée et ne fait qu'éprouver ma force pour atteindre ma faiblesse. Gens de bonne compréhension, sachez me pardonner si je sombre dans le mal...

Lorsque je suis confrontée au-dehors comme ce soir, je mesure la futilité de ma présence sur terre. Au-dehors, la dictature est féroce, stupide et amère. Les jeunes fuient le pays par milliers dans de fragiles voiliers. La faim sans trêve gangrène les entrailles. Les riches se barricadent dans leurs bunkers, regardent la télévision en couleur. La bourgeoisie « bourgeoise » et, avec ses dix pour cent d'adeptes, prie un Dieu complaisant et mégalomane. Et le peuple dans les bidonvilles, dans les venelles, dans les ruelles, qu'en est-il de lui? Il est le grand absent, me direz-vous, parce que marqué au fer rouge comme du bétail, par une cruelle destinée. Grâce soit rendue à Dieu pour son œuvre, car elle est à son image et à sa ressemblance... Moi, Nadeige Dolcé, femme de l'île, je vous le dis : au train où vont les choses, nous serons exterminés. La loi fatale, martiale, capitale nous guette. Et l'espérance de vie est si faible! Comment garder espoir? Comment continuer à vivre? Je me réveille la nuit en sursaut et en sueur. Ma conscience me tourmente, s'insinue jusque dans mes rêves. J'ai honte. Très honte. De moi, de mon pays cannibale, de ce trou noir des Amériques que Colomb a malencontreusement découvert. C'est un abîme sans fond, honni de Dieu. Prêtez l'oreille, amis ; peut-être entendrez-vous comme moi la voix des morts sans cercueil et celle des prisonniers avilis.

Prêtez l'oreille par temps de forte pluie. Dans le fracas des eaux diluviennes, vous entendrez les voix éperdues des mères délogées, des enfants affamés, des exilés noyés. Ces victimes appellent la vengeance, le sacrifice par le sang et le vaudou, pour que justice soit faite et que se dissipe le désordre intérieur.

Lasse de retourner mes pensées, j'ouvre les bras, je les tends pour parler à Dieu. Mais, au dernier moment, je me ravise. Le ciel est noir comme mon cœur, menaçant, prêt à jeter sur moi l'anathème des anathèmes. Il n'a que faire de mes prières. Le Diable est déjà en moi... ♣

Chapitre X

Le Dernier Repos

UN GEÔLIER NOMMÉ MASSILLON. Les pas se rapprochèrent à une cadence énergique. L'écho en accentuait le vacarme, au point que ce bruit de bottes et de phrases murmurées s'en allait, par à-coups, fracasser les murs jaunis de la prison. En complément, on laissa glisser un bâton contre les barreaux des cellules. Cela faisait penser à cette boîte de conserve que botte un enfant turbulent sur un coteau de gravier.

Dans l'étroit couloir emprunté par les deux gendarmes de service, des ampoules recouvertes de suie faisaient vaciller une lumière inégale. On voyait leurs ombres danser sur le mur comme des créatures d'outre-tombe. Une tapée de rats, qui filaient tous azimuts dans leur trou, poussaient des cris suraigus qui faisaient granuler la peau. Dans ces lieux, à la fois funestes et insalubres, les geôliers semblaient se plaire. Tels des larrons en foire, Massillon et son acolyte se mirent à siffloter dans l'intention évidente d'attiser les nerfs du détenu.

Des propos d'une cruauté délibérée parvinrent aux oreilles de Frank. « Ça fait longtemps qu'on aurait dû le tuer. Le commandant hésite à chaque fois. C'est très louche tout ça. » Le prisonnier tressaillit, soudain saisi. À chaque visite, il avait la peur dans les tripes. Une peur de bête qui sait que la mort l'attend au tournant, une faux à la main. Ses yeux vifs et luisants percèrent la noirceur à laquelle il était habitué. Il avait le regard farouche d'un fauve prêt à bondir mais qui, d'instinct, se souvient qu'il n'a plus de crocs. D'un geste contrarié, il fit craquer ses jointures ; ce tic nerveux lui permettait de tuer le temps afin que son cerveau n'allât pas à la dérive. L'instant d'après, il se mua en crucifix de chair, les bras péniblement étirés, dans un effort pour redonner un peu d'énergie à ce corps qui appelait la vie au secours. Cette vie qui s'en allait à vau-l'eau au gré de la méchanceté des hommes.

Les soldats s'arrêtèrent devant la cellule numéro 8 qu'ils avaient baptisée par dérision : Le Dernier Repos. On alluma une ampoule qui, du plafond, pendait au bout d'un long fil électrique. La lumière gicla. D'un mouvement instinctif, Frank para de l'avant-bras ce flux aveuglant, comme pour se réfugier dans l'obscurité de tout à l'heure.

Les portes s'ouvrirent en faisant grincer leurs pentures rouillées. Les gendarmes entrèrent à pas mesurés et avec un sérieux affecté qui leur seyait mal. On eût dit qu'ils se faisaient violence pour se donner une allure austère et martiale. Massillon agita une seringue de laquelle il fit jaillir quelques gouttes. Sans en avoir reçu l'ordre, Frank baissa son pantalon à la hauteur des genoux. L'espace d'un cillement, il sentit dans sa fesse gauche le travail de l'aiguille, la pression du liquide dans le sillage de sa chair.

Le silence était complet. Pas une quinte de toux n'était venue déranger l'opération. À la fin, on lui donna une tape sur la hanche sans qu'il sût de qui elle venait. Puis, il remonta son pantalon avec ce même geste nonchalant qui le lui avait fait descendre. Il entendit quelqu'un par-derrière s'éclaircir la gorge. Il ne broncha pas. Quelque chose de plus fort que lui dirigeait soudain ses mouvements, lui insufflait une énergie nouvelle. Il ressentait une vive envie de fuite, d'échappée grandiose sous un ciel étoilé. Derrière ses prunelles sournoises, une idée noire prenait forme et l'aiguillonnait.

Alors que Frank était à ses réflexions, l'acolyte de Massillon consulta sa montre avec des gestes nerveux. Sa main tremblait perceptiblement. La lumière, qui éclairait à peine, l'empêchait de voir les aiguilles. Il dut s'y prendre à deux fois pour déchiffrer les points fluorescents. Puis, il fit signe à son compagnon de se hâter : les effluves pestilentiels qui montaient du cachot lui arrivaient en plein visage. Il se surprit à tousser comme un poitrinaire. À vrai dire, il avait peur. « Ces cochonneries de rats ne sont pas dans leur état normal, ce soir. Ils doivent sentir quelque chose qu'on ne voit pas. Foutons le camp, j'aime vraiment pas ça », bégaya-t-il, en lorgnant le fond du couloir. C'était un homme chétif qui semblait porter en lui les séquelles d'une maladie. Il n'avait rien d'un dur à cuire. On pouvait penser sans peine qu'un accident de parcours l'avait associé à ce rustre de Massillon qui, lui, était d'une autre trempe.

Arrogant et bougon, ce dernier ne connaissait pas la peur. Tout en lui disait l'homme cruel qui ne souffre d'aucun remords. Il était du genre à puiser son énergie non dans le sommeil mais en bastonnant son prochain. Au-dessus de ses larges épaules émergeait un visage aigri, sur lequel une main malhabile avait plaqué en vitesse un gros nez, une bouche tordue et des yeux à fleur de tête. Cet homme n'avait pas été gâté par la nature et en était conscient. La fixité animale de ses yeux trahissait sa haine des humains. Jamais il ne manquait une occasion d'accuser la société de son infortune. Ce quidam était pareil aux chiens dressés : il ne respectait que la voix de son maître, le tout-puissant Jean-Bart. Ayant appris qu'il serait bientôt promu caporal, il se montrait irritable et hargneux. Devrait-il crever en service, un jour, que ses collègues iraient sûrement pisser sur sa tombe, tant il les rebutait.

Massillon flatta distraitement sa bedaine. Comme une bête, il avait reniflé le malaise de son compagnon et, d'une voix fielleuse, lui postillonna en pleine figure des phrases désagréables.

« Tu n'as pas choisi le bon métier. C'est pas un job de capon, l'armée. Tu n'as pas de couilles! Va t'en faire greffer, tonnerre de Dieu! Ce n'est pas pour rien que, le mois prochain, on va me nommer caporal. Lorsque je serai gradé, je vais te rendre service : je vais te foutre dans la circulation. » Massilon lui donnait, tout en parlant, des tapes condescendantes dans le dos. « J'espère que tu te feras écraser une fois pour toutes! » ajouta-t-il. Puis, il rit tout son content avec grossièreté. Son rire lui déchirait la bouche d'une oreille à l'autre, un rire de malandrin qui n'a pas connu les caresses maternelles. « J'emmène ce con de prisonnier faire une balade, question de prendre l'air. En revenant, je m'occuperai personnellement de tes rats. J'en fais mon affaire! »

Au mot « balade », les yeux de Frank brillèrent d'un éclat nouveau. Mais une voix forte, qui déchirait le silence en écho, l'éloigna de ses pensées : « Hé! crabe d'eau douce! On te sort de ton trou », fit Massillon d'une voix gutturale. « Il est trop dingue pour se rendre compte qu'on lui parle », ajouta-t-il à l'intention de son homologue effarouché. Obligé d'aller quérir lui-même le détenu au fond de la cellule, il prit d'infinies précautions pour ne pas salir ses bottes de matières fécales. Cette besogne, qui semblait gruger toute son énergie, eut pour effet de le mettre en rogne. Il manifesta sa mauvaise humeur en refermant la porte avec fracas. D'un coup de pied au derrière, Massillon intima au prisonnier l'ordre d'avancer. « Marche, couillon, avant que je ne change d'idée. Hum! hum! » grogna-t-il, le regard chargé de mépris. Les deux hommes s'en furent en direction de la Place publique. À mesure qu'ils s'éloignaient, une main s'empressait d'éteindre les ampoules. Peu à peu, l'étroit couloir sombra dans l'obscurité. ♣

Chapitre XI

Un lointain écho de bacchanale

PAPA LINGLESSOU. Lorsque Frank sortit de la prison, le soleil était déjà parti se coucher derrière les maisons. Massillon le suivait pas à pas, par habitude plus que par peur qu'il ne se dérobe à sa vigilance. Ils longèrent un pâté de maisons en direction de la cathédrale. À cette heure entre chien et loup, la ville s'animait, s'illuminait de mille feux comme si, après une longue pause, la vie reprenait ses droits. Frank ne semblait rien voir des alentours. Sa démarche était celle d'un automate. Une démarche qui poussait l'esprit à s'évader de son enveloppe corporelle. En cet instant, le présent s'abolissait, laissant toute la place au passé et à son cortège de souvenirs douloureux, comme autant d'aiguilles oubliées dans sa chair. Il lui semblait qu'une main malveillante venait les y enfoncer davantage, une à une, sans hâte, pour faire durer sa souffrance.

Il se revoyait dans une vaste salle baignée d'une lumière tamisée. Une salle qui, à elle seule, résumait son angoisse et son effroi. Elle n'avait rien d'une clinique, bien qu'un œil averti eût juré le contraire tant la propreté y régnait. Il y avait là le commandant Hervé Jean-Bart, flanqué de deux gendarmes en uniforme kaki et, à sa droite, d'un Blanc aux cheveux blonds. Le commandant et lui étaient absorbés dans une vive discussion et n'en finissaient plus de jaboter.

Assis à même le sol, Frank ne comprenait rien à ce verbiage, tour à tour entrecoupé de silencieuses réflexions et de hoquets de rire. Inquiet, il aurait voulu trouver dans ces phrases un mot pour le rassurer. Il sentait que quelque chose de néfaste se tramait.

Pour faire diversion, il laissa errer son regard dans la pièce. Les murs étaient d'une blancheur immaculée, calfeutrés à souhait pour éloigner les cafards, ces exécrables envahisseurs. Des peintures d'un style primitif s'efforçaient, en vain, d'égayer les murs. Au fond, deux chaises en acajou, recouvertes d'une étoffe indigo bordée de dentelle, lui firent penser à deux adipeuses *mammas* créoles en posture de commérage.

Au bout de quelques instants, qui lui avaient paru sans fin, les hommes se turent. Frank tendit l'oreille : la sentence allait être prononcée. Un silence mélancolique s'installa dans la pièce. « Que c'est triste, mon Dieu, de vivre », murmura-t-il, enveloppé dans une ouate d'inquiétude et d'abandon.

Il souhaitait mourir au plus tôt pour se soustraire à l'enfer dans lequel il était plongé. Or, par une malice du sort, la sentence était remise à une date ultérieure. Frank sombra dans une sourde résignation où venait flâner, sans le toucher, l'impassible spectre de la mort, qui faisait le gros dos, boudait sa carcasse abîmée, passait près de lui en lui tirant la langue, et s'en allait achever son œuvre là où des esprits insouciants ne l'attendaient pas.

La voix du commandant vint fissurer le silence et, cinglante, ordonna qu'on lui apporte le flacon qui se trouvait sur un bahut de chêne. « Fais-le boire maintenant », dit-il à grand renfort de gestes caractéristiques des gens de sa corpulence.

« *Qu'ils me tuent! Qu'ils m'immolent! Mais qu'ils n'osent pas me...* »

Une main ferme secoua le prisonnier pour le sortir de sa léthargie. On lui renversa la tête par en arrière et puis, à l'aide d'un gourdin, on lui ouvrit la bouche sans précaution jusqu'à ce qu'elle devienne un entonnoir, un orifice capable d'accueillir et le flacon et son contenu hallucinogène. Un glouglou de révolte se fit entendre mais les gourdins étaient prêts, encore une fois, à mater toute velléité d'insoumission. Ils lui frappèrent le dos, les côtes, le bas-ventre, comme s'il se fût agi d'un vieux matelas qu'on débarrasse de sa poussière. Enfin, le gendarme envoya le prisonnier dinguer d'un coup de pied.

Frank fut aussitôt secoué de spasmes. Une écume blanchâtre sortait de sa bouche, blafarde comme le visage de Steve qui, à présent, riait en sourdine avec le commandant. Le médecin venait de dénouer, d'un geste machinal, le nœud de sa cravate tandis que Jean-Bart, lui, avait retiré sa casquette pour découvrir un crâne à moitié dénudé.

À ce moment, le chant d'un coq émailla le silence. Ce vacarme produisit l'effet d'un verre qu'on brise dans un mausolée. Les quidams s'esclaffèrent à l'unisson. Pliés en deux, ils rirent de la chose un bon moment, d'un rire gras et vulgaire. « On l'avait oublié celui-là », dit Jean-Bart. « Ben oui, mon cher. Il est foutument pressé notre coq de qualité », renchérit Ti-Steve dans un créole maîtrisé. Ils se bidonnèrent encore un instant, sous les yeux hagards de Frank qui ne comprenait rien à rien. L'élixir, déjà, commençait à faire ses ravages. La tête lui tournait. Les images vacillaient devant ses yeux. Aux spasmes de tout à l'heure succédaient des rires brefs, comme s'il était sous l'emprise d'une joie à effets rémanents.

Couché par terre, il avait pu voir s'ouvrir la porte en accordéon donnant sur une pièce attenante. L'ordre y régnait ; il suffisait d'un coup d'œil pour s'en rendre compte. Il y avait là une fille à quatre pattes juchée sur une longue table recouverte d'un drap blanc, que jouxtait un escabeau miniature. Elle était nue. Sa croupe, d'une sinuosité provocante, pointait vers le plafond tandis que son tronc s'inclinait vers l'avant, comme l'aurait fait une chatte en position d'attaque. Une chatte prête à mordre ou à se faire mordre. De lourds cheveux noirs tombaient sur son visage dont on voyait mal les yeux. D'un index recourbé, elle fit signe au commandant de s'approcher tout en poussant des cris félins. « Grr, grr, grr », rugissait-elle, les dents serrées.

Le coq, perché sur un réfrigérateur, battit des ailes alors que d'une main alerte, Steve promenait ses doigts sur un magnétocassette. Javier el Solis roucoula bientôt : « *En mi viejo San Juan.* » D'un pas de deux, Jean-Bart s'approcha de la table qui, en d'autres occasions, devait servir à des fins chirurgicales. Il frappa les paumes de ses mains avec vigueur. « C'est le temps de la douche. *Presto! presto!* » tonna-t-il. Cette phrase s'adressait au prisonnier. Celui-ci riait tout seul et sans raison apparente dans un coin sombre tandis que, dans l'autre salle, la lumière étincelait de perverses provocations.

On riait plus fort maintenant. Cristallins étaient ces rires! Douce était la musique de fond, semblant provenir de nulle part, de partout! Parfumé était l'air qu'on respirait! La femme fredonnait en espagnol, tout en donnant à sa voix des modulations lascives. Elle marchait à quatre pattes et pivotait sur ses genoux en atteignant l'extrémité de la table. Par moments, elle s'emparait d'une bouteille de bière trouvée là, sur le rebord de l'étagère, et en buvait en attardant sa langue sur le goulot. Elle était d'une beauté sauvage, un tertre fertile sur lequel poussait le fruit de la passion, un havre de jouissance pour qui savait lui rendre ses caresses. Une femme à damner saint Jacques le Majeur lui-même.

Débarrassé de sa chemise et de sa cravate, Steve, resté en retrait, promena un regard furtif dans la pièce. Du plafond descendait une lampe ajustable qu'il remonta machinalement de la main. Ses yeux s'arrêtèrent aux diplômes accrochés au mur, des parchemins comme on en voit dans les cliniques conventionnelles. Il y était écrit en caractères gras :

Steve Schultz, médecin légiste, Université du Maine.

Il ouvrit une armoire vitrée où il stockait des médicaments, en sortit un sachet de poudre de *crapaud-bonga*. Au bruit de la douche avait succédé un chuintement de pas mouillés sur le plancher. On ramenait Frank, plié en deux et soutenu par les gendarmes, dans la salle d'opération. On l'étendit sur une table contiguë à celle de Jean-Bart qui, soudain, semblait vouloir le prendre en amitié. La femme lâcha la bouche du commandant pour explorer celle de Frank, y mettant la même énergie qu'elle avait consacrée au premier.

Steve tourna le dos au trio. Il répandit le contenu du sachet sur l'étagère où trônaient des bouteilles de whisky, de bière et de rhum Barbancourt. De la main gauche, il saisit un bistouri avec lequel il divisa la *poudre-zombi* en petites lignes, selon sa fantaisie. Jean-Bart approuva de la tête cette initiative tout en malaxant les seins de sa compagne. Celle-ci dégagea sa crinière du visage de Frank et fit signe à son amant d'aller jouer plus bas ; il commençait à oublier l'essentiel. Ce faisant, elle pivota sur ses genoux pour mieux lui offrir sa noire frondaison qui, déjà, était traversée de légères secousses. Une main préhensile s'occupa de combler ce retard. La femme exhala bientôt un long soupir de jouissance.

Frank était de nouveau en proie à des convulsions de rire. Agacé, Steve se retourna pour toiser ce regard vitreux d'où émanait, sous l'effet de la *poudre-zombi*, une indicible imbécillité. « *Keep on laughing, dummy, your ass is mine. Trust me!* » cracha-t-il. Et il se pencha pour renifler les lignes grises, tout en prenant soin de changer de narine à chaque trois rangées. Puis, il s'en fut comme un automate traiter de choses plus pressantes.

Le commandant prit la relève devant les raies de poudre magique. Il faisait de son mieux pour ne pas lâcher l'entrecuisse de sa Lucia et réussit, du même coup, à glisser une cassette dans l'appareil. Il en surgit un rythme vaudou qui déchira le silence. Steve, fin prêt, passa une main canaille sur le corps du captif tandis que l'autre main, la gauche, agitait frénétiquement le bistouri. Il le tourna et le retourna entre ses doigts, regardant tantôt le coq perché sur la lampe suspendue, tantôt le jeune homme, livré là à sa merci pour son bon plaisir. On avait l'impression que Steve devenait quelqu'un d'autre à mesure que cette musique creusait un chemin dans sa tête. Il s'ébouriffa les cheveux et aspira une bouffée de cigarette. L'instant d'après, son corps prit la cambrure des danseurs de ballet et il se contorsionna en écartant les bras. La cigarette, s'épuisant dans sa bouche, laissait dans le vide des étincelles incandescentes. Il écarta les jambes : le *yanvalou*[1] montait en lui, le travaillait. Le commandant vint le trouver. Puis, ce fut au tour de Lucia. Ensemble, ils dansèrent en se déhanchant, fixant le plafond, comme s'ils étaient saisis d'un long ébahissement.

La lumière se faisait tantôt blafarde, tantôt diffuse pour attirer les *loas* dans cette enceinte, dans ce lieu mauvais où, peu à peu, montait un remugle de dépravation. À voix basse, ils appelèrent les mauvais anges. En rond ils tournèrent, cherchant un centre, un *poteau-mitan*, inscrit dans leur imaginaire. Lucia embrassa Jean-Bart en se plaquant sur lui. Déjà, elle tremblait, comme envoûtée par une tétanie nouvelle. Le tam-tam plaintif accompagnant la voix d'un chanteur inconnu les électrisa. La petite société était nue tout entière. D'un geste agressif, Steve attrapa le gallinacé par le cou et, de sa lame, lui trancha la gorge. La bête trembla et eux aussi, possédés à la vue du sang. Schultz en but à même le cou de la bête. Ensuite, il fit des libations aux quatre points cardinaux, selon les usages. Sur le sol, Jean-Bart traça un *vévé* et, dans ce cercle, dessina un triangle ainsi que d'autres signes cabalistiques. Des gouttes de sang y laissèrent une traînée inquiétante. Sans qu'on ait vu celui qui l'y avait posée, une lampe-bobèche était apparue au centre du *vévé*. En des mots sibyllins, tous en chœur, ils invoquèrent les dieux vaudou pour qu'ils entrent dans leurs corps transis de mystère. Ils semblaient comprendre sans effort ce langage qu'ils n'avaient pas appris. Leurs bouches

---

1. Danse rapide qui consiste à courber le buste vers l'avant et à onduler les épaules.

n'étaient que tremblements, leurs yeux n'étaient que papillote-
ments. Dans le lointain de leurs iris, on croyait deviner d'occultes présences. Le commandant prit tout à coup la parole, se
baptisa du nom de Linglessou Gaïdé et fit un signe du doigt pour
que les autres viennent à lui. Il traça alors un triangle sur la poitrine de Steve. Celui-ci imita ce geste sur Lucia qui, à son tour,
répéta le manège sur Frank.

La voix caverneuse de Linglessou envahit la pièce. Les gendarmes en faction, dont le dessein était de jouer aux voyeurs, en
restèrent figés. La curiosité chez eux avait atteint ses limites, ils le
savaient. Cette pensée leur avait à peine frôlé l'esprit qu'ils enten-
dirent : « *Sak pakala, pakawè. Pinga kèkèkèlè. Oupakala.* Ceux qui
ne sont pas initiés ne peuvent pas voir. C'est un conseil. Vous ne
pouvez pas y être. »

Sur ce, la porte en accordéon se ferma en coup de vent,
comme pour obéir à la lueur des yeux de Linglessou. La lumière
électrique papillota et s'éteignit. Seule la petite lampe à kérosène
prétendait éclairer cette grande salle, aidée un tant soit peu par les
îlots de sang qui la relayaient, telles des lucioles dans des halliers
d'aubépines.

Les *loas* avaient pris possession des corps de chacun, hormis
celui de Frank. Il avait suffi qu'on les appelle et ils étaient là, prêts
à boire, à danser et à baiser. Un peu de sang dans un crâne humain
eut été une offrande plus honorable mais, ce soir, ils n'en demandaient pas tant, du moment qu'ils pouvaient boire tout leur soûl
et sucer le miel d'un succube ou d'un incube.

Steve brassa ses reins trois fois et prétendit au nom de Guadé
Vi. Lucia ouvrit bien grand ses jambes et devint *Panzou
Mazoumba.* Tous trois se donnèrent de vigoureuses poignées de
main, les avant-bras croisés en X, tout en frappant le sol du bout
des pieds. La danse devint éthérée. Ils semblaient posséder les
pouvoirs des *Zobops* et des *Vinblindingues.* Flottaient-ils seulement? Frank, de son poing fermé, se frotta les yeux. Il dérivait
vers un monde inconnu, à la limite du cauchemar.

La musique, qui avait paru interminable tant les rythmes étaient variés, s'éteignit plaintivement. Les *Zobops*, revenus sur terre, s'allongèrent sur le sol, les bras en croix. Lucia-Mazoumba embrassa de tout son art Linglessou le vagabond, le maître des entrées femelles. Ses hanches ondoyaient, ondulaient sous la houle de son homme, dans un bestial prélude à l'amour. « Oum, Papa Linglessou ! Où es-tu ? » susurra-t-elle de ses lèvres gonflées d'un plaisir grandissant. « On m'a appelé, me voilà ! » gronda Papa Linglessou, en pourléchant le nez de sa Dominicaine. Feignant la panique, elle se dégagea en poussant un cri strident. « Non, Papa Linglessou, je ne pense pas que je sois capable », osa-t-elle, faussement intimidée. Ce disant, elle porta un index à sa bouche et sembla réfléchir en lorgnant le bas-ventre de Papa Linglessou. Jamais, de mémoire de femme, elle n'avait été témoin d'une telle érection. Elle tressaillit, le corps en nage et, tout à son manège, se mit à reculer, recula plus encore, heurta le cadavre du coq et trébucha. Papa Linglessou, de tout son long, s'étendit sur elle et l'empala avec l'ardeur qu'on lui connaissait. Il resta là pendant deux heures bien comptées.

Steve-Guadé Vi, allègre, sella son cheval et fit claquer son fouet sur sa victime à coups redoublés. Bientôt, il obtint de lui un gémissement atroce qui le mit dans un état d'excitation extrême. Sa cavalcade achevée, il jeta un regard assouvi sur le corps du jeune homme. Il prit ensuite une bière, la but rasade sur rasade et rota. Puis, on n'entendit plus rien. Le supplicié profita de ce moment d'accalmie pour faire l'inventaire des dégâts, pour voir si le cœur allait tenir le coup.

Peu à peu, entre deux souffles, des mots blessés tombèrent de sa bouche, barbouillés de colère et de honte. Des mots qui hurlaient sourdement sa douleur…

Des ongles, des griffes acérées me déchirent le dos. Je sens le mal tomber sur moi, en grappes d'ivraie et de malédiction. Le salaud est sur moi, tel un cavalier qui monte en selle. J'entends son hennissement, son souffle, sa rage, je bois sa bave et son haleine fétide. Je chancelle, je suis en chute. Mon corps ballotte dans un vide intemporel où me plonge la drogue. J'entends les bruits tenaces d'une cataracte, d'une chute qui tombe en désordre sur la paroi de mon corps. J'entends aussi mes cris d'orfraie et, au loin, le bruit d'un tambour. Il arrive avec cet écho de bacchanale. Les marimbas *et les* chachas[1] *chuintent à mes oreilles la samba des enfants oubliés. Je vois passer devant moi des hommes en goguette, d'une hilarité de pachas, les vêtements en bataille. Ils me saluent avec des rires paillards. Je m'affaisse dans le délire de ces rires, dans la nuée d'images de fête tombant comme des trombes d'eau.*

Le bruit se rapproche maintenant ; j'aperçois des bandes de carnaval. J'entrevois la foule pléthorique de raras[2] *drapés dans un uniforme couleur de sang, couleur d'abus et de rebut. Quelques-uns frappent le sol avec des fouets cinglants qui résonnent comme des pétards. Ti-Mizou* coco-senti[3], *femme du peuple, se démarque de la foule, brasse ses hanches avec un sans-gêne coutumier. C'est à croire qu'elle taille son* banda[4] *avec la fougue que lui confère sa jeunesse. Tous ces gens disparaissent peu à peu de ma vue, flous, évanescents. S'en vont-ils vers ces endroits qui n'ont point de nom, que les esprits voués aux bonnes mœurs répriment avec véhémence ? Ils sont là, dans ma tête. Je les entends... Je ne peux plus, mon Dieu, entendre ce bourdonnement d'abeilles. Cet essaim malsain. Je tombe malgré moi dans un abîme de souffrances...*

Des ongles me griffent, me déchirent le dos. Je sombre dans le mal. On me moissonne, on me vendange. Je mange le pain amer des hommes : la haine. Que vienne ce jour de colère où, avec des rameaux d'olivier, je les frapperai avec force, pour exorciser mon mal. Mon Dieu, bénissez ce corps souillé et flétri !

1. Instruments de musique.
2. Groupe carnavalesque ayant des accointances avec le Diable.
3. Vagin puant.
4. Danse lascive mimant la copulation.

Frank laissa glisser ses amères réflexions, devenues silencieuses, pour écouter le bruit de la ville. Celui-ci grondait à ses oreilles comme un torrent menaçant. Un pressentiment, dès lors, l'avertit que tous ceux qui l'avaient torturé paieraient leur forfait au centuple. ♣

Chapitre XII

La Place publique

L A MUE. Face à la vaste plaine du Cap-Haïtien, enserrée de hautes montagnes à la chevelure luxuriante, l'océan baigné d'obscurité étalait ses vagues. On eût dit un clin d'œil de Dieu sur la Caraïbe. Les étoiles gorgées d'infini scintillaient dans la voûte céleste comme autant de diamants et se miraient dans la nuit tropicale. Sur cette mer tranquille tanguaient, à l'aveuglette, de fragiles *boumbas*[1] dont les carènes pourfendaient les eaux de jais vers une destination incertaine. La nuit était belle, doux était le vent. Les frondaisons noircies des chênes, des *mapous* et des manguiers bruissaient avec grâce. Par moments, des feuilles séchées tournoyaient dans le vide, tombaient au ralenti, aussi silencieuses que la mort. Les enchantements nocturnes étaient au rendez-vous dans cette ville du Cap à la silhouette ravagée. Ses mansardes, alignées par une rigoureuse architecture coloniale, parlaient de son antique beauté.

Massillon, flanqué de son prisonnier, longeait la rue H. Tous deux s'en allaient sur le trottoir de l'Évêché. À gauche se trouvait

_____
1. *Boumba* : pirogue.

la Place publique où les jeunes, pauvres et riches, venaient partager leurs rêves d'enfants. De sémillantes jeunes filles, vêtues avec orgueil, s'y promenaient à pas feutrés. Robes d'organdi et tarlatanes paraient leurs corps sveltes que la graisse n'avait pas encore enlaidis. Elles se baladaient dans les allées d'hibiscus, heureuses comme des nymphes. Elles ricanaient timidement en mettant la main devant la bouche, selon les usages appris chez les sœurs de Regina Assumpta. Ces reines en maraude d'amour excellaient pourtant en taquinerie, en causerie. À coups d'œillades à peine ébauchées, elles faisaient la nique aux garçons. L'heure, certes, était à l'insouciance.

Massillon s'arrêta au coin de la rue pour griller une autre Gitane. Frank, lui, alla s'asseoir sur la margelle du caniveau. Il paraissait plongé dans une profonde méditation. Ses genoux étaient remontés sous son menton et, dans un mouvement de pendule, il les faisait balancer machinalement. Ses pieds, chaussés de savates taillées dans des carcasses de pneus, trempaient dans la rigole. Il lui vint à l'idée de faire un barrage en emprisonnant l'eau de ses pieds. D'un œil intéressé, il suivit la trajectoire curviligne que celle-ci empruntait jusqu'à ce qu'elle se déverse dans la gueule limoneuse du caniveau. Il ferma les paupières comme pour mieux entendre ce léger bruissement d'eau qui s'en allait vers l'oubli des rivières, des fleuves, des océans.

Frank ruminait des idées de vengeance et d'évasion. C'était une affaire entendue : il pensait pouvoir se sauver, se perdre dans les rues parmi la foule. Or, sans l'ombre d'un doute, il savait aussi qu'il n'avait pas les jambes assez solides pour tenter l'entreprise. C'eût été courir à sa perte, la cité étant quadrillée de soldats qui l'auraient vite repéré. Sans compter tous ces gens que la misère acculait à de basses délations et qui n'auraient pas manqué de le trahir. Très vite, il serait à bout de souffle, ahanant, vomissant ses poumons, sans que personne ne vienne à son secours. Seule la mort l'attendrait au tournant, l'enlacerait de ses bras de glace pour mettre fin à sa course folle. C'était entendu : il devait se résigner à attendre le moment propice pour tenter quoi que ce soit. Et puis, il se sentait si las, si las, malgré l'image de la jeune Messidor qui revenait sans cesse le réconforter, lui dire de ne pas lâcher prise. C'était avec elle qu'il s'évadait, en captivité, qu'il visitait des pays fantastiques où l'amour avait droit de cité. C'était aussi à elle qu'il offrait ses orgasmes solitaires dans l'humide tranquillité de son cachot.

À ce moment même, le portrait de Gabriella se détailla sur l'écran de sa mémoire avec une taquine précision. Glissant dans le rêve éveillé, il la voyait s'avancer vers lui de sa démarche cadencée, divinement belle, ressemblant aux naïades des eaux profondes. Maintenant, elle le touchait de sa main, effleurait sa peau, l'embrasait complètement d'une flamme ardente. Il fut pris d'un frisson de volupté. Délicieusement, la sensation durait, lui procurant un indicible bien-être. Deux larmes, à peine visibles, sillonnèrent ses joues. Il les essuya du revers de la main.

Était-elle belle à ce point? Il se rendait compte que la privation charnelle qu'il subissait lui faisait engendrer les fantasmes les plus débridés. Aux courts instants de bonheur que cela lui procurait, succédait une désillusion voisine de la folie. Une fois de plus, il rumina cette vision qui le hantait.

J'en ai assez. Je n'en peux plus. Pourquoi ne lui ai-je pas avoué mon amour alors qu'il en était encore temps? Pourquoi revient-elle me hanter après tant d'années? On dit que les êtres qu'on a aimés ne nous quittent jamais, qu'ils nous habitent éternellement. Qu'ils frappent toujours à notre pensée, au hasard de la mémoire, suscitant des éclairs de déjà-vu, des ondes heureuses, venues d'une vie lointaine qu'on croit posséder.

Pourquoi l'ai-je toujours en pensée? Ce n'était, pourtant, qu'un amour d'adolescent. Je suis là à me morfondre pour elle, sans m'arrêter à ce qu'il adviendra de moi, dans quelques heures. Si elle savait à quel point je l'aime toujours, à quel point je souffre. Non, elle ne peut pas savoir. Elle ne peut savoir qu'aucun homme sur terre ne peut l'aimer autant que moi... Les années ont sans doute effacé chez elle tout souvenir de moi. Je fais partie d'un monde qui n'existe plus.

« C'EST TROP TARD ! » gémit-il, assez fort pour attirer l'attention d'une marchande qui vendait des friandises, non loin de là. Compatissante, elle lui glissa une praline dans la main et continua à crier à tue-tête : « *Douce-cocoyer, douce-pistache* ! » Ce morceau de sucre mit Frank dans des états jusqu'alors insoupçonnés. Il salivait à petits coups le goût de la vie, un goût qu'il avait cru perdu pour toujours, un goût de liberté exacerbé. Du même coup, ses forces lui revenaient, toutes ses forces, comme l'oiseau qui retrouve l'usage de ses ailes blessées. Un nouveau tégument, une mue s'opérait chez lui, comme par une grâce miraculeuse.

L'angélus sonna. Il fit le signe de la croix, par habitude plus que par ferveur chrétienne. La cathédrale, maintenant, déversait par toutes ses portes des fidèles aux accoutrements divers, colorés comme des haillons de pénitence. Les portes des véhicules claquaient. Les bécanes en grand nombre faisaient tintinnabuler leurs klaxons. Des bandes de flâneurs bavardaient sous les lampadaires, dans l'indifférence du lendemain.

Frank s'emplissait les yeux de cette foule, de ce peuple qui, englué dans sa léthargie, refusait d'avancer. Il regardait la vie s'épuiser en coup de vent, en pure perte, à la haïtienne. Rien n'avait changé depuis ce jour où, mû par une rage incroyable, il avait osé dénoncer les actes de Jean-Bart. Ici, sur la Place publique, là-bas, dans les maisons, les rêves continuaient de s'évanouir à minuit sonnant, sans merveilles, au pays des tontons macoutes.

À ce moment, dans son dos, une voix s'éleva : « Courage, courage mon enfant ! Ne te laisse pas abattre », lui lançait un vieillard. « Que le ciel me prenne à témoin ! Que le tonnerre m'écrase si je mens ! Les mauvais seront engloutis. Ils paieront pour leurs crimes, c'est moi qui te le dis ! » fulmina-t-il. Le vieil homme ne semblait pas craindre la colère de Massillon qui, ayant presque oublié son prisonnier, bavardait nonchalamment avec un collègue. Sa harangue fut entrecoupée d'une toux rauque, suivie d'un rire sec. Il se racla la gorge avec exagération, rejeta la tête en arrière puis cracha un long jet de salive sur le gardien.

Massillon, interloqué, fit un geste pour éviter ce crachat méprisant. Le courroux du vieillard allait grandissant et, du bâton, celui-ci le menaçait maintenant sans retenue. « Nous les aurons tous, à commencer par Jean-Bart et sa racaille ! Toi, mon petit monsieur, t'as pas de gros yeux pour rien. Fils de chien ! » ajouta-t-il, la voix tremblante. Ce faisant, il asséna sur l'épaule du soldat un magistral coup de bâton. Massillon, reprenant ses esprits, bouscula Frank pour le remettre au pas, le fusil pointé comme s'il passait à l'assaut. Il n'avait pourtant nulle intention de prendre la foule à témoin. Il faisait le dos rond. En grand seigneur qui sait user de clémence en temps et lieu, il donnait le change, mettant les incartades du vieillard sur le compte de la sénilité. Des imprécations postillonnées sortaient de la bouche de l'aïeul, tombant comme des grêlons sur un toit de tôle : « Espèce de lâche, tu n'oses pas réagir. Viens, je t'attends pour t'écrabouiller, vermine ! Je vous ai toujours tenu tête, ce n'est pas maintenant que je vais changer. Je t'ai manqué de peu, hein ? C'est ton crâne que je visais. Laisse cet homme tranquille ou il t'arrivera malheur ! Si j'étais plus jeune, je t'étranglerais ici, dans la rue, bien avant que tu puisses dire : *Ouf !* Ah ! ça, oui ! » La foule s'assembla autour du vieux. Visiblement, il cherchait à ameuter, à réveiller ce peuple qui n'en finissait plus de dormir, engourdi de prières inexaucées, croupissant dans la plus misérable des lâchetés, aux confins de l'abrutissement.

La canne de l'aïeul, aussi tordue que lui, fit d'étranges moulinets avant d'aller heurter le pavé. Il hurlait aux gens de désobéir, de se révolter, voire de tuer. Chaque phrase qu'il prononçait semblait le fruit d'un tel effort qu'on pouvait craindre qu'il ne s'étouffe. Le vieux gesticulait avec toujours plus de frénésie pour donner du mordant à son discours. On ne se serait pas attendu à de telles prouesses venant d'un corps si proche de l'abîme. De la foule, rivée au spectacle, montait un grondement sourd comme celui de la mer. Une mer calme, alanguie d'un lourd sommeil. Le vieux tribun se retourna en titubant. La colère obscurcissait sa vue, les mots moussaient au sortir de sa bouche. Il dévidait son antienne dans la rue. Sa main calleuse, la droite, pointait le gendarme impavide qui, déjà, s'en retournait vers la caserne.

Haut perchées dans les fromagers centenaires, les chouettes vespérales, alourdies de mélancolie, effrayèrent soudain ce lieu-dit de leurs chuintements modulés. Tous ceux qui savaient lire dans les signes s'enfuirent en gesticulant. L'air hagard, ils répétaient tout à trac : « Grâce la miséricorde ! Grâce Seigneur ! »

Le tribun, quant à lui, s'allongea de tout son long sur le pavé, croisa ses jambes noueuses et se mit à rire avec grossièreté, d'un rire fou qui semblait appartenir à un autre. ♣

Chapitre XIII

Un acte sacrilège

LES ESPRITS MALINS. C'était le grand soir. Un soir chargé de maléfices, de *wanga*[1], de mauvais sorts et de sortilèges. Un soir sans lune pour rendre un culte au Diable dans le vivier des vivants. Ce soir, tous les coups étaient permis.

Nadeige s'était enfin décidée à passer aux actes. Elle était prête à tout, dès lors, pour sortir son fils de prison. Entre elle et la clique de Jean-Bart, un combat à mort était déclaré. Il suffisait d'un coup d'œil pour s'en rendre compte. Les yeux de la *mambô* avaient pris une teinte rouge sang. Elle répétait les gestes des gens possédés par des forces occultes. Subrepticement, ses anges et ses *loas* avaient pris possession de son corps pour la plonger dans la marmite du mal. Quelque chose d'insolite la travaillait par en dedans. On croyait entendre, par moments, des voix plurielles sourdre de sa bouche. Des voix multiples qui semblaient sortir du fond d'un puits.

---

1. Sortilège utilisé lors d'une cérémonie vaudou pour faire le mal à distance. C'est l'arme magique par excellence.

Nadeige, qui faisait bouillir le café de l'amitié, faillit soudain renverser la cafetière. Elle était troublée. D'un geste furtif, elle essuya les gouttes de sueur qui perlaient sur son front. *Sor* Amélie vint la chercher et, de l'index, lui indiqua la chaise de paille sur laquelle elle s'assit avec un léger tremblement. « Je crois que nous ferions mieux de partir », fit la voisine, avec un signe de tête complice, aux commères qui astiquaient les tasses. Nadeige émergea de sa torpeur. « Restez, je vais avoir besoin de vous, souffla-t-elle comme au sortir d'un rêve. Nous allons nettoyer notre rigole. Appelez-moi Prévilon Prévilus, Jean-Gilles Charles, Ti-Koyo, Ninnin le nain, mes filleules Yvane, Jocelyne et Clara. Surtout, n'oubliez pas le beau Dieudonné Pierre. J'aurai grand besoin de lui. »

Madan Saint-Armand qui, depuis la Saint-Sylvestre, n'avait pas essuyé ses pieds devant un autel vaudou, fut debout la première, prête à carillonner le message de *sor* Nadeige. En moins d'un quart d'heure, la cour commune fut remplie d'initiés. Avant d'entrer, ils avaient murmuré à l'oreille de Jean-Gilles le mot de passe des baptisés. À présent, tous étaient en mesure de juger du sérieux de la cérémonie. La scène parlait d'elle-même : une chèvre, chevauchée par le nain, tournait en bêlant devant les adeptes assemblés en rangs serrés. *Sor* Nadeige n'avait pas l'habitude de commander pour rien une cérémonie noire ; elle devait avoir, en ce cas, une raison impérieuse. Il y avait de la mort dans l'air ; les effraies venaient de crier trois fois sur le toit de sa maison. « En quel honneur ? » murmurait une curieuse, encore essoufflée par sa longue marche. On piaffait d'impatience. On s'interrogeait dans un silencieux recueillement. Les hommes, taciturnes, profitaient de l'obscurité pour minoucher leurs concubines en bas châle. Les *sors* Amélie et Mercedes dressaient devant le muret du puits, tout près du fromager centenaire, l'autel sacrilège. Une odeur d'encens s'échappait par la porte entrebâillée.

Au bout de quelques instants, Ti-Koyo fit son apparition, la tête ceinte d'un foulard écarlate. Sans plus attendre, ses doigts frémirent sur son tambour tarabiscoté. Il en sortit tour à tour des sons *rada, pétro* et *kongo*[1]. Il jouait faiblement et sa musique échancrait le fond du silence. Les filleules choisies pour la circonstance étaient vêtues de l'uniforme blanc des *hounsis*[2] et tournaient autour de Prévilon Prévilus, le *chèfkanbiz*[3]. Elles dansaient lascivement en attendant la venue de maman Nadeige et balayaient le vide de leurs bras ouverts. Devant le puits étaient posées trois cruches d'eau et trois cages dans lesquelles des rats s'agitaient. D'une cuvette s'échappait la fumigation magique du basilic.

Soudain, la *mambô* Nadeige sortit de l'ombre. Elle était escortée de *madans* Saint-Armand et Mercedes Nelson, les marraines de la fête. L'honneur leur revenait de veiller à la bonne marche de la cérémonie. Erzulie-Nadeige titubait de droite à gauche en répandant du café chaud sur le sol de la cour. La foule des initiés reconnut à ce rite un appel demandant aux *loas* de descendre. Des *loas* choisis entre tous : les malins, les rebelles, les *bossales*, les sanguinaires. Elle criait d'une voix éraillée : « *Abobo, abobo, Papa Legba, Damballah Ouèdo, Ogou Badagri, Limba Zaou!* » On pouvait percevoir, noyé dans le roucoulement du tambour, le tintement timide des hochets que secouaient les *hounsis* en délire.

Nadeige, grisée par le chatouillement du tam-tam, fit deux pirouettes sur une jambe. D'une main, elle se débarrassa de ses lunettes en les expédiant au sol. *Madan* Nelson les ramassa et les glissa dans son soutien-gorge, déjà gonflé de deux gros melons de chair. Nadeige se déchaussa en vitesse. De ses pieds, elle martelait le macadam avec frénésie, tout en roulant des yeux révulsés sur l'assistance. Elle dansait en fredonnant : « *Erzulie Fréda, Fréda, koté wap pwa lé? Map pwa lé nan dlo chêché pitan mwen.* Erzulie Fréda, Fréda, où t'en vas-tu comme ça? Je m'en vais à la rivière

---

1. Variété de rythmes africains.
2. Filles vierges qui assistent la *mambô* pendant le service.
3. Celui qui s'occupe du matériel qui sera utilisé pendant la cérémonie.

pour ramener mon fils. » Ce disant, elle scruta la foule qui psalmodiait avec élan ce refrain plaintif.

Elle s'arrêta net à la vue d'un homme de grande taille à l'allure distinguée, l'examina de haut en bas. C'était Dieudonné Pierre, le seul survivant d'une famille de planteurs que Duvalier père avait expropriée et fusillée. Il s'était joint à cette bande d'hérétiques, adeptes du Diable, par curiosité et surtout, pour les courbes de Nadeige. L'homme grillait sa cigarette en baissant les paupières, de gêne. La *mambô* s'avança vers lui et se hissa sur la pointe des pieds pour le renifler, pour se mettre à sa portée. D'un geste inattendu et sans le quitter des yeux, elle posa la main sur la braguette de son pantalon. Un rire dément s'empara d'elle. Un rire qui semblait sourdre de cordes vocales autres que les siennes. D'un geste sauvage, elle en fit descendre la fermeture éclair et y glissa les doigts pour vérifier la consistance du membre de Dieudonné. Celui-ci en demeura pantois. Nul mot ne sortait de sa bouche. Il paraissait à la merci d'une grande force à laquelle il se soumettait. Les initiés, eux, chantaient, murmuraient en faisant balancer leurs corps tel un mouvement de pendule.

Ti-Koyo changea de rythme. L'Afrique tout entière semblait rouler entre ses doigts, doigts de Gorée, doigts de Guinée. Il souffla dans ses paumes comme pour transmettre un pouvoir à son instrument. Le souffle mystique du lointain harmattan électrisa bientôt les *hounsis* vierges, les incitant à se livrer en pâture aux mâles esprits venus de royaumes obscurs. La *mambô*, sentant descendre le remugle des *loas*, commanda à ses filleules de s'asseoir et de garder les cuisses serrées : « Ce n'est pas pour vous, mes filles. Il y a trop de danger, mes innocentes. Chantez pour eux. Envoyez les enfants au lit, s'il y en a parmi nous. C'est l'affaire des adultes », balbutia-t-elle, le visage absent, comme rajeuni par un reflet surnaturel qui la faisait paraître d'un autre âge, d'un autre temps.

« Nadeige a ses anges, foutre-tonnerre ! Si elle me demande de la servir, je suis prêt ! » cria Dieudonnné Pierre, tout en se frappant la poitrine de violents coups de poing. Pourtant, il n'était pas homme à se prêter à de pareilles vulgarités. Il avait subi un envoûtement en bonne et due forme. L'espace d'un cillement, une métamorphose s'était opérée en lui. Il n'était plus le même. L'érudit qui ne savait parler sans citer Rimbaud, Mallarmé, Baudelaire et autres poètes de la plume enchantée était devenu un autre. Tout à l'heure, en touchant son pénis, Nadeige avait fait entrer en lui le colossal Ogou Badagri, l'esprit sanguinaire, guerrier à ses heures mais, avant tout, amateur de sang et de cul. Ogou sentait le foutre à des lieues à la ronde. C'était par cette odeur désagréable qu'il se manifestait, qu'on savait qu'il était là, sur terre. Il avait emprunté, pour la circonstance, l'enveloppe corporelle de Dieudonné Pierre. Il brûlait d'exaucer le désir de celle qui l'avait invoqué. « Laissez-le passer! Envoyez de l'eau! » cria la foule en transe, comme pour précipiter le rituel de libation.

On poussa Dieudonné au centre du péristyle. Comme l'aurait fait une bête traquée, il tourna en rond à pas trébuchants. Le nain, toujours flanqué de sa chèvre, s'esquiva pour lui laisser toute la place. La filleule Yvane aspergea Dieudonné d'eau et l'embrassa sur la bouche. Sur les cornes de la chèvre, deux lampions étaient accrochés, éclairant faiblement la cour en halos concentriques. Prévilon Prévilus, planté droit comme un sémaphore, aiguisait deux machettes en les frottant l'une contre l'autre. *Madan* Saint-Armand lui disait quelque chose dans le tuyau de l'oreille. Tout aussi affairées, sors Amélie LaForce et Mercedes Nelson distribuaient, à la ronde, une dame-jeanne de tafia aux suppôts de Satan.

L'instant d'après, *Madan* Nelson renversa une cuvette fumigène dans la rigole. Une âcre vapeur en jaillit et monta vers le ciel taquiner les palmiers rachitiques. Nadeige loucha vers Dieudonné, lui décocha un regard paillard et déchira sa jupette, dénudant son postérieur bombé de tendres rondeurs et que l'obscurité, complice, voilait encore d'intimité. Du pied, elle envoya l'étoffe atterrir dans la rigole. Un vent de perdition flottait dans la

cour, polisson comme lui seul peut l'être. On chuchotait des
« hum hum! », des « ha ha! », des « *bayo bayo*[1]! » On se trémous-
sait de désir et de curiosité. Le frisson gagnait du terrain, granu-
lant les pores de la peau, chatouillant les gosiers qui se
remplissaient de mots grivois.

Entièrement possédé par le Diable Ogou Badagri,
Dieudonné s'avança vers la Diablesse Erzulie-Nadeige. Il avait les
jambes écartées, bancales, le tronc incliné. Une lueur incandescente allumait ses yeux comme des feux follets. Par moments,
l'homme s'ébrouait comme un cheval ; à d'autres, il s'approchait
pour humer le remugle femelle qui s'échappait des aisselles
d'Erzulie-Nadeige. Affichant un air d'insolence et de fatale impudeur, elle lança son corsage dans l'assistance. D'un jeu d'épaules,
elle faisait danser ses mamelles en répétant : « Viens me chercher !
Elles sont à toi. Mais avant, fit-elle, en retenant de la main le fou-
gueux Badagri, j'ai deux vœux pour ce soir, Papa. Premièrement,
sortir mon fils Frank de prison. Deuxiè… »

Il ne la laissa pas achever, montrant des dents ricaneuses qui
semblaient fissurer l'obscurité : « C'est comme si c'était déjà
fait ! » Puis, il avança de sa démarche ingambe vers la femme
sacrilège qui, bientôt, s'offrirait en pâture à cet esprit en
goguette d'amour. « Hop là ! Papa Bada, je n'ai pas fini !
Deuxièmement, je veux sur un plateau d'argent la tête de Hervé
Jean-Bart. » « Oooh non ! Maman Erzulie, c'est trop me demander ! Cet homme est protégé par Linglessou Gaïdé », répondit
Badagri par la bouche de Dieudonné. « Je le sais et je veux sa
tête. Sinon, tu ne feras pas bamboche avec moi. » Sur ces mots,
elle le repoussa, simulant la colère.

On avait cessé de marteler le tambour pour prêter l'oreille au
terrible marchandage. La fête semblait battre de l'aile ; des lèvres
sortaient des soupirs de déception. Personne n'osait critiquer
ouvertement la couardise de Papa Badagri. On sentait qu'il

---

1. « Mettez-en plein la vue ! »

redoutait le guerrier Linglessou, qu'il n'avait pas le cran d'aller lui chercher noise. Du moins, il méditait la chose... « Derrière chaque morne, il y a toujours un autre morne. Tu n'as pas de couilles ! » plastronna Erzulie-Nadeige, tout en s'assurant de la consistance du pénis de l'Esprit. « La prochaine fois, je ferai appel à Linglessou pour qu'il se débarrasse lui-même de Jean-Bart. Va, Papa ! Retourne dans ton *Azouboutou*[1] natal, dans ta zone néante. Je n'ai plus rien à te dire. »

Sortant de sa réflexion, Ogou Badagri fit entendre à nouveau son grand rire de vagabond. On eût dit un rire de stentor se répercutant dans une salle vide. Sans plus attendre, il étreignit sa maîtresse, l'embrassa longuement et répéta à qui voulait l'entendre : « C'est oui, pour tout ! Que la fête continue ! Je commence à m'ennuyer ici-bas. » « Koyo, frappe le tambour pour moi », susurra Erzulie-Nadeige en pourléchant le poitrail d'Ogou, son maître des songes. Elle l'aida à enlever son pantalon, que ramassa Clara la *hounsi. Madan* Saint-Armand sentit que le temps était venu de tracer le cercle, le *vévé* aux attributs magiques, chose qu'elle fit avec de la chaux vive. Prévilon Prévilus l'aidait de ses conseils. *Sor* Nelson alla y déposer une poupée à l'effigie d'un commandant. La tête fut placée en dehors du cercle. Elle prit d'infinies précautions pour que la face du fétiche soit dirigée vers l'ouest, vers les cruches sacrées.

Erzulie-Nadeige était prête. Son slip alla rejoindre sa jupe dans la rigole. Ogou s'empara d'une mamelle et y colla ses lèvres afin d'en sucer le jus de la jouissance. Ce faisant, il lorgnait d'un œil perfide les initiés ébahis. Tels deux êtres de force égale, ils tombèrent sur la natte qu'on avait placée tout à côté du cercle pour recevoir les ruades des dieux. Soudain, un cri de bête qu'on égorge sortit de la bouche d'Erzulie-Nadeige. Elle tremblait, subjuguée, comme frappée d'apoplexie. Elle subissait la dure réalité de Badagri. *Madan* Saint-Armand était agenouillée près du

---

1. Lieu sans nom d'où viennent les esprits, les mânes.

couple afin de voir si la *mambô* allait tenir le coup. Elle faisait signe à Prévilon de surveiller l'Esprit, le *bossale*, le messager de l'au-delà. Tous deux avaient peur en cet instant, peur qu'Erzulie Fréda, si fantasque, si hardie, ne trouve en la personne d'Ogou Badagri chaussure à son pied. Erzulie-Nadeige ahanait d'une joie mêlée de douleur, de relents de mort. Les *hounsis*, sur les ordres de *madan* Saint-Armand, éventaient ces deux corps en sueur, bêtes d'amour, bêtes de pâture et de labour, pataugeant dans le sillon fangeux de la vie, au gré d'une jouissance en dérive. Ti-Koyo accélérait son *yanvalou*. Ogou Badagri était une mer démontée ; le flux et le reflux de ses hanches annonçaient l'arrivée d'un cyclone. Prévilon Prévilus se précipita pour soustraire la *mambô* à l'emprise de l'Esprit. Yvane tendit une gamelle pour recueillir l'offrande attendue, l'engrais mystique. *Sor* Nelson vint chercher Erzulie-Nadeige car le gros du service attendait. Elle tenait à peine sur ses jambes ; Jean-Gilles et Prévilon la soutenaient par la taille. Jocelyne lui remit le précieux récipient et s'en fut en faisant des courbettes. Erzulie-Nadeige s'approcha des trois cruches et déposa dans chacune sept gouttes de sperme et sept aiguilles. Ensuite, elle libéra des cages les trois rats. Au même moment, le nain transperça l'abdomen de la poupée. La tête de celle-ci n'avait pas de visage ; il était absent, jeté dans l'oubli. Dans quelques jours, la victime serait vidée de son âme, à jamais. La *mambô* seule pourrait décider si l'âme s'en irait errer dans le néant, ou deviendrait tout simplement zombi. C'était selon.

Alors que le nain était à ses malédictions, Erzulie Fréda, par la voix de Nadeige, récita d'un air bêta une formule sibylline : « *Magnificat, magnificat, acribâa afgâa, lima Bizango!* » Une vapeur monta des cruches en terre cuite ainsi que des voix, des voix rauques, des voix claires, des voix sans visage sorties du fond des âges. Les initiés, subjugués, répétèrent en chœur la phrase de Nadeige. La *mambô* s'agenouilla devant les cruches, les paumes jointes. Dans la première, elle vit un vieillard raviné de rides sur la Place publique. Dans la deuxième, des gendarmes en train de jouer aux dominos. Dans la troisième : rien. Elle attendit patiemment, l'esprit absent, en psalmodiant la même formule que tout à l'heure, comme une berceuse.

Prévilon Prévilus retenait la chèvre par les cornes en attendant les ordres d'Erzulie-Nadeige. Soudain, toute l'assistance put entendre une voix sortant de la troisième cruche. On brûla de l'encens, du benjoin et de l'asa-fœtida. On alluma des lampes-bobèches. L'image d'un jeune homme, flanqué d'un gendarme, apparut dans la cruche sacrée. Du même coup, on entendit le bruit d'une porte de cellule qu'on referme avec fracas. D'un claquement de doigts, Erzulie-Nadeige ordonna à Prévilon Prévilus d'étrangler la chèvre. Le *chèfkanbiz*, de sa force colossale, mit à peine deux minutes à accomplir son œuvre. De sa machette aiguisée, le nain fit une incision dans le cadavre de la bête et en sortit le cœur, qu'on plaça à côté de la poupée. Puis, il noua le muscle dans une feuille de banane et remit le tout à Erzulie-Nadeige. Le sang recueilli dans des crânes et des calebasses fut distribué à tous avec honneur. La fête se poursuivit toute la nuit, tambour battant, remplie d'odeurs de grogs et de victuailles. Les esprits Ogou Badagri et Erzulie Fréda avaient disparu, laissant derrière eux des êtres imbus de mal et repus. ❧

Chapitre XIV

La mort de Massillon

UN COMBAT SINGULIER. Aussitôt qu'il eut ouvert la cellule, Massillon fut violemment happé par le collet. À plusieurs reprises, son occiput heurta les barreaux. Les coups étaient assenés avec une telle brutalité qu'on aurait dit qu'il allait s'évanouir. Or, sa nuque était dure comme du roc. Il reprit un peu d'aplomb mais un certain effarement se voyait dans ses yeux. Instinctivement, Massillon avait empoigné son arme et déchirait l'air dans toutes les directions. Il lui était difficile, vu le désordre de sa pensée, de viser Frank avec la pointe de sa baïonnette pour le forcer à lâcher prise. Ses gestes étaient si affolés, si imprécis, que l'arme alla fracasser l'unique ampoule qui répandait une pauvre lumière. L'obscurité envahit brusquement ce lieu souterrain où, désormais, le souffle des deux hommes s'entrecroisait, s'affrontait dans un combat singulier.

Massillon cherchait à appuyer sur la détente mais il échappa son arme. On entendit un bruit mat sur le sol, égratignant le silence. L'espoir de vaincre s'amenuisait. La peur commençait à cogner dans sa poitrine, à coups répétés. Une forte douleur irradiait de son corps, le forçant à garder la bouche de travers, comme un cheval qui hennit. Jamais auparavant il n'avait craint pour sa vie, croyant d'emblée qu'il était né pour vivre vieux. « Les scélérats sont appelés à vivre vieux ; les bons crèvent toujours en premier, croyez-en ma parole ! » plastronnait parfois le geôlier devant ses comparses. Bien sûr, il n'avait pas peur. Il était celui qui faisait feu, qui tuait avec préméditation ; pourquoi aurait-il eu peur ? Il n'avait jamais imaginé la douleur que pouvait ressentir un mourant avant le grand saut. Massillon, qui était solidement ancré à cette terre, se foutait du malheur des autres. Or, en ce moment, confronté au spectre de la mort, il aurait tant aimé qu'on lui laisse la vie sauve, qu'on épargne sa carcasse de renégat. Mais il était trop tard… Une chèvre avait été étranglée en son honneur sous un péristyle vaudou. Par la force agissante de la magie, l'homme se préparait à connaître un destin similaire, selon le vœu de la *mambô*.

L'avant-bras gauche de Frank enserra le cou de Massillon avec plus d'autorité tandis que, de la main droite, il empoignait le revolver que l'autre essayait encore d'atteindre. Le geôlier suffoqua, la carotide en feu. Sa respiration devint oppressée, irrégulière. Il se hissait maintenant sur la pointe des pieds, penchant davantage la nuque par en arrière pour gober le peu d'air qui le tiendrait en vie. Ses mains tiraient tantôt l'avant-bras tentaculaire, tantôt les cheveux de Frank, lequel ne bronchait pas. Ces mouvements rapides et désordonnés échouaient à le défendre.

Implacable, l'étau du prisonnier se resserra sur sa proie, sur son larynx, avec une force inouïe. Un autre moment d'agitation s'ensuivit. La peur et le désespoir de la victime s'unissaient pour lui redonner l'ultime force qui le dégagerait de l'étreinte. « À moi ! À moi ! » appela Massillon, dans un râlement. Son appel lui revint en plein visage, comme l'aurait fait un boomerang. L'écho complice refusait pour la première fois de propager le message, de le répercuter vers un éventuel rédempteur.

Massillon fut saisi d'un violent soubresaut, indiquant qu'à cet instant précis, la vie cédait la place à la mort. Ses yeux révulsés, sortis de leurs cavités, avaient ce je-ne-sais-quoi de surnaturel que l'esprit n'arrive pas à traduire. Ses lèvres avaient pris la moue déçue des hommes qui ont perdu une bataille. ♣

Deuxième partie

Le lent travail du destin

... Je reviendrai un beau matin parmi vos rires.
Oui, je prendrai un jour le premier train du souvenir.
Françoise HARDY

Si les rêves meurent en traversant les
ans et les réalités, je garde intacts mes
souvenirs, sel de ma mémoire.
Mariama BÂ

Chapitre XV

La famille Messidor

LES RÉMINISCENCES. « Maudite pute, salope, attends que je t'attrape! » entendait-elle crier. Si distincte était la voix, si claire était la phrase! Gabriella avait l'impression que l'individu la talonnait de près et cherchait à enfoncer un poignard dans son cou. Elle courait, courait de toutes ses forces pour échapper à la mort. Puis, elle fit une chute. Elle alla s'étaler de tout son long sur la chaussée, brisée, haletante. La fin était proche... Au bout de quelques secondes, Gabriella, soulagée, se rendit compte qu'elle était dans son lit. Ses épaules tremblaient, elle respirait bruyamment. Des gouttes de sueur perlaient sur son front. Son rêve semblait si réel qu'elle s'était vraiment crue en danger. Elle se leva et alla s'examiner dans le miroir. Ses yeux lui renvoyèrent l'image d'une femme aux traits pathétiques, recrue de fatigue, en proie à un terrible malaise qui avait pour nom : la peur.

Depuis qu'on avait essayé d'attenter à sa vie, les nuits de Gabriella étaient peuplées de cauchemars. Elle se demandait si un complot n'avait pas été monté pour exterminer les Messidor un à un. Elle s'efforçait de trouver une raison logique à la haine dont elle était l'objet, mais n'y parvenait pas. Elle craignait de finir assassinée comme son frère.

Poussée par un réflexe acquis durant son séjour au Canada, l'idée d'avertir la police lui était venue. Mais elle avait tôt fait de rire de sa naïveté, de l'insolite de la situation. Comment avait-elle pu oublier qu'elle vivait au pays de l'anarchie ? Comment avait-elle pu oublier la cruauté de ses frères ? De ces hommes avides qui fauchaient la vie dans les rues, sans miséricorde ? Plus rien ne pouvait mater l'ardente colère dont ils étaient porteurs. Plus rien. Dans la cité en déshérence, un pouvoir maléfique leur avait été accordé sans partage.

Cette nuit-là, Gabriella se sentait plus vulnérable que jamais face à tant de méchanceté. Personne ne peut m'aider, se dit-elle, pas même mon père. Alors, elle songea que seule une justice parallèle pouvait venir en aide aux opprimés, qu'il n'était pas étonnant que certains en fassent usage.

Le beffroi d'une lointaine cathédrale égrena douze coups monotones. Gabriella sentit un frisson lui parcourir l'échine. Il lui sembla que cette cloche carillonnait jusque dans sa tête pour la tirer d'une profonde léthargie. Une nervosité soudaine la saisissait, jusqu'à prendre complètement possession d'elle. Elle regarda sa main trembloter. Il était minuit. C'était le moment où les gros bobos se rassemblaient, enserrant sa poitrine comme dans un étau, où les mauvais souvenirs venaient en masse s'emparer de l'esprit. Gabriella tenta de les éloigner, encore une fois, mais en vain.

Un impérieux besoin de sécurité lui fit remonter la couverture par-dessus son nez. Une paix illusoire, toute fragile, s'appesantit en elle et elle ferma les paupières. Un court instant, elle revit, affaissé sur le piano, le corps de sa mère. La pauvre femme n'avait pas eu le temps d'achever la pièce de Bach qu'elle aimait tant. Un bruit mat qui, quinze ans plus tard, la hantait encore, y avait brutalement mis fin. Gabriella avait dévalé l'escalier à toutes jambes, pressentant un accident. En bas, elle s'était arrêtée net, le souffle coupé, les lèvres tremblantes. D'un coup d'œil, elle avait compris que sa mère était morte. Dix jours plus tard, le rapport d'autopsie avait révélé un empoisonnement aux barbituriques. Mais on garda secrètes ces informations afin de permettre à la défunte d'avoir une sépulture chrétienne.

Les voisins, friands du malheur d'autrui, étaient arrivés en grand nombre. D'aucuns venaient apporter du réconfort ; d'autres venaient tout bonnement fureter. La vieille Célima s'était hâtée de faire prévenir le père Messidor, au loin dans sa plantation de Milot. Alors que les gens entraient et sortaient, l'air de se croire dans un mausolée, Gabriella enlaçait son frère. Tous deux se réconfortaient du mieux qu'ils le pouvaient. Des chuchotements éperdus parvenaient à leurs oreilles, prétendant les calmer. Une femme, à côté d'eux, pleurait à chaudes larmes. Mais ces hoquets de douleur avaient vite été noyés par un chahut de voix tapageuses. Certains, en effet, n'avaient guère envie de pleurer une bourgeoise, une reine au visage plombé de morgue qui, depuis toujours, gardait ses distances face aux petites gens et les regardait de haut, avec dédain. Une reine toujours endimanchée de taffetas, qui sentait le parfum coûteux des pays lointains ; une reine dont la bouche en cul de poule n'arrêtait jamais de s'exprimer en français. Implacable, la Justice céleste avait tranché et, de nouveau, rabattait le caquet des grands comme celui des petits, sans discrimination.

Trois heures plus tard, à grand renfort d'insultes, le père Messidor avait chassé le flot de resquilleurs en les menaçant de représailles. Le calme revenu, il avait paru songeur, accablé. Par décence pour la morte, il affichait un air lointain qui ressemblait à de la tristesse. Or, de son cœur, la douleur était absente. Personne n'était dupe car, aux dires de certains, le père Messidor venait de s'enlever une épine du pied. Sa jeune maîtresse, une certaine Rita Moscova qu'il avait sortie des bas-fonds de La Fossette, pouvait faire d'un moment à l'autre son entrée en scène. L'attitude de Léonce, devant la mort de sa femme, n'avait fait qu'accroître la méfiance que Gabriella éprouvait déjà vis-à-vis des hommes.

À compter de ce jour, sa vie et celle de son frère Gabriel changèrent du tout au tout. Privés d'un père attentif, ils s'enfoncèrent peu à peu dans un monde de tristesse et de solitude. La venue de cette femme, la Rita aux grands airs, n'avait rien arrangé. Bousculant tout sur son passage, imperméable aux sentiments d'autrui, elle était allée jusqu'à tout changer dans la maison. Elle avait, en peu de temps, mis au rebut tout ce qui lui déplaisait. Les meubles rococo, vestiges d'un temps révolu, le tableau montrant Toussaint Louverture donnant la réplique à Pauline Bonaparte, les lampes Tiffany, les rideaux de velours et les papiers peints avaient connu sous sa gouverne un mauvais sort. Rita ne voulait plus voir ce bric-à-brac, ces rabat-joie chargés de poésie posthume et d'irrépressible mélancolie. En iconoclaste obstinée, elle rejetait d'une chiquenaude tout ce qui rappelait le passé. Seul le présent comptait pour elle, avec son agrément de nouveautés. Elle voulait vivre dans du neuf et sous un parasol de néons, tel un papillon avide de lumière. « Extravagances de parvenue ! » lui avait crié Gabriella.

Rita s'était contentée de hausser les épaules. Comme on disait si bien : « Les chiens aboient, la caravane passe. » Elle se pavanait devant sa belle-fille avec un air de triomphe, la narguant comme une gamine contrariante. Bien juchée sur ses talons aiguilles, elle l'invitait à partir si cela lui chantait et martelait le carrelage avec arrogance. Le roulis de ses hanches, à ces moments-là, lui prêtait l'allure d'une locataire de lupanar.

Rita, reine-putain, reine-catin, en mettait plein la vue à Gabriella. Elle était chez elle, après tout. Léonce, en juge inique, lui avait laissé le champ libre. Rita comptait redonner un air de printemps à cette villa morbide, pleine d'odeurs de rance qui devaient remonter au temps des flibustiers de l'île de la Tortue. Elle y allait donc de tout son art, de toute sa fougue de chef de cambuse.

Dès lors, la maison allait porter dans ses interstices des odeurs d'encaustique et de fleurs, celles-ci poussant à foison dans le jardin qu'elle avait elle-même dessiné. Tout ce dont Rita avait toujours rêvé était là, à ses pieds : sa plate-bande de rosiers, de fuchsias et de pétunias ; son allée de pierres blanches conduisant au patio ; la balançoire sur laquelle, le soir, elle venait s'étendre pour regarder mourir le soleil derrière la mer. Tout était dans un ordre impeccable. « La garce a fait du chemin. À peine sortie de la dèche, la voilà au sommet de la respectabilité. Une femme si *bouzen*. Eh ben ! quitte à se noyer, autant que ce soit dans une grande eau ! » disaient les mauvaises langues, envieuses du bonheur d'autrui.

En fait, nul n'aurait pu prévoir que Rita Moscova, une laissée-pour-compte des bas quartiers de la ville, allait gravir si vite l'échelle sociale. Le hasard avait voulu qu'elle rencontre Léonce dans une épicerie, un soir de pluie. Elle l'avait regardé et il avait succombé. Cette bombe vivante qui, par excès de pauvreté, monnayait ses charmes dans les coins obscurs, l'avait estourbi raide. Elle avait froid et lui avait chaud dans son bas-ventre, de cette chaleur dont souffrent les vieillards, même à l'aube de la mort. Cette main jeune et experte l'avait vite remis dans le sillon de son antique jeunesse. Depuis ce temps, Léonce ne l'avait plus laissée. Il s'employait à la remercier à grand renfort de *greenbacks*[1] pour services rendus.

Elle n'avait rien de la fille murmurant à l'oreille de vieux vicieux : « Ma mère est malade, il me faut de l'argent. » Non. Pour vingt dollars, elle troquait sa chair. Pour vingt dollars, on la tripotait, on la façonnait selon son désir, au gré du plaisir et des caprices. Elle en tirait mépris et rancune contre l'espèce humaine. Tout comme elle ne pardonnait pas à Dieu, ce démiurge irresponsable, de l'avoir fait naître dans ce milieu misérable entre tous, mal famé et où les enfants, poussés par la faim et le besoin, étaient

---

1. Dollars américains.

dépossédés de leur enfance. Depuis toujours, en elle, une plaie ouverte suintait non le sang mais un suc infect et amer. C'était cette femme, diplômée ès dévergondage à l'université de la vie, que Léonce avait prise pour épouse. Il en était fier.

Cet orgueil n'avait cessé de dépasser les enfants, Gabriella surtout. Minée par les tracasseries de sa vie, qui allaient en croissant, elle avait fini par décider de quitter l'île. Pour oublier et surtout, pour ne plus partager le territoire avec Rita. De plus, elle s'était prise depuis longtemps d'un véritable engouement pour les pays étrangers. Elle avait ainsi annoncé à son père, à brûle-pourpoint : « Papa, je veux partir. Le plus vite sera le mieux. » Le vieil homme avait accueilli cette nouvelle avec un rictus de déception. Pour la première fois de sa vie, elle avait senti que son père était au bord des larmes. Gabriella saisissait l'occasion de lui faire payer la présence de cette femme sous leur toit. Le voyant souffrir, elle savourait sa vengeance avec toute la haine que pouvait contenir sa petite personne. Elle paraissait mauvaise, elle qui était plutôt de nature indulgente. En prononçant avec véhémence le mot « partir », elle avait touché la corde sensible de son père. Léonce connaissait déjà le vide d'un premier départ, celui de son fils Gabriel, qui étudiait en Europe depuis un an déjà. L'imminence de cette nouvelle rupture achevait de rendre ce vieillard vulnérable, plus humain.

« Je veux partir et je m'en irai avec ou sans ta bénédiction. Tu as ta Rita, non ? » avait hurlé Gabriella sans désarmer. Le paternel avait d'abord tenté de lui refuser son accord mais elle n'avait pas lâché prise. Devant son entêtement, Léonce, de guerre lasse, avait fini par capituler. L'argent aidant et, de surcroît, grâce à son ami l'avocat Laroche, tous les papiers nécessaires à une émigration dans les règles étaient bientôt apparus sur la table du salon. Gabriella se souvenait de cette victoire sur son père dans ses moindres détails. Il s'était arrêté de travailler pendant une semaine afin de passer le plus de temps possible avec elle, comme il se plaisait à dire. Le jour du départ, d'une voix rapide qui n'aimait pas s'attarder aux sentiments, Léonce lui avait souhaité bonne chance. Sans le laisser voir, elle s'était sentie envahie d'une joie nouvelle et inexplicable.

Par un dimanche brumeux, un 6 novembre, elle avait pris l'avion pour le Québec. Le bruit des moteurs avait chassé d'un seul tenant ses appréhensions et ses tourments. Une femme nouvelle était assise près du hublot et, d'un regard à la fois heureux et teinté de tristesse, elle contemplait le moutonnement de la mer Caraïbe, l'effacement de l'île par degrés, la course des nuages l'accompagnant vers un monde nouveau.

En janvier suivant, l'Université de Chicoutimi la compta parmi ses étudiants en administration. Ce pas dès lors franchi, sa nouvelle vie pouvait commencer. Mais alors qu'elle séjournait dans son patelin, aux vacances, un fait singulier se produisit. Pour la première fois, les choses les plus insolites lui paraissaient d'une étrange beauté. Elle réapprenait à aimer son coin de pays, prétextant mille raisons de le trouver beau, même si, un temps, il lui avait fait mal. En ces doux moments, elle allait se balader sur la montagne adossée à la villa. « Comme les arbres ont grandi! » remarquait-elle. Elle s'étonnait aussi de la rusticité de la flore sauvage. Elle avait peine à croire que cet endroit n'avait pas encore souffert des effets de l'érosion. Gabriella se réjouissait d'entendre à nouveau le chuchotement de la cascade, là-bas, derrière les frangipaniers. Elle aimait aussi voir la mer azurée qui portait sur son dos les voiliers des pêcheurs mais hélas, aussi, les embarcations de *boat people* et surtout, les paquebots avec leurs cargaisons de touristes arrogants. Rien n'avait véritablement changé. Elle aurait pu jurer n'avoir jamais quitté le Cap-Haïtien. Elle était submergée d'impressions, de sensations, qui n'étaient pas sans rappeler le bonheur. Un bonheur qu'elle n'avait pas connu jusqu'alors. Un bonheur en devenir.

Au terme de ses études et, contrairement à de nombreux compatriotes qui venaient grossir les villes d'Amérique du Nord, Gabriella avait décidé de rentrer au bercail pour de bon, dût-elle affronter Rita. Armée de diplômes estampillés d'outre-mer, elle avait sans grande difficulté trouvé un emploi dans une banque. La Faculté des Hautes études administratives avait aussi réclamé ses services. À vingt-sept ans, elle était destinée à un brillant avenir.

Gabriel, quant à lui, avait regagné la maison les mains vides. Comme pierre qui roule, il n'avait pas amassé mousse. D'Espagne, où il avait passé deux ans à étudier la médecine, il était revenu bredouille. Ses notes, toujours basses et attribuables à son manque de sérieux, avaient tué sa prétention de devenir médecin. Pour tout dire, il n'était guère intéressé à la profession. Seulement, il avait voulu satisfaire les exigences du paternel qui rêvait, comme tout bon Haïtien, d'avoir un docteur dans la famille.

Au pays de Franco, Gabriel avait vécu en grand tout en donnant libre cours à ses fantasmes. Dans son appartement sis en banlieue de Madrid, les *niñas*, ces belles d'une nuit, parfumées et fardées à ravir, entraient et sortaient à la file. Toutes les raisons étaient bonnes pour atteindre cet ultime objectif : la baise. À Madrid d'ailleurs, sur le campus, le mot « grand baiseur » courait sur toutes les lèvres. Ce n'était guère étonnant : les femmes lui tombaient littéralement dans les bras. Elles le trouvaient beau. Il était, à leurs yeux, l'*hidalgo maravilloso*[1] capable de les hisser au septième ciel de la jouissance. Les mots castillans coulaient de sa bouche avec l'aisance d'un poète de place publique. Son règne se termina de façon abrupte quand on le surprit un jour avec la femme d'un haut fonctionnaire. En l'espace d'une semaine, il était devenu en territoire espagnol persona non grata.

Léonce avait délégué l'avocat Laroche pour le sortir du pétrin. Comme un arbre tortueux qu'aucune force ne peut redresser, Gabriel, rentré au pays, avait repris ses activités de prédilection. Il faisait partie du plus que célèbre groupe K, lequel avait pignon sur la rue 12H. Alcool et joints, verbe et chair, bordels et

1. L'homme le plus merveilleux qui soit.

musique régissaient la vie de ses membres. Gabriel consacrait ses journées à l'oisiveté et ses nuits à la débauche la plus débridée. Les curés changeaient de trottoir lorsqu'ils le rencontraient. En revanche, les flâneurs, spécialistes de l'errance en terre d'Haïti, l'enviaient pour tant savoir jouir de l'existence. « Ah! ce petit Gaby, il peut mourir d'un instant à l'autre, mais ce sera sans regrets! » soupiraient-ils.

Ils ne pensaient pas si bien dire. La malchance n'en avait pas fini avec Gabriel Messidor. Un soir de couvre-feu, il avait insulté le commandant Hervé Jean-Bart qui lui avait demandé ses papiers. « Vous parlez à mon cul, mon pauvre monsieur de pacotille. Allez vous faire voir, ainsi que votre président. Je vous emmerde! » lui avait-il soufflé avec morgue. Il fut violemment happé et jeté dans le panier à salade, côtoyant des prisonniers au faciès déjà marqué de bistres macabres. Depuis cet incident, on ne l'avait plus revu. Aucune nouvelle, bonne ou mauvaise et ce, malgré les efforts de maître Laroche, n'était venue renseigner Gabriella. Seules les prédictions de Nadeige donnaient à croire que son frère était mort.

À la faveur de la nuit, le spectre de Gabriel venait peser sur elle de tout son poids. Le sommeil, assurément, ne viendrait plus. Gabriella fit valser la couverture et quitta son lit. Ses souvenirs, du même coup, s'envolèrent, la laissant dans un état d'indéfinissable lassitude. ♣

Chapitre XVI

Un élan de résurrection

L E NÈGRE FUGITIF. Frank sortit à la sauvette dans la nuit noire et profonde. L'obscurité prenait possession de lui et l'enlaçait froidement. Cette étreinte avait les apparences de la mort, laquelle traînait encore ses lourds godillots dans son sillage. Il savait, sans se l'expliquer, qu'il *était* la mort. Il venait de tuer son premier homme, sans miséricorde, et le mal s'enfonçait en lui comme une aiguille dans un tissu épais. À vive allure, il s'élança dans la rue silencieuse où nul piéton ne s'aventurait. Une rue sombre, à la merci des mauvais génies.

Malgré ses muscles endoloris, il poursuivit sa course et longea le boulevard du Front-de-Mer. Vers nulle part. Vers rien. Encore moins vers sa maison, où il serait vite repéré et exécuté sommairement. Il allait se perdre dans cette géographie de l'incertain, qui commençait le long de cette vaste allée bordée de palmiers impériaux, de cocotiers gigantesques et de coquets amandiers. Ces lieux, qui avaient enchanté son existence, paraissaient plus beaux encore, magnifiés par l'étrangeté. Frank était ébloui et s'abandonnait au roulis de sa cadence. Il se voyait comme un bateau sans port d'attache, à la merci du ressac et des vagues en furie. Il était pressé de mettre aux ordures son uniforme de soldat. Un habit d'emprunt, qui sentait la couenne brûlée et le sang coagulé. Un habit funeste surtout, arraché à Massillon, qui empestait sa mort à fleur de corps, son haleine fétide et sa sueur à plein nez. Il voulait oublier. Tout oublier. Laisser le passé derrière lui, avec sa croix de malheur.

Il cessa de courir. Son cœur battait la chamade, ses jambes lui faisaient mal. Depuis un quart d'heure déjà, il avait franchi la barrière de la prison, le plus naturellement du monde. Là où les sentinelles faisaient les cent pas, le dos tourné, engluées de paresse et de nonchalance, ne se doutant de rien. Frank s'était retrouvé pile dans la rue. On eût dit un gendarme, parmi tant d'autres, que la noirceur déguisait en silhouette. Après avoir tourné le coin de la rue, il avait poussé sa cavalcade jusqu'à ce qu'il eût atteint le boulevard. Le vent d'octobre était là, enjôleur et frais. Des bouffées d'ilangs-ilangs et d'autres fleurs odoriférantes lui taquinaient les narines, pleines de promesses. Son buste dépoitraillé bravait l'horizon. Au-dessus de lui, des nuages s'amoncelaient, faisaient le dos rond et cachaient les étoiles émues.

Du regard, il avait embrassé cette liberté tant désirée. À sa gauche, des villas balnéaires protégeaient le sommeil des *zoto-brés*[1]. À sa droite, la mer, comme à l'accoutumée, crachait ses embruns d'argent, ses filets de salive sur le trottoir. Une merengue endiablée, venant du Feu Vert ou du Rumba Night Club, lui parvenait aux oreilles, se mêlant à d'autres bruits nocturnes chargés de mystère. Frank était riche de toutes ces choses qui avaient jadis composé sa vie et dont il était privé depuis si longtemps. Des larmes coulèrent sur ses joues, semblables à de petits plombs bien moulés.

Enfin libre... Jamais ils ne m'auront vivant. Jamais ils ne me rattraperont.

---

1. Bourgeois, personne fortunée.

Il entendit soudain le bruit sourd d'un moteur tournant à haut régime. Un véhicule militaire se pointait à l'horizon. En un court instant, il fut à sa hauteur. Frank eut tout juste le temps de se tapir derrière un amandier. Déjà, il caressait de son index la détente de son arme. La Jeep s'arrêta tout près de lui. Le silencieux du véhicule lançait dans la nuit son « pout pout » lancinant. Le temps s'arrêta, comme figé. Une voix lança : « Tout a l'air tranquille ici. Allons-nous-en, il n'ira pas loin, ce fils de chien ! » Le vent s'était levé brusquement, comme pour se mettre en accord avec la rage des hommes. Frank resta là sans bouger pendant, lui sembla-t-il, un temps démesurément long. Il allait partir lorsqu'il vit arriver un couple en maraude. La jeune fille marchait devant. Elle avait l'air pressé, déçue même. Le type qui la suivait paraissait la supplier, parlait de marchandage affectif. Le cœur de Frank battait à tout rompre. Et s'ils s'arrêtaient précisément ici, pour vider leur sac ? La querelle se rapprocha puis, par degrés, s'éloigna.

L'étau qui enserrait la gorge de Frank se relâcha, la pulsation de son cœur reprit un rythme normal. Avec précaution, il quitta ce fragile abri et se remit en marche, se retournant à tout moment pour détecter quelque présence indésirable. Il tomba en arrêt devant une grande villa, pareille à ces extravagantes haciendas des contrées aux traditions espagnoles. Celle-ci comportait deux étages. Elle paraissait loger des gens de « la haute », des créatures inaccessibles, des gros cocos de l'establishment haïtien. Il se faufila dans l'allée d'hibiscus. Ses yeux croisèrent ceux d'une femme qui était assise sur un *rocking-chair*. En le voyant, elle mit la main sur sa bouche en signe de saisissement. Or, il était certain qu'elle ne pouvait avoir reconnu le fuyard qu'il était. Il était passé en coup de vent. Il s'engagea à la même cadence dans un sentier qui menait à la montagne. ⚘

Chapitre XVII

À l'Éden-Ciné

DJANGO TIRE LE PREMIER. Le soir où Massillon mourut, Rita était toute à sa fièvre d'accompagner Robert Étienne à l'Éden-Ciné. Elle sortit de la baignoire en vitesse, enroula une serviette-éponge autour de sa taille et, d'un mouvement furtif de la main, se brossa les cheveux. Elle prit tout son temps pour se regarder, les yeux rivés au miroir, avec une attention qui en disait long sur l'image qu'elle se faisait d'elle-même. Puis, avec un soupir de satisfaction, elle soupesa ses seins. Deux pastèques bien fermes, qui n'avaient pas encore subi les flétrissures de la maternité.

Elle entra dans sa chambre et en ressortit presque aussitôt, telle un colibri butinant d'une fleur à l'autre. Visiblement, Rita était pressée. Le temps lui donnait des coups de coude dans le dos. Elle avait opté pour son ensemble en soie de couleur kaki, un vêtement qui moulait ses fesses à merveille. D'un œil professionnel, elle voyait maintenant le travail de maquillage que son visage réclamait pour la circonstance : une ride à camoufler ici, un bouton à cacher là. C'était à croire que tout son avenir dépendait de son art de plaire. Elle aimait attirer tous les regards sur elle, ceux des hommes pervers, surtout, qui la mangeaient des yeux, qui sif-flaient sur son passage en détaillant sa beauté. Elle adorait se sen-tir désirable et désirée. Grâce à son charme, elle croyait tenir le monde dans la paume de sa main et, consciente de ce pouvoir, en abusait avec malice.

Rita jeta un coup d'œil à la dérobée sur sa montre en or, un cadeau du vieux. La deuxième séance au ciné ne débuterait pas avant vingt et une heures quinze ; elle avait donc le temps de peaufiner son maquillage. Ce soir, elle voulait être la plus belle pour Bébert. Peut-être que, si tout allait bien entre eux, ils iraient finir la soirée au Feu Vert Night Club. Rien que d'y penser, elle en avait des fourmis dans les jambes.

Elle avait rencontré Robert Étienne à la prison Le Dernier Repos, lors d'une cérémonie vaudou organisée par Jean-Bart. Ce soir-là, le commandant n'avait d'yeux que pour une Dominicaine du nom de Lucia. Cette pimbêche à la peau basanée — que les intimes appelaient Panzou Mazoumba — l'avait détrônée par son double savoir-faire, magique et sexuel. Rita l'avait surprise accro-chée au cou de Jean-Bart. Elle se contorsionnait comme une bête en rut, lui en mettant plein la vue avec toute l'ardeur que lui per-mettait sa jeunesse. En proie à une sainte fureur, Rita s'était ruée vers la porte et avait laissé le commandant à ses diableries. De toute sa vie, elle n'avait essuyé un tel affront. C'était comme si on l'avait transpercée d'un énorme poignard, tant elle était blessée dans son amour-propre. « Qu'ils aillent tous se faire foutre ! » avait-elle hurlé. En bon gentleman, Robert l'avait suivie, s'était penché vers elle et lui avait murmuré qu'elle était très jolie, même en colère. Rita n'avait pu lui refuser un sourire de gratitude, tant ce nouveau venu savait parler aux femmes.

Malgré la haine qu'elle vouait désormais au commandant, Rita n'oubliait pas le service qu'il lui avait rendu en la débarras-sant de Gabriel Messidor. C'était à Robert maintenant de com-pléter le travail, d'envoyer Gabriella rejoindre son frérot au royaume de Déméter. Rita le soupçonnait de manquer de fermeté, de cacher, derrière son masque de brute, un cœur tendre. Elle saurait bien trouver l'argument décisif pour le convaincre d'agir au plus vite. Ce n'était qu'une question de temps. Elle était patiente, la Rita.

Que de frissons devant la grande psyché! Que de précipitation dans les gestes! Que d'émotions! Rita ne tenait plus en place. Rita était un oiseau pendant la pariade. Rita roucoulait, rêvait de l'impression qu'elle ferait. Lorsque Dieu avait insufflé la modestie aux humains, elle était sûrement absente. Sa bouche dévoreuse d'hommes fut vite badigeonnée d'une couche de rouge agressif, un rouge sang. Un crayon noir fignola avec art le pourtour de ses lèvres. « Sans bouche, l'être n'est rien. Tout passe par la bouche. C'est l'organe par excellence de la cruauté et du désir. » Elle se forgeait ainsi de beaux principes, à grand renfort de mots empruntés. Ceci était la règle première de l'éthique de la perversion.

L'instant d'après, Rita écarta les jambes, puis se bomba le torse. Un léger tremblement, provoqué à dessein, traversa son corps. Elle voulait se sentir vivante, sentir cette chair ferme qui savait procurer du plaisir aux mâles. Elle était fière d'être si bien pourvue. D'un mouvement lascif et théâtral, elle quitta la maison en sifflotant. Une fois dans la rue, elle s'appliqua à reprendre une démarche normale jusqu'à sa voiture. Elle avait peur que cette allure féline ne la trahisse, elle, la femme adultère, la coupable, qu'un désir vorace poussait vers un maelström de luxure.

En la voyant descendre de voiture, Robert, ce charmeur, lui envoya un baiser de la main. Sa mise, ce soir, était un tantinet négligée. On n'en voyait pas moins la crosse de son revolver luire à son côté droit. Il fumait un havane et sa bouche en cul de poule n'en finissait plus de faire des volutes. De la main gauche, il tenait un bouquet de roses qu'il destinait à sa belle. Des passants firent des détours pour le saluer. Il se borna à leur répondre d'un signe de tête condescendant. Puis, des jeunes l'abordèrent et, se targuant d'une lointaine parenté avec lui, l'appelèrent « tonton ». C'était comme ça. La flatterie, en pays d'Haïti, servait de béquilles aux êtres mal nés. Ils y voyaient l'unique moyen d'accéder aux grands sans coup férir.

Rita alla prendre place à l'entrée du cinéma pour y faire la queue. Elle n'y était pas obligée mais voulait parader un brin, montrer sa croupe pour faire bander les jeunots. Une allumeuse, voilà ce qu'elle était. En ce dimanche, il y avait foule. Les cinéphiles allaient voir pour l'énième fois *Django tire le premier* et *Les Derniers Jours du Condor*. Autour de Rita, déjà, s'agglutinaient des dragueurs au parler lyrique, aux gestes charmeurs. Un bellâtre à peine sevré lui chantait la pomme en se collant à elle. Il y avait là de quoi jeter sa gourme en tonnerre de Dieu! Bébert observait la scène d'un air amusé. Tout de même, son cigare achevé, il s'empara du fanfaron par une oreille et lui conseilla d'une voix rauque de se changer en courant d'air. Le jeunot, qui avait encore envie de vivre, s'esquiva en douce sans demander son reste. Puis Bébert, de sa démarche orgueilleuse, fila vers la salle en remontant d'un coup de coude son Colt 45. Le portier lui fit une révérence royale et le laissa passer gratuitement.

Rita ne tarda pas à faire son entrée dans la section marquée RÉSERVÉ, c'est-à-dire celle des gens en moyens. En contrebas, il y avait le peuple, lequel occupait la plus grande partie de la salle. Ce cloisonnement allait de soi, d'autant plus qu'au cinéma, ce menu fretin perdait la tête. Il avait la gorge pleine de mots vulgaires et salaces, il hurlait, il tapait sur les sièges, il sifflait. Il s'en donnait à cœur joie, comme au temps des émeutes et du carnaval.

On entendit sourdre des enceintes acoustiques la musique d'avant-spectacle. Nat King Cole chantait. Sa voix de rêve faisait vibrer les tripes des spectateurs. Elle disait : « *Más te quisiera, más te amo yo, y toda la noche la paso...* » Rita murmurait les paroles de la chanson tout en enlaçant Robert fiévreusement. Celui-ci battait la mesure de la main et, aux modulations de la ballade, allongeait le cou à la manière d'une girafe. Robert était *cool*, vraiment. La salle plongeait peu à peu dans l'obscurité; bientôt, tous les jeux seraient permis. Les amoureux aux gestes furtifs et chargés de

désirs secrets trouveraient enfin le climat propice pour s'enca-
nailler. Nat, justement, roucoulait dans un dernier souffle :
« *Suspirando por tu amor.* »

Maintenant, Franco Nero occupait à lui seul tout l'écran. On
l'applaudissait. On criait : « *Bayo Blanc! Bayo!* » Puis le hourvari
des voix se tut. Robert aimait voir ces westerns spaghetti qui lui
rappelaient des souvenirs. Il en admirait les héros. C'était en
regardant ces types aux mines patibulaires qu'il avait appris à
manier le pistolet. Aujourd'hui, il était devenu le tireur d'élite le
plus en demande dans l'île. Il leur devait une fière chandelle.

Au bout de quelques minutes, Rita lui demanda où en était
l'opération Messidor. « Ça va comme ci, comme ça, chérie. La
petite est chanceuse », commença-t-il distraitement. « On a tout
essayé. J'ai envoyé l'un de mes meilleurs hommes pour faire ce
travail. Il en est revenu dingue. Il prétend avoir entendu une voix,
une voix qui aurait eu le pouvoir d'arrêter son couteau, de lui
déchirer les entrailles… Cet homme, vois-tu, n'avait jamais manqué son coup. C'est à n'y rien comprendre. Et pourtant, je le
crois. J'avais fait trafiquer les freins de la voiture et, encore une
fois, la fille en est sortie indemne. Comme aurait dit Papa
Duvalier, cette petite-là est ointe des dieux africains. »

« Mais il faut essayer de nouveau Bébert, je t'en prie », insista
Rita. « Il ne reste qu'elle et puis, le vieux est dans ma poche. As-
tu pensé à nous? On mènerait une vie de pachas. M'entends-tu
chéri? » Ce disant, elle l'embrassa comme une furie. Sa langue
alla musarder avec adresse sur le lobe d'une oreille, puis s'éternisa
dans le cou. Or, on aurait dit que ce soir, Robert était fait de bois.
En temps normal, il l'aurait enfourchée raide, tous feux allumés.
« Je t'entends… poursuivit-il, mais je fais mon possible. Je n'ai
pas que cela à m'occuper ; il y a l'entraînement des nouveaux
enrôlés. Tu sais, ils m'ont envoyé une bande de pioches. En plus,
il y a les rapports qu'il faut envoyer à Port-au-Prince. Et le soir, je
suis fourbu. De toute façon, cette fille a échappé à deux attentats.
Elle mérite qu'on la laisse tranquille, non? » Robert avait l'air

absorbé. Toute son attention allait vers Django, l'acteur aux yeux
verts. « Quelles péripéties pour un seul homme ! » glissa-t-il à
Rita, de qui il n'obtint pas de réponse. Celle-ci rageait en silence
et boudait.

Django venait de mordre la poussière. Une raclée légendaire.
Il essayait de se relever, mais en vain. Robert l'encouragea, de sa
voix rauque, à faire un homme de lui. Le cow-boy avait les mains
broyées. Enveloppées dans un pansement de fortune, d'ailleurs en
lambeaux, ce n'étaient plus des mains, c'étaient des moignons
ensanglantés. Les spectateurs reprirent leur charivari. De rangée
en rangée, on entendait des : « Ça n'a pas de sens, Légende ! »
« Impossible ! » « Trop, c'est trop ! » « Ça ne tient pas... »
« Légende, oui ! » Robert encouragea de plus belle son héros :
« Relève-toi, bonhomme, va leur faire la peau à ces connards ! »
Rita posa une main lascive sur sa braguette, comme pour le soustraire à la séduction du film. Or, Bébert avait les yeux rivés sur le
pistolet que Django essayait de placer sur l'une des croix du cimetière, où se déroulait la scène. Triste coup d'œil. Le ciel était bas,
les nuages semblaient frôler le sol. Un tableau exécuté en deux
coups de pinceau mélancoliques. Dans la salle planait un silence
de mort. Le pistolet tomba dans la poussière. Pendant ce temps,
les bandits avançaient ; leurs bottes produisaient un bruit sourd.
Django avait repris possession de son joujou. Le film tirait à sa
fin : on allait enfin régler le compte du héros. Sans plus attendre,
Rita fourragea dans le bas-ventre de son amant. Elle voulait lui
faire une pipette. Robert la repoussa gentiment en lui disant :
« Pas maintenant, chérie. Je veux voir si Django va se tirer d'affaire. » « Je m'en fous de ton Django à la con ! C'est la troisième
fois que tu regardes ce film de merde. »

Les tueurs aidaient le pauvre type à faire sa prière. Ils disaient
en marchant : « Au nom du Père. » Django ajustait son pistolet.
Robert se cramponna à Rita ; il bouffait l'écran. « Et du Fils. »
Django avait un sourire de meurtrier. « Et du Saint-Esprit. » Les
spectateurs médusés n'échangèrent mot. Ils étaient tout à leur

film. Jamais ils n'avaient vu autant d'action, de violence. Au moment où les truands allaient dégainer, Django poussa un cri terrifiant, sépulcral. Il y avait là, étalée sur pellicule couleur, toute la souffrance d'un homme. Son cri allait être sans merci : « Ainsi soit-il ! » Et le canon de son arme se mit à cracher des plombs. Robert, tout comme les spectateurs en liesse, applaudit à tout rompre.

Rita, folle de rage, se leva d'un bond et piétina les roses du talon, puis bouscula son amant au passage. « Ce soir, tu baiseras avec ton Italien de merde. Quant à moi, je suis de l'histoire ancienne. Bonsoir ! » En quelques bousculades, elle fut dehors. Sa voiture dévora la distance qui la séparait de la villa. À bout de nerfs, elle rentra chez elle en faisant claquer la porte. Ce fut dans cet état que Gabriella la vit arriver. ♣

Chapitre XVIII

Les feux croisés

R ITA MOSCOVA. Gabriella, la gorge serrée, regardait dehors avec une attention soutenue. Malgré l'obscurité, elle avait cru voir l'ombre d'un soldat passer tel un éclair devant la fenêtre et lui jeter un furtif regard. Elle avait eu un mouvement de recul mais n'avait pas perdu contenance.

Mon Dieu! sont-ils encore là à me surveiller? M'attendent-ils dans la rue, comme la dernière fois? Peut-être est-ce le fruit de mon imagination?

Au bout d'un instant, elle se rendit compte qu'un luminaire clignotait dans la cuisine. L'ombre que faisait la rampe de l'escalier sur le sol ressemblait à celle d'un grillage de cellule, placé là expressément pour elle. L'image s'allongeait, s'allongeait démesurément, suivant le caprice du fluorescent défectueux. Elle allait crier lorsque, brusquement, tout revint à la normale. Gabriella eut un peu honte de sa couardise. Il lui arrivait, à certaines heures, de détester cette villa où la peur pouvait errer à sa guise et qui, exacerbée par le silence des lieux, se transformait en instrument de torture. Elle haïssait ces chambres vides et muettes où l'âme, la sienne, trouvait son triste envol vers le vide.

Vers nulle part. Une âme figée sur place, engluée dans l'angoisse et l'amertume.

Cette maison semblait faite pour abriter le bonheur. Pourtant, Gabriella s'y sentait perdue comme dans un pays hostile, où des milliers d'yeux étrangers la guettaient, la traquaient, tels des fauves s'apprêtant à l'égorger pour lui régler son compte. Elle pensait sans cesse aux prédictions de Nadeige. La *mambô* s'était exprimée en mots clairs, sans ambages. Des mots lourds de menaces, qui lui parvenaient encore comme de lointaines sonnailles de grelot : « Quelqu'un te veut du mal. Je n'arrive pas à voir qui c'est. Une chose est sûre : cette personne a de la suite dans les idées. Tu avais un frère jumeau... TU AVAIS un frère jumeau... Tu AVAIS... »

Son imagination, depuis, s'embourbait dans une voie sans issue. Par moments, il lui semblait entrevoir son frère Gabriel dans le jardin. Une image imprécise, telle un dessin esquissé au fusain. Parfois, elle rêvait qu'il était dans la chambre d'à côté, le visage maculé de sang. Elle le voyait tenant son ventre à deux mains, comme s'il craignait de perdre ses viscères. Souvent, il lui arrivait de voir un chrysanthème posé sur son livre de chevet, le même qu'il lui avait offert, à son retour de Tunis. À maintes reprises, au fil d'un rêve éveillé, elle avait eu cette vague impression que dans la pièce, quelqu'un allait et venait : quelqu'un qu'elle voyait en filigrane et qui l'appelait au secours. En son for intérieur et bien avant d'avoir rencontré Nadeige, elle avait senti que son frère était mort. Mais elle refusait de prononcer ce mot, dans l'espoir de conjurer le mauvais sort.

Gabriella était à ces mille et une réflexions lorsque Rita fit une entrée fracassante. Elle s'amena dans la grande salle de séjour qu'elle parcourut des yeux avec dégoût. Elle avait l'air déçu. On devinait, à son dépit, qu'elle avait sur le cœur un rendez-vous manqué ou encore, une cuisante déconvenue.

Gabriella avait appris à la connaître, à lire sur son visage les turpitudes de sa vie. Une vie de débauche qui n'était un secret pour personne, sauf pour son mari, le père Messidor. Pour tout dire, son arrogance et son caractère volage lui avaient valu, dans le quartier, le surnom douteux de Marie-Madeleine. Cela ne lui faisait ni chaud ni froid, cette déesse païenne ne redoutant ni les cancans ni les commères bavardes qui les entretenaient. La seule personne qu'elle semblait craindre était Gabriella. À ses yeux, elle possédait cette force sournoise des eaux calmes, une force capable d'engloutir les impudents qui folâtraient aux abords de ses rives. Sous ses dehors d'effrontée, Rita restait vulnérable.

Le genre de vie qu'elle menait était loin d'être enviable. Elle écoulait ses journées dans l'oisiveté, devant la grande psyché qui lui renvoyait son visage de femme blasée et que l'insomnie ravageait à plaisir. On la suspectait d'avoir entretenu une liaison avec Gabriel. Or, personne n'avait voulu connaître le fond de l'histoire afin de ménager l'amour-propre du vieux. Soir après soir pourtant, Rita s'engouffrait dans sa bagnole pour aller rejoindre ses amants, tous des militaires. Le dernier sur la liste n'était nul autre que le cow-boy Robert Étienne. Son mari, que le travail en semaine éloignait de la maison, ne se doutait de rien ou feignait de ne rien voir. Gabriella, bien qu'elle méprisât sa belle-mère, tenait secrètes ses incartades. Son père n'était pas de toute première jeunesse, elle ne l'oubliait pas. Il avait l'illusion d'être aimé et c'était tout ce qui comptait.

Rita avisa le divan, s'y assit sur le bout des fesses et se déchaussa avec désinvolture. De nouveau, son regard hostile balaya la grande salle et s'arrêta sur Gabriella. Elle pouffa de rire sans raison apparente. C'était sa façon à elle d'entrer en contact. Quand elle était déçue, elle pouvait faire baver la terre entière. Gabriella fit grincer le *rocking-chair* pour étouffer ce rire commandé par l'hystérie. Elle soutint ferme le regard de Rita, qui, du coup, baissa les yeux, telle une chienne craintive subodorant un coup de pied.

Une fois l'air redevenu respirable, Gabriella prit parole : « Est-ce que quelqu'un t'a accompagnée ici ? J'ai cru voir passer un soldat devant la fenêtre ». Elle avait la singulière impression d'avoir déjà prononcé cette phrase et en devinait la réponse. D'un mouvement instinctif, elle s'appliqua à lisser un pli rebelle de sa jupe, puis esquissa l'ombre d'un sourire pour chasser cette impression dérangeante. « Pourquoi cette question ? » s'étonna Rita, les dents serrées. « Depuis quand m'interroges-tu, dis donc ? » En deux bonds, elle fit le tour de la table, cherchant à saisir, dans les yeux de Gabriella, le fond de sa pensée. Désarmée par son calme, elle s'assit à cheval sur une chaise tout en feignant une moue d'impatience. « Tu as fini de gueuler, oui ? » fit Gabriella.

Elle marqua une pause, puis reprit : « J'ai vu passer un militaire. Était-ce ton Robert ? Je ne veux pas voir ces porcs rôder ici. Tu as intérêt à me répondre, sinon, on arrangera ça avec le père. » « Non, personne n'était avec moi ! » hurla-t-elle. « Est-ce que c'est fini ton interrogatoire ? » Rita se couvrit les oreilles à deux mains et s'en alla, brassant son derrière à outrance comme pour rappeler, à dessein, toute la vulgarité que pouvait contenir sa personne. « Mon cul m'appartient, j'en fais mon affaire. À bon entendeur, salut ! » trancha-t-elle.

Un rire sec, entrecoupé de spasmes et de rauques onomatopées, mit fin à la discussion. Puis, on l'entendit marteler avec fracas les marches de l'escalier. Gabriella se frotta les mains ; elles étaient moites. Cette soirée avait été pour elle éprouvante en tous points. Brusquement, sans qu'elle sache pourquoi, sa mémoire ressuscita, un bref moment, l'image d'un livre à la couverture cornée. Un vieux *Bob Morane*. L'image s'évanouit aussi prestement qu'elle avait surgi des méandres de son subconscient. Elle tenta de se rappeler l'endroit où elle avait vu ce bouquin mais, en vain. Gabriella se surprit à sourire. Pourquoi donc souriait-elle ? Elle n'en avait aucune idée. Elle n'avait pas oublié pour autant Rita et le soldat venu rôder près de la fenêtre. La tentation lui vint de sortir sur la véranda scruter les alentours. Elle en aurait le cœur net. Or, Gabriella se retint, craignant de gâcher son plaisir naissant. « Pourquoi ce contentement ? » souffla-t-elle. Sa mémoire se taisait, mystérieuse. Elle s'avisa d'en prendre son parti. La réponse viendrait bien tôt ou tard.

Gabriella monta à sa chambre et entreprit, pour la cinquième fois, de relire *Salammbô*. Peut-être parce que c'était un cadeau de son frère. Ce soir, elle ressentait plus que jamais le vide laissé par son absence. Ses lèvres, gorgées d'un chagrin qu'elle apprivoisait encore, murmurèrent cette phrase mélodieuse qui, jadis, lue par Gabriel, avait le don de la calmer : « C'était à Mégara, faubourg de Carthage, dans les jardins d'Hamilcar. C'était à Mégara… » ♣

Chapitre XIX

La femme de rêve

L A SOURCE ORIGINELLE. Au bout de longues minutes qui semblaient porter en elles la pérennité du néant, Frank parvint au sommet du morne. À ses pieds s'étageait un gouffre feuillu, troué ici et là d'habitations cossues. L'horizon se laissait embrasser du regard. En contrebas, sur le boulevard du Front-de-Mer, les lumières aux pâles auréoles taquinaient en vain l'obscurité. La mer léchait doucement le pied de l'avenue. Par moments, elle soupirait, oscillant et dansant, de ses vagues ourlées à souhait pour le plaisir des yeux. Sur elle, par amour, se mirait l'extravagante brillance des étoiles d'octobre.

Roulé en boule comme un fœtus, Frank allait vraisemblablement passer la nuit à la belle étoile, sans feu de bivouac mais avec l'infini pour gîte. Il se sentait à l'abri du danger, du moins, provisoirement. Il s'assoupit, engourdi d'une paix intérieure aussi impénétrable que les mystères de ce monde et, peu à peu, s'enfonça dans le sommeil.

À son réveil, il devait être environ dix heures ; le soleil était déjà haut dans le ciel. Il se sentait comme un homme nouveau, allant au-devant de la vie. Le cri assourdissant des cigales augurait une chaude journée. L'exaltation qu'il éprouvait en ce moment le requinquait d'une flamme ardente, semblable à celle d'un premier amour. Quelque chose d'insolite, d'inextricable, jouait en solo une mélopée dans son corps. Il avait été subjugué, déjà, par une telle émotion mais aujourd'hui, ce transport se parait des atours d'une trop grande félicité. Comme s'il baignait dans la source originelle du bonheur et que celle-ci risquait, d'un instant à l'autre, de déborder de son lit.

Le doux murmure de la ville montait vers lui en écho. En bas, dans les maisons, la vie s'éveillait. Les yeux de Frank se mirent à voyager de courette en courette. Dans un clos verdoyant, un jardinier taillait à coups de sécateur la tignasse des hibiscus. Par moments, il s'arrêtait pour s'éponger le front de son avant-bras. Plus loin, un homme vêtu d'une chemise à manches courtes donnait la bise à son épouse. Un peu plus bas, une femme seule s'étirait en bâillant. Elle prenait le pouls de la nature en contemplant le ciel. Elle était vêtue d'un pantalon de cotonnade bleue qui accentuait la finesse de ses jambes. Un t-shirt blanc, agrémenté d'inscriptions et de bigarrures, moulait son buste. Tout en elle piquait soudainement la curiosité de Frank. Il allongea le cou et se mit la main en visière. Son cœur s'affola : il n'osait croire à ce qu'il voyait. Il se prit la tête entre les mains et répéta d'une voix qui s'étranglait : « Mes amis, mes amis : C'EST ELLE ! C'EST ELLE ! »

Des années le séparaient de cette présence qui l'avait enchanté. Voilà qu'il basculait dans le passé, un passé à la fois proche et lointain et qu'il retrouvait par la force du désir. Les images étaient tantôt floues, tantôt précises mais, à vrai dire, il était heureux avant tout de ce cadeau que la vie lui faisait à l'instant.

Je devais avoir quinze ans lorsque j'ai rencontré Gabriella pour la première fois. C'était le jour où le directeur adjoint m'avait expulsé du collège pour frais de scolarité impayés. J'étais en proie à une colère terrible, trop longtemps retenue. Je revoyais le visage hilare de l'adjoint, lequel me montrait la porte de l'index. Je retenais surtout sa remarque ironique, glissée avec la ferme intention de m'humilier devant les autres : « Les affaires de la mambô *marchent mal, par les temps qui courent. » Ces mots résonnaient dans ma tête, à coups répétés, comme ceux d'un gong annonçant la fin d'une kermesse. Ils inoculaient en moi le venin du désespoir.*

De mon perron, je pouvais voir au loin les bâtisses en briques sur lesquelles flottaient quelques arrogants drapeaux. Là-bas, dans ces écoles privées, des professeurs vaniteux dispensaient à huis clos leur précieux savoir. Là-bas, des élèves en habits du dimanche parlaient avec complaisance de leurs projets d'avenir. Ce beau monde était si loin de moi. Il sentait la bonne éducation, le parfum capiteux, le bon pain frais et le beurre de France. Pour ces gens, je n'étais que le fils de la mambô, *une guérisseuse publique qu'on pointait du doigt, au hasard des quolibets. Pour eux, je n'étais rien, pas même un ami.*

Des bruits de pas me firent alors sursauter. C'était ma mère ; elle venait me rassurer : « Demain, j'irai voir le directeur et tout s'arrangera. Je te le promets. » Puis, elle avait glissé dans ma poche le Bob Morane *que je lisais la veille. Elle savait que j'aimais lire, ma mère. Elle avait compris que les livres me faisaient oublier les choses qu'elle ne pouvait m'offrir. En douce, j'avais esquivé sa main, refusant toute caresse, toute consolation. J'avais enfourché ma bicyclette déglinguée — un cadeau reçu d'elle en des jours meilleurs — et j'avais dévalé les pentes de la Petite-Guinée. Je pédalais comme un fou. Je quittais mon quartier, ma prison. Je m'éloignais des arbres empoussiérés, des voisines criardes, des chiens galeux. Je fuguais ma petite vie, mon avenue de crève-la-faim, le bruit de la Singer qui n'apportait plus d'eau au moulin. De temps en temps, je passais une main furtive sur ma poche arrière. Le* Bob Morane *y était toujours. Je pédalais à coups redoublés, jouant à pile ou face avec la mort. Mon buste dépoitraillé déchirait le vent. Une fraîcheur océane mêlée d'une odeur de pluie m'emplissait les narines. Je zigzaguais entre les piétons, entre les voitures. On s'esquivait pour me laisser passer.*

Je m'avisai de bifurquer sur la gauche, en direction de l'école des Sœurs Regina Assumpta. J'entendais des voix me prévenir : elles disaient que j'allais me tuer. Or, j'attendais cette chute pour ne plus penser à rien. Ce qui était à prévoir arriva. Je perdis le contrôle et je tombai à la renverse sur le trottoir achalandé. Par chance, je n'avais rien de cassé. Il y eut un léger attroupement autour de moi. Je voyais, en contre-plongée, des visages de filles. J'entendais grandir leurs voix comme un bourdonnement de ruche. Penchées vers moi, elles crânaient, tout en me pointant du doigt. L'une d'elles me tendit la main, m'aida à me relever. Elle était de grande taille, avec de belles jambes de gazelle. Je la remerciai d'un geste nerveux, intimidé que j'étais par cette créature de rêve. « Il l'a fait exprès, Gabriella, de venir tomber ici. C'est un truc vieux comme le monde. Quand même, il a de l'audace ! » commentait l'une d'elles, avec volubilité. Pour toute riposte, je me mis à bégayer. Les mots se bousculaient dans ma bouche, en désordre. L'assurance de ces demoiselles m'avait décontenancé. Elles parlaient un français très pur, que des années de pratique avaient rendu pédant.

La fille prénommée Gabriella revint vers moi, me remit le Bob Morane *que j'avais échappé en tombant. Sur la couverture, à côté de mon nom, elle avait griffonné à la hâte : Gabriella Messidor. Puis, elle s'était enfuie à toutes jambes rejoindre les autres. La rue était pleine de leurs rires, de leur insouciance. Elles s'en allaient d'un pas allègre vers ces quartiers paisibles, éloignés des bruits de la ville et qui longeaient la mer. Une voiture avec chauffeur viendrait sûrement les cueillir, leur évitant ainsi de s'exposer trop longtemps au soleil, au regard des envieux. Je les suivais à faible distance, sans vraiment savoir ce que je faisais.*

Un étrange bien-être s'était emparé de moi, sans que je puisse vraiment m'en expliquer la cause. L'air, devenu plus vif, me semblait délicieux. Une pluie bienfaisante se mit à tomber, aspergeant mon visage de ses froides gouttelettes. Une force incontrôlée m'agitait, me poussait vers cette fille que je ne connaissais pas. J'éprouvai le besoin de pédaler plus vite pour la rejoindre mais une pudeur subite m'en empêcha. De toute façon, je n'aurais pu lui parler car, tel que prévu, des voitures s'arrêtèrent et les filles y prirent place, une à une. Gabriella était montée dans une Jeep. Avant de partir, elle avait jeté, mine de rien, un coup d'œil derrière elle. Je restai là sur le trottoir, sans bouger, les bras ballants. J'étais mouillé jusqu'aux os. À dire vrai, c'était sans importance. Seule Gabriella m'occupait l'esprit.

Les jours et les mois passèrent sans que je n'aie lâché prise. Gabriella était dans ma tête, greffée en moi. Je la sentais dans ma chair. Je voyais continuellement, en pensée, sa main dans la mienne. Ses ongles rongés. Sa démarche ondulante. Tout en elle me fascinait. Elle était ma passion, mon obsession, ma vie. Je ne passais pas une journée sans aller la guetter aux abords de son école. Lorsqu'elle en sortait, je l'examinais avec un intérêt maladif, notant les moindres détails qui, plus tard, divertiraient mon esprit. En vérité, il n'existait pas une parcelle de son corps que je n'eusse parcourue des yeux. Gabriella était jolie... belle, devrais-je dire. Elle avait le nez fin, sans cette habituelle largeur négroïde qui disputait toute la place aux autres parties du visage. Ses lèvres lippues à souhait contrastaient avec le nez. Sa peau, d'un noir chocolaté, avait le velours d'une mangue Baptiste. Ses jambes, combien longues, étaient admirablement proportionnées au reste du corps. Ses cheveux coupés à la garçonne laissaient deviner chez elle une âpre ferveur, mêlée de courage et d'audace. Tout cela en faisait une fascinante beauté créole, dont ma mémoire projetait fidèlement l'image sur l'écran de mes rêves, au moment de jonglerie. Le plaisir rémanent qui en résultait était à nul autre pareil.

Il m'arrivait, au cours de mes heures d'attente obsédée, d'en vouloir à l'horloge de retarder la sortie des classes. Je massacrais les religieuses en pensée à coups d'obscènes injures car, à mes yeux, elles la gardaient en retenue. Je me sentais lésé d'un droit légitime qui était de la surveiller, de veiller sur elle. Je pensais qu'un accord tacite nous unissait car, en la croisant, je devinais à chaque fois une nouvelle lueur dans ses yeux. Quand me parvenaient les cris de joie qui, souvent, accompagnent les fins de classe, mon cœur s'emballait, anticipant ce bref moment de rencontre. Les retardataires s'amenaient en sautillant. La « perle des Antilles », de sa démarche cadencée de Vénus callipyge, passait devant moi, moulée dans son tailleur bleu et blanc.

Était-elle consciente du mal qu'elle me faisait? J'allais même jusqu'à retenir mon souffle de peur que le temps ne s'envole et, avec lui, l'enchantement du moment. Sous des dehors adolescents, je suivais avec des yeux d'adulte les mouvements de ce corps que la grâce nimbait généreusement. Mon cœur en était à jamais malade. Cette maladie, bien qu'elle eût un nom, n'avait de cure que dans les chimères caractéristiques des jeunes de mon âge...

Frank voulut se prouver qu'il n'était pas la proie de son imagination. Il allongea le cou vers le bas, avec précaution, pour éviter de se faire voir. Gabriella était encore là, toujours belle, pareille à la mer Caraïbe qui rayonnait dans sa robe d'azur. Il recula et s'adossa à un arbre, vidé de toute énergie. Une nouvelle poussée de fièvre l'envahit pourtant, ravivant les derniers souvenirs qu'il avait gardés d'elle. Ils défilaient avec clarté dans sa mémoire...

Devant une fenêtre de la Citadelle Laferrière, je me souviens. C'était lors d'une excursion de fin d'année organisée par le collège Raymond-García. À la faveur d'un sortilège, resté pour moi une énigme, Gabriella était devant moi. Je ne la voyais pas mais je sentais sa présence, son odeur. Sa voix surtout, qui semblait monter du vide de la Citadelle. La brume y avait coloré de gris l'immense verdure de la plaine du Nord. En me penchant pour mieux goûter la tessiture de cette voix, ma tête s'était mise à tourner. Le gouffre m'appelait par mon nom et, déjà, il me semblait en faire partie. La voix de Gabriella paraissait venir des entrailles de la terre. « Viens me retrouver! Je suis là. Il est vain de chercher ailleurs. Je sais que tu me veux aussi, alors viens me retrouver, viens! Le temps d'un saut et tu ne sentiras rien. La vie ici est de loin meilleure à celle que tu connais là-haut. Viens, je te dis! Ne cherche pas ailleurs celle qui est tout près », avait prononcé la voix, en syllabes cristallines et mélodieuses.

Tout mon corps avait vacillé comme une feuille morte. Je m'en allais rejoindre celle qui n'existait pas. Étrange illusion que celle-ci! Perfidie de mon esprit désemparé, qui trouvait dans l'imaginaire un réconfort absent de la vraie vie. Je tombais, subjugué, quand la

main secourable du professeur me barra la route menant aux
grands territoires, au gouffre de la Citadelle : cimetière des morts
sans épitaphe, des suppliciés inconnus jetés là, il fut un temps, dans
des moments de folie, par un roi féroce, Christophe de son nom.

L'esprit surexcité de Frank se calma et revint peu à peu au
présent. Le soleil approchait tranquillement de son zénith. Un
vent d'ouest, impertinent comme lui seul peut l'être, s'insinuait
dans la robe des arbres. Leur murmure faisait songer aux soupirs
indiscrets des êtres épris lorsque, le temps d'un éphémère
orgasme, leur amour se consume. La canicule sévissait. Il fallait
maintenant se tapir entre les végétaux pour éviter la cravache de la
chaleur. C'était l'heure où les *mabouyas*[1] faisaient la cour aux
femelles de leur espèce. C'était à ce moment du jour aussi qu'ils
s'amusaient à changer de couleur, à se travestir, à se dorer au soleil
à loisir. Tantôt, une langue protractile attrapait une mouche, tantôt, une queue préhensile retenait une tige, par fanfaronnade bien
sûr. Et tantôt, tout enluminés de plaisir, ils disparaîtraient derrière les fourrés pour reproduire leur engeance.

Frank, allongé sur son lit de feuilles, assistait au spectacle que
lui offrait la nature. Tout captait son attention. Il y avait si longtemps qu'il n'avait observé la vie dans ses moindres détails, si
infimes fussent-ils. Il se donna comme premier devoir d'aller se
laver à la cascade dont le bruit sourd lui parvenait à l'instant. Il lui
tardait de chasser de son corps l'odeur de souille dans laquelle il
avait macéré et, surtout, ce relent d'humidité qui n'en finissait
plus de lui rappeler la prison.

Ce souci ramena sa pensée à Gabriella. Il se mit à répéter avec
véhémence : « Gabriella, Gabriella… » Ce visage qui le faisait
rêver dans son humide demeure carcérale était devant lui, plein

---

1. Gros lézard des Antilles.

de poésie, sans mystère et sans le halo qui, toujours, accompagnent les mirages. Il eut un sursaut. Un malaise s'insinuait en lui, mouillait l'ancre dans son cœur. Au vrai, il avait peur d'être surpris par cette femme, peur de se montrer, d'exposer à tout venant sa déchéance. Si, tout à coup, elle se rappelait de lui? Si, tout comme lui, elle demandait un compte rendu à sa mémoire? Peut-être se souviendrait-elle de celui qui ne demandait qu'à devenir son amant... Ah! la belle affaire! Il serait la risée de cette fille, c'était couru. Il était prêt à tout plutôt que d'essuyer une telle avanie. Il avait de l'amour-propre, une fierté à préserver. Et puis, ne valait-il pas mieux garder intacts les souvenirs qu'il avait d'elle? La rencontrer risquait de briser le prisme déformant d'une illusion trop longtemps entretenue.

Il recula en se traînant dans les buissons, comme si les yeux de Gabriella avaient la faculté de le repérer dans les herbes folles, de le deviner, ici, malgré le passage des ans. Il se perdait en conjectures. « Pourquoi cette présence, maintenant? » On aurait juré qu'une force étrangère orientait sa vie vers des lieux où l'insolite élisait domicile. Il en tirait l'impression singulière d'être un pantin livré aux mains d'un démiurge mesquin et cynique, qui n'avait de cesse d'acculer ses créatures au pied du mur, uniquement pour jouir de leurs émotions exacerbées.

Il gravit la côte d'un pas rapide pour se rendre à la cascade. L'envie de se voir l'avait pris, tout aussi pressante que celle de se rafraîchir. Il avisa une petite mare et alla se découvrir dans le miroir de cette eau tranquille. Son visage lui apparut souffreteux, dénaturé par les mauvais traitements. Ses traits réguliers avaient perdu leur éclat. Du coup, il se trouva vieilli. L'eau se mit à bouger au gré du vent, métamorphosant son faciès en chimère, du moins le crut-il. Il recula, stupéfait de cette transformation. Au bout d'un moment, il se pencha de nouveau vers l'impitoyable miroir, comme pour se prouver qu'il avait mal vu, que l'épreuve du temps n'avait pas altéré ses traits. « Que de misères et de tribulations pour une seule carcasse! » Tel fut son triste verdict.

Frank, parvenu au pied de la cascade, entreprit de se dévêtir tout en scrutant les lieux. Rassuré par le calme qui régnait, il plongea dans l'eau et barbota avec l'allégresse d'un enfant. Une immense gaieté l'envahissait. Il se surprit à rire aux éclats, pour rien, et son rire se perdait dans les trombes d'eau, au pied de la source originelle où il croyait renaître. ☙

Chapitre XX

Le mal de Jean-Bart

DEVANT L'ÉPICERIE. Le père Messidor était un homme connu au Cap-Haïtien. Or, si on pouvait l'accuser d'avoir ensemencé bon nombre de filles et peuplé la ville d'enfants illégitimes, on ne lui connaissait pas une âme de tueur. Personne, en cet instant, ne se doutait qu'il était là pour assassiner Jean-Bart.

La rue était pleine de taches de couleurs mouvantes. Ce déferlement bigarré ne manquait pas de rappeler les coups de pinceaux d'un peintre naïf. Dans le lointain, on percevait le timbre aigu des voix jeunes comme en temps de kermesse. Une ribambelle d'enfants s'en allaient nonchalamment vers une quelconque maison d'instruction. Ces innocents ignoraient que le danger était là, en suspens, et la mort à l'affût. Léonce avait néanmoins la vague impression que le peuple, derrière les persiennes closes, le guettait, attendait le bruit de détonation que ferait sa balle meurtrière. Ce fracas aurait-il seulement le pouvoir d'ébranler la charpente de la dictature, notoire pour son iniquité, sa cruauté?

Depuis dix minutes déjà, il attendait que son homme daigne sortir de l'épicerie du Chinois. Il avait hâte de mettre fin à cette

besogne astreignante qui grugeait toute son énergie. Son revolver
était fin prêt à donner la mort. Deux coups secs en plein cœur. En
plein ventre. Il pourrait voir enfin le corps du monstre éventré, les
viscères éparpillés, gisant dans la rue en charpie humaine. Son
œuvre de vengeance serait réalisée. « Ce n'est qu'une question de
minutes », fanfaronna-t-il. Il happa l'air avidement et s'épongea le
front, qui dégoulinait de sueur froide.

Un bruit de pas se fit entendre et Léonce sursauta. Jean-Bart
quittait l'épicerie de sa démarche caoutchoutée. Il était rasé de
près, chamarré de décorations, en tenue comme pour une funeste
parade. Léonce visa avec soin cette cible hautaine. Les secondes
s'égrenèrent en coup de vent. Or, au moment d'appuyer sur la
détente, il fut pris d'une convulsion irrépressible. Le capon se
ravisa in extremis, en proie à une crise de nerfs. Il manquait de
cran. L'arme s'échappa de ses mains et tomba à ses pieds, produisant un bruit mat que lui seul pouvait entendre. Il en éprouva une
vive désolation. Figé sur son siège, il se demandait ce qui venait
d'arriver. Des larmes, qu'il ne pouvait plus retenir, inondèrent ses
joues, puis roulèrent aux commissures de ses lèvres. Il goûta, un
rien hagard, au liquide amer que sécrétait son corps de lâche.

Au bout d'un moment, le vieux se ressaisit. Il semblait revenir
des limbes. « Cette racaille de commandant mérite pire qu'une
balle. Une mort lente. Une mort sans fin. Voilà ce qu'il mérite.
Lui tirer une balle entre les deux yeux, c'est lui faire trop d'honneur. Ah! ça non, il faut qu'il paye au centuple pour tous ses
crimes! » crâna-t-il, dans le but d'effacer ses remords. Il se ressou-
vint de cette *mambô* dont lui avait parlé maître Laroche. « Une
femme louche, qui a des capacités divinatoires hors du commun.
C'est à toi d'y voir », avait-il gloussé, au cours d'une rituelle partie
de dominos. Il en avait fait grand éloge. Il avait même griffonné
une adresse sur un bout de papier qui devait être quelque part
dans la voiture. Au point où il en était, le père Messidor jugeait
qu'il n'avait rien à perdre. Il décida de jouer sa dernière carte et, à
la hâte, ouvrit le coffre à gants. Malgré le désordre où se trou-

vaient ses affaires, il parvint à mettre la main sur ce qu'il cherchait. « Je le tiens, ce salaud ! » décréta-t-il, l'air faussement enjoué. « La ZOMBIFICATION serait à coup sûr la plus méritée des sentences. » Il semblait maintenant requinqué par cet éclair de lucidité.

Sa Jeep tourna sur la rue Espagnole. La ville semblait frappée de silence, un silence trop profond pour être imprégné de tranquillité. Les oiseaux volaient vers les sommets des mornes comme si, d'instinct, ils sentaient l'approche d'une calamité. Tous ceux qui pouvaient lire dans le grand livre de la nature savaient qu'il se tramait quelque chose. Les rues étaient vides. Seuls quelques élèves traînaient encore de la patte sur l'asphalte grignoté. La vie allait son train-train, sans passion.

La Wagoneer grimpa la pente de la Petite-Guinée à faible vitesse. Le cou grêle du père Messidor tournait dans toutes les directions, à la recherche d'une adresse. Avisant un nain en vadrouille le long du trottoir, il descendit de voiture pour aller s'enquérir. Ninnin le lorgna avec suspicion, comme l'aurait fait un prince en présence d'un étranger sans importance : « Pour les informations, c'est un dollar », précisa-t-il, en tendant une patte boudinée. « Mais, c'est du vol ! » rétorqua le père Messidor, avec une moue d'homme insulté. « Vous ne pouvez pas me faire payer pour des renseignements ! » « Je vous emmerde, monsieur. C'est un dollar ou rien du tout. Bonjour ! » ajouta Ninnin, en feignant de s'esquiver. « Eh ! attendez ! » fit l'autre, en sortant de sa poche un billet froissé. « C'est où chez Nadeige, la *mambô* ? » « Mais vous êtes chez Nadeige, que diable ! » fit l'informateur, en indiquant une porte derrière eux. « Donnez-vous seulement la peine de frapper. » Et Ninnin, tout en liesse d'avoir gagné un dollar en quelques secondes, reprit son chemin en exagérant sa démarche plantigrade. « Petit con, va ! » souffla Léonce, en rallumant une pipe qui ne cessait de s'éteindre.

Sur la porte, il y avait une main en cuivre, recourbée sur une boule qui servait de heurtoir. Il frappa deux coups secs et entra.

« Eh bien! ce n'est pas trop tôt! » lança une voix d'un coin ténébreux. Nadeige se leva pour aller ouvrir les persiennes. Les rayons d'un soleil tapageur éclaboussèrent le salon. « Je vous attendais, cher monsieur. Vous en avez mis du temps! » « Vous m'attendiez? » sursauta son interlocuteur. « Comme une terre desséchée attend la pluie. Nous avons un ennemi commun, non? » Léonce esquissa un sourire qui disparut presque aussitôt. « J'ai commencé le travail sans vous. Notre homme ne verra pas le 1er novembre, je vous en donne ma parole! Demain, il fera partie des morts, voilà! » chuchota-t-elle. « Mon fils et le vôtre seront vengés. Car c'est pour venger votre fils que vous êtes venu, non? Dommage qu'il n'ait pu s'en tirer. Quelle affaire! Mais il vous faut savoir qu'une autre personne que vous connaissez bien est responsable de sa mort. »

Dans son emportement, elle remarqua qu'elle avait oublié de lui offrir une chaise. Tout en parlant, elle rectifia son impolitesse par un signe de la main. Léonce, le front en sueur, sortit de son veston un mouchoir à carreaux, s'épongea et, d'une voix enrouée, remercia la *mambô*. « Il me reste à savoir si vous en voulez comme esclave sur votre plantation ou bien, si vous préférez qu'il finisse ses jours dans un jéroboam. Je vous laisse le choix », concéda-t-elle.

Léonce eut un mouvement de recul : « Oh, je n'y avais pas vraiment réfléchi. Pour tout dire, je n'aimerais pas le voir à chaque jour dans mes plates-bandes. Il me rappellerait sans cesse la mort de mon fils. À bien y penser, je préfère me fier à votre science. » « Tout compte fait, je le ferai errer dans la zone néante », grinça Nadeige entre ses dents. « Quoi? » « Je me comprends, cher monsieur. Je m'arrangerai bien. Ne vous en faites pas. » « Si vous avez besoin de quoi que ce soit, madame, n'hésitez pas à faire appel à moi. Je serai à Milot, dans ma plantation. » « Je vous remercie de tout cœur, mon cher Monsieur. Je ne pense avoir besoin de rien », fit-elle en se levant d'un bond car Léonce, déjà, se dirigeait vers la porte. « N'oubliez pas : plantation de Milot, Léonce Messidor!

Pour n'importe quoi. Je saurai me montrer généreux. Sachez, madame, que je vous dois une fière chandelle », acheva-t-il.

Or, malgré de grands efforts pour masquer son émotion, on le sentait intimidé par l'énigmatique personnalité de cette femme. « Malgré votre métier, euh, je... je devine que vous avez un grand cœur, madame. Et puis, vous êtes si... » Il refréna sa pensée, non sans une certaine gêne dans la voix.

Il y eut une pause, qu'il mit à profit pour faire son éloge, de ses manières polies d'antan. « J'aurais vraiment aimé vous rencontrer dans d'autres circonstances. Ah! la vie nous réserve parfois de ces entourloupettes, vous savez! » Il s'arrêta de parler quelques secondes, puis respira bruyamment. Son visage s'altéra. On aurait dit qu'un espoir subit venait requinquer sa carcasse rabougrie. Mais le vieux s'ébroua et s'excusa aussitôt, prétextant la fatigue. Sur le pas de la porte, il s'approcha de Nadeige et lui baisa la main avec cérémonie. « Vous êtes ravissante, chère madame. Je vous fais mes respects. »

En ce moment même à Ducroix, Ketty hurlait, la main en porte-voix pour ameuter la bonne. Elle ne savait plus que faire. Depuis une heure déjà, Jean-Bart était pris de fortes crampes. Il ne tenait plus en place. Il se tordait, voulait rendre tripes et boyaux. Il se cognait partout dans la maison. Dans sa rage, il avait déchiré les draps, les rideaux, renversé les chaises et les bibelots. Sa chambre ressemblait à un champ de bataille. Ketty lui avait fait ingurgiter une forte dose d'aspirine et avait déblatéré mille arguties pour le calmer. Rien n'y faisait et, ne sachant plus que dire, elle avait téléphoné au docteur Manigat pour qu'il vienne d'urgence. Bien sûr, elle avait pris soin de commander une voiture officielle pour le conduire au chevet de son mari.

Ketty était assise par terre. Entre ses jambes, elle retenait la tête de son homme. Par moments, elle essuyait avec le pan de sa

robe la bouche du malade, d'où s'échappait une écume blanchâtre. Jean-Bart se plaignait des rats qui lui mangeaient les
entrailles. « Des rats, des rats, Ketty! » « Qu'est-ce que tu dis là ?
Tu délires, chéri. Le docteur ne tardera pas à venir. Un peu de
patience », soupirait-elle, à la façon d'une mère affectueuse. « J'ai
des rats dans le ventre, je te dis. Des rats, de nombreux rats! Je les
vois, ils viennent me chercher, Ketty! Ils sont dans mon ventre.
Ahh! Ahh! Je ne veux pas finir comme Massillon! Je l'ai vu, moi,
avec des rats qui lui rongeaient le cou, qui mangeaient ses viscères. Je les ai vus! Ils sortaient par son ventre. Il y en avait partout. Partout! On a tiré sur eux, mais ils restaient là, à nous
regarder. Je l'ai vu le Massillon, moi, du moins ce qui en restait. Je
ne veux pas finir comme lui. Tout, mais pas ça! »

Sa bouche se tordait. Son cœur battait à grands coups dans sa
poitrine. Il s'agitait comme un chien qui court après sa queue.
Une frayeur glaciale le traversait. Pour la première fois de sa vie,
Jean-Bart comprenait ce que pouvait être l'horreur de la mort. Il
avait les yeux hagards, noyés dans un abîme secret dont lui seul
connaissait les méandres. L'épouvante surgissait en vol plané,
jetant sur lui l'ombre opaque d'un busard affamé. Peut-être était-
ce l'un des signes avant-coureurs qui, habituellement, précèdent
le grand voyage ?

La bonne s'amena d'un pas vif avec une théière d'argent posée
sur un plateau. Jean-Bart la prit et but à même le goulot. Ses deux
mains tremblaient comme celles d'un vieillard dépourvu de force.
Dans sa hâte, il laissa s'échapper le liquide, qui alla abreuver le
tapis. Ketty fit signe à Siphonise de verser dans une tasse ce qui restait de ce nectar qu'elle croyait miraculeux. Déjà, elle n'entendait
plus l'effroyable cri de douleur sortant de la gorge de son mari. Elle
souffla de contentement. En bas, dans le stationnement, un
moteur ronronnait. « Ce doit être le docteur Manigat et le soldat
de service », glissa Ketty à l'oreille du commandant.

Le médecin, un gaillard aux allures d'hippopotame, entra au
pas de course pour aller s'agenouiller devant Jean-Bart. Ketty lui

laissa toute la place pour lui permettre d'exercer sa fonction. Une rapide auscultation l'amena à conclure qu'il n'y avait rien de grave. Il se borna à griffonner une prescription et la tendit à Ketty, lui conseillant de surveiller désormais l'alimentation de son mari.

Le commandant sentit qu'il allait déjà mieux, sans pour autant s'en expliquer la raison. Il entra dans la salle d'eau en coup de vent et se lava la figure. Ragaillardi, il ajusta sa cravate devant le miroir avec son assurance coutumière. Soudain, il y vit deux visages en superposition : le sien et celui d'une femme qui lui souriait, avec malice. Il se retourna en vitesse pour constater qu'il était bien seul dans la pièce. L'hallucination était d'une telle précision qu'il crut, un bref instant, que ses jambes allaient le lâcher. De curieux frissons parcoururent son corps. D'emblée, il sut qu'il n'avait pas rêvé, qu'il devait subir depuis tout à l'heure les sortilèges de la *mambô*. « *Linglessou papa kotéou yé? Pa lagué'm*. Mon père Linglessou, où est-ce que tu es? Il ne faut pas me laisser tomber », supplia Jean-Bart.

Paniqué, il s'en fut dans le salon et téléphona à Robert Étienne, lui demandant de préparer un couvre-feu pour le soir même. L'annonce en serait faite sous peu à la radio locale. Assurément, en conjuguant la force des tontons macoutes à celle des soldats, il parviendrait vite à ramener le prisonnier. Il s'égosilla dans l'émetteur avec le désespoir d'une bête qui se sait traquée : « Robert, c'est ma vie qui se joue en ce moment. Fais passer le message : je donne 50 000 $ à celui qui me ramènera ce Frank mort ou vivant. Il va voir de quel bois je me chauffe! À chaque jour qui passera sans qu'on l'ait capturé, je brûlerai une maison au hasard. » Il eut alors la singulière impression qu'il avait mis toutes ses forces dans ces dernières phrases. En lui, semblait-il, la vie s'échappait par un tuyau sectionné. Et, quelque part, dans un jéroboam prévu à cette fin, quelqu'un récoltait son petit bon ange au compte-gouttes.

Un rire dément acheva cette conversation. Siphonise tremblait comme une feuille. Ketty la poussa dans le dos vers la cuisine et lui intima l'ordre de se calmer. « On ne me le fera pas, ce coup-là. Le chef va se tirer d'affaire, foi de Ketty! Mon mari a un zombi en lui. Il faut agir vite, ma petite. Je vais demander de l'aide à Luckner Rozanfer Junior, un terrible *houngan* de l'Artibonite. Pour atteindre Hervé, il faudra que l'envoyeur de zombi soit drôlement fortiche! Envoyez de l'eau aux quatre points cardinaux! Il faut qu'on sache que Jean-Bart tient le coup. Envoyez de l'eau! *Voyé dlo!* » criait-t-elle à présent sur un mode incantatoire, à qui voulait l'entendre. ♣

Chapitre XXI

La cascade

UN APPEL MUET. Le matin du 30 octobre, alors que la déveine s'abattait sur Jean-Bart, Frank était serein, à l'abri dans son oasis. Une paix souveraine, qu'il n'avait jamais ressentie, inondait son esprit. Gabriella, quant à elle, scrutait nerveusement la montagne avec ses lunettes d'approche. Elle avait la prescience que quelque chose d'anormal, là-haut, se tramait en secret. Les bougainvillées, pourtant hospitalières, refusaient aux oiseaux leurs branchages et ceux-ci, pris de panique, s'envolaient en désordre vers des ramifications plus tranquilles. Les chiens jappaient en direction de la colline, comme pour ameuter le voisinage, trahir la présence d'une bête sauvage tapie dans les buissons. La nature, avec tout ce qu'elle rassemblait d'éléments espiègles, fredonnait la chanson de la délation.

Gabriella se décida à faire quelque chose. Elle s'engagea dans le sentier qui menait au sommet du morne. Apercevant des traces de bottes, elle se mit à suivre celles que le vent n'avait pas effacées. Quelqu'un venait de passer par là, songea-t-elle, à la fois surprise et inquiète. La tentation lui vint de rebrousser chemin. Or, elle voulait en avoir le cœur net. La peur cédant le pas à la curiosité, elle se résolut à suivre la voie où elle s'était engagée.

À pas feutrés, elle avançait, évitant avec soin les branches desséchées qui auraient pu trahir sa présence. Un vent tiède et taquin frôlait ses lèvres. Elle sursauta et sourit, surprise de son énervement. Elle atteignit enfin le promontoire qui surplombait le ravin. Un coup d'œil circulaire lui suffit à conclure que l'endroit était habité. Ses prunelles grandes ouvertes, en quête de preuves, se posèrent sur un arbre au sommet duquel on avait accroché un fusil. Ostensiblement, elle sourit : cette indication lui suffisait. Aussi ignora-t-elle les autres, ne s'arrêtant pas même au lit de feuilles que le vent achevait de défaire.

Poussant plus loin son audace, elle continua à rôder, puis se dirigea vers la cascade, son endroit préféré. C'était là, le plus souvent, qu'elle s'arrêtait au cours de ses promenades. Or, aujourd'hui, le tumulte de l'eau l'attirait comme un aimant. Elle avait le délicieux sentiment qu'on l'interpellait, qu'on lui criait quelque chose. Des voix multiples se répercutaient en écho dans le silence, fracassant par ricochet la paroi de ses oreilles. Ces voix semblaient venir d'un lieu sans nom, où les dieux ivres parlaient entre eux un langage obscur. Gabriella sentit, l'espace d'une seconde, qu'on la dépossédait du présent, qu'on la projetait hors du temps, dans un univers de songes. Elle ferma les paupières et goûta à ce vertige ensorceleur, saisie d'une allégresse qu'elle n'avait jamais connue. Cette marée de joie, qui semblait sourdre des abysses mêmes de l'être, la submergea.

Quelque chose d'indéfinissable la conduisait vers la cascade, aiguillonnait ses émotions. Elle n'avait pas marché longtemps quand elle atteignit une clairière verdoyante. Sur la gauche, la chute était à demi cachée par des branches musclées et des feuilles disparates. Tout laissait croire que ce grand tableau avait été dessiné par une main experte, marquant ce coin de pays d'une touche sauvage qui disposait à l'aventure.

Gabriella s'arrêta net. Elle venait d'entrevoir la silhouette d'un homme émerger de l'eau. Elle s'empara de ses lunettes d'approche. L'ombre constellée de gouttes d'eau se précisa et elle put contempler à loisir ce corps nu qui, en toute candeur, se livrait à elle. Soudain, l'homme fit volte-face. Ses gestes devinrent nerveux ; ses yeux cherchaient partout, dans les halliers, un point sur lequel arrêter son regard. Voilà maintenant qu'il tournait en rond, comme pris de panique. Il perdit pied sur une roche limoneuse et glissa dans l'eau ; il grimaça de sa maladresse. Gabriella laissa tomber ses jumelles. Pantelante, elle ne savait comment interpréter ces réactions et eut un mouvement de recul. Gagnée par la peur, elle songea à fuir, puis se ravisa, trop déconcertée. Comment avait-il fait pour savoir qu'elle était là ? Un moment, elle avait cru que le regard de cet homme avait le pouvoir de pénétrer le sien, de la deviner, derrière le feuillage. D'étranges impressions montaient en elle, par degrés. Déjà, elle savait qu'elle ne pourrait jamais oublier ces yeux, si mystérieux, si tristes et qui semblaient la chercher.

Reprenant peu à peu son sang-froid, Gabriella évalua la distance qui les séparait. Aucun être humain, raisonna-t-elle, n'avait ce pouvoir animal de flairer, de sentir une présence insolite à une telle distance. Cet homme agissait avec l'instinct d'une bête sortie tout droit de prairies inviolées.

Elle écarta de nouveau la tentation de fuir à toutes jambes. Le crissement de ses pas aurait à coup sûr trahi sa présence. Aussi s'en retourna-t-elle prudemment, non sans avoir lorgné ce corps qui faisait monter en elle des désirs jusqu'alors insoupçonnés. La jeune femme se sentait désemparée. Elle aurait voulu chasser de son esprit l'image de cet homme qui, déjà, s'imprégnait en elle avec une ténacité perverse. Son regard ne la quittait pas. Gabriella avait pu voir que les traits de l'inconnu, malgré leur charme envoûtant, parlaient d'une âme fatiguée, d'une vie jalonnée de tribulations et de chagrins. Il lui semblait l'avoir déjà rencontré quelque part, à une autre époque. Bien que l'ayant tout juste entrevu, elle avait la curieuse impression de le connaître depuis toujours. Elle pensait aussi qu'il avait besoin d'aide et son cœur, tout haut, l'incitait à ne pas refuser cet appel muet. En cette fin de matinée, Gabriella sentait que quelque chose germait en elle, quelque chose que son esprit n'arrivait pas à cerner clairement. On eût dit un bonheur fugace dont la source joue à se dérober. ♣

Chapitre XXII

Une offrande manquée

L E CIMETIÈRE. Cet après-midi là, Hervé Jean-Bart, terrassé par la peur, se précipita dans son tout terrain et
prit la direction de la ville. Ketty, elle, avait choisi le
chemin des Gonaïves pour aller quérir le *houngan* Rozanfer. Seule
sa science pourrait sauver son mari de l'emprise du mal. Tel était
son verdict, qu'elle avait rendu sans ambages avant de filer vers les
basses terres de l'Artibonite.

Aujourd'hui, personne au monde n'aurait pu convaincre
Jean-Bart de rester au lit à attendre le médecin de campagne.
Têtu comme une mule, il persistait à croire que son dieu pro-
tecteur viendrait à sa rescousse. Du moins s'accrochait-il à cette
illusion pour éviter de sombrer dans le désespoir. Tout à
l'heure, il avait tant pleurniché dans la jupe de Ketty qu'il en
avait eu honte. Aussi se jurait-il, en maugréant, que cela ne se
reproduirait plus. Au fond, il se mentait : il n'y avait pas sur
terre homme plus soucieux que lui à la perspective de sa mort
prochaine. Son cynisme de jadis l'avait déserté et, à présent, il
n'était qu'une loque humaine privée de force et d'assurance. Un
être faible, à la merci du destin. L'heure était venue pour Hervé

Jean-Bart de rendre des comptes à son ange exterminateur :
Nadeige Dolcé.

Le commandant venait d'amorcer un virage dangereux dans
une côte de Ducroix. Ducroix, quartier aux mille contrastes, où les
bourriques fatiguées partageaient la route de gravier avec les voitures rapides. Ducroix, quartier où l'on pouvait écouter tout aussi
bien Beethoven que Toto Bissainthe, dans la fraîcheur d'une végétation luxuriante. Sur cette route, aujourd'hui, Jean-Bart semblait
égrener le dernier buis de son chapelet maudit. L'homme, inquiet
et nerveux, mâchouillait son éternel bâton d'allumette et songeait
à ses lubies sataniques, aux sacrifices qu'il n'avait pas faits, qu'il
aurait dû faire, en l'honneur de Linglessou Gaïdé, de Papa Legba
et de Papa Damballah. Aussi croyait-il que ces dieux mal vénérés
s'étaient retournés contre lui. Entre deux jurons, il se promit de
réparer cette bévue s'ils lui prêtaient vie. Il se martela la poitrine
de gros coups de poing, comme le font les vaudouisants après
avoir parlé à un *loa* important.

Jean-Bart consulta sa montre et accéléra. Il lui fallait arriver
au cimetière au plus vite ; le temps pressait. Là-bas, il demanderait
à Linglessou de chasser « le mort » que lui avait envoyé la *mambô*
et de lui assurer une assise véritable dans le forum des vivants. Tel
était son vœu. « Papa Legba, Linglessou Bassin-Sang, fasse qu'il
ne soit pas trop tard », grommela-t-il. Il n'avait de cesse de se voir
devant la tombe du plus vieux des pensionnaires du cimetière. Là,
entre les lierres et les chiendents, il verserait son sang malade en
libations. Ce rituel ne pourrait le guérir totalement, il le savait,
mais au moins, il retarderait le processus de zombification.
Luckner Rozanfer Junior ferait le reste pour éteindre la lanterne
magique de la *mambô*.

Les minutes, les secondes s'égrenaient avec une constance
perfide, portant dans chaque tic-tac le bruit lugubre de la mort.
Toutes les vitres de la Range Rover étaient baissées, comme si le
conducteur craignait d'étouffer. Le vent s'y engouffrait avec la
hardiesse d'un courant d'air à la saison des pluies. Le comman-

dant respirait bruyamment, la bouche ouverte, fiévreux. Il avait les traits tendus, empreints de gravité, de deuil, surtout. Le blanc de ses yeux avait viré au rouge de l'hibiscus en fleurs. Sur son crâne dénudé, des écheveaux de poils gambillaient, agacés par le vent. On aurait dit une touffe de mauvaise herbe, oubliée là par un jardinier paresseux.

Le chemin de gravier où il roulait était en piteux état : étroit, creusé d'ornières et, pour finir, en pente raide. Les pneus faisaient un bruit mat à chaque fois qu'ils glissaient dans un trou. Le train arrière dérapa à plusieurs reprises sans que Jean-Bart ne songeât à lâcher l'accélérateur. Il roulait à tombeau ouvert. Derrière lui, un nuage de poussière colorait l'horizon et cachait le soleil. Les passants, habitués à l'impolitesse des riches, s'écartaient de la route pour éviter de se faire écraser. Jean-Bart, tout à coup, enfonça le poing dans son bas-ventre et grimaça. La douleur de tout à l'heure recommençait de plus belle, intense et redoutable. Il avait l'impression qu'une main vindicative triturait ses viscères et pouvait les extirper de son corps à tout moment. Jamais il n'avait envisagé souffrir un tel martyre en si peu de temps. Jamais il n'avait prévu que la maladie s'accrocherait à lui comme une grappe de plantes parasites. Il avait coutume de dire, à la blague, que sa mort surviendrait brusquement, sans douleur, comme celle d'un vieillard surpris dans son sommeil. Le destin en avait décidé autrement.

À cette même heure pesait sur le Cap-Haïtien une atmosphère de surchauffe. Les gens se pressaient dans les rues. Les taxis et les *tap-taps* étaient bondés. À tout moment, on entendait des crissements de pneus. Des portières se fermaient à la volée. Il y avait, dans ces allées et venues frénétiques, une frayeur terrible. Les mères, inquiètes, la main en porte-voix, hélaient leurs enfants à tue-tête. Les chiens se mettaient à aboyer, gagnés par le désarroi des humains. La démarche lourde, les itinérants s'en allaient vers un quelconque dépotoir. Des femmes, panier sous le bras, accéléraient le pas. Certaines se dirigeaient vers le Marché en fer, d'autres en revenaient, chargées de provisions. À vrai dire, personne ne pouvait prévoir la durée d'un couvre-feu. Il pouvait s'étendre sur une journée ou deux, peut-être trois. C'était selon.

Jean-Bart roulait encore. Il consulta de nouveau sa montre, puis allongea la main vers la radio, avec un large sourire qui découvrait ses dents jaunies par la nicotine. Le speaker de Radio-Citadelle répétait mot à mot le message qu'il lui avait dicté le matin même : « Ce soir, il y aura couvre-feu. Toute personne surprise dans la rue, après l'avertissement de la sirène, sera considérée ennemie du gouvernement et emprisonnée. » Satisfait, le commandant songea, non sans vanité : *Vous allez voir. Je vais vous faire griller la couenne, ce soir.* Des passants croisèrent son regard vitreux. Tout en le toisant, ils crachèrent de longs jets de salive en signe de mépris. On aurait juré que, sentant venir sa chute, ils en profitaient pour lui rendre la monnaie de sa pièce.

Quelques minutes plus tard, Jean-Bart gara son véhicule à l'arrière de l'église du Sacré-Cœur. Le cimetière n'était pas loin. On apercevait nettement la clôture en fer ouvragé qui ceignait la paisible cité. Au loin, deux vieilles en robe noire déposaient des fleurs sur une tombe. Jean-Bart passa l'entrée principale et se dirigea vers une porte en retrait. Sans plus attendre, il chercha des yeux le caveau du plus vieux des morts. Il aperçut alors une croix qui surplombait les autres et accéléra le pas. Tout en marchant, il enroula un foulard rouge à son poignet gauche ; des gouttes de sueur perlaient sur son front.

Devant la croix, il s'arrêta net, médusé. L'épitaphe était nulle autre que celle de Clermézine Clairmeil, une *mambô* du Haut-du-Cap très vénérée dans le monde vaudou et décédée en 1806. Jean-Bart respira bruyamment. Une odeur putride, dont il cherchait la provenance, montait à ses narines. En fait, il reniflait sa propre puanteur, tel un animal en panique qui sécrète une substance délétère. Il s'ébroua, parcouru de frissons. De sa ceinture, il retira un couteau et, d'un geste vif, se trancha la paume. Le sang gicla sur le marbre. Il en recueillit et traça, autour du tombeau, un cercle dans lequel sept embranchements formaient une étoile. Ses lèvres murmurèrent des bribes d'incantations, des supplications, des mots singuliers qui ne relevaient d'aucun lexique : un étrange galimatias. Il appelait les forces du mal à descendre là, dans le cercle.

Au bout d'un moment, il se décida à pénétrer dans cet espace maudit. Le commandant fixa le soleil, puis ficha son couteau au centre de l'étoile. Les yeux révulsés, il se contorsionna et fit rouler ses épaules. Quand il eut fini, il se souffleta trois fois en s'écriant d'une voix fluette : « Papa Damballah, Papa Damballah, me voici! » Ce disant, il leva les paupières pour voir descendre, de cette même croix, un serpent aux couleurs coruscantes. Un serpent sans pareil, sorti de nulle part, qui surgissait parce qu'on l'avait appelé. Damballah se présentait le plus souvent sous cette apparence lorsque, de vive voix, on faisait appel à lui. C'était l'envoyé de Lucifer, le bras droit du Diable, toujours prêt à recevoir, dans son calice maléfique, le sang des envoûtés. En deux reptations, l'animal fut sur le caveau de Clermézine Clairmeil et s'avança pour boire l'offrande de Jean-Bart. Celui-ci avait le bras tendu vers le ciel, attendant que ce maître des Ténèbres daigne lui faire honneur. Soudain, le serpent cessa son sifflement et s'enroula sur lui-même, comme dérangé par une présence étrangère. Il battit en retraite. Le commandant se retourna dans sa direction mais ne vit rien. Un temps, il attendit. Toujours rien. Il se mit une main en visière pour parer le soleil quand soudain, il aperçut au loin un visage de femme, d'une incroyable netteté malgré la distance. Elle chantait, pour lui seul, une mélodie syncopée et modulée d'ironie. Jean-Bart entendit : « *Twa feij, twa rancino'w. Jété blié, ranmacé sonjéo'w…* Pour trois branches, il y a toujours trois racines. On essaie d'oublier, mais les souvenirs demeurent… » D'un bond, il se retourna. Il vit que le serpent avait disparu sans avoir bu son sang.

Une rage folle s'empara de lui. Il se mit à courir entre les allées à la recherche de la femme, la maudissant et la menaçant : « Si je te rattrape, je te tue de mes mains ! » Mais que valait en cet instant la menace de Jean-Bart ? Sa voix lui revenait en plein visage, chargée de sa propre malédiction. Il emprunta un sentier battu qui longeait la barrière et, tout à coup, vit deux silhouettes : celle d'une femme de grande taille et celle d'un nain. Le commandant se mit à courir de toutes ses forces mais échoua à les rattraper. Voyant l'inutilité de ses efforts, il lança d'une voix éperdue : « Attendez, madame ! J'ai à vous parler ! » En pure perte. Il eut alors la singulière impression d'être à la poursuite de spectres agités. À bout de souffle, il s'arrêta, le bras tendu de nouveau, le regard figé dans un temps qui, déjà, ne lui appartenait plus. ☙

Chapitre XXIII

La dernière croisade

L E COUVRE-FEU. Il était vingt heures quand la sirène du couvre-feu émit trois fois son cri lancinant. Trois coups pour la mort. En l'espace de quelques minutes, les rues furent vides et silencieuses. Seul le vent troublait le silence en balayant les détritus de tous côtés. Trois coups pour la mort. Les gens étaient englués de peur. Peur de tomber sous les balles de la répression, peur d'être torturés.

Voilà pourquoi on fermait les portes à double tour, à la volée. Entre quatre murs, la vie continuait et menait en sourdine son train-train vespéral. Les jeunes, dans les courettes, jouaient aux dominos à la lueur d'une bougie. Les vieillards silencieux mâchouillaient leur pipe. En de telles circonstances, toute parole était superflue. Sous l'arbre à palabres, la séance des romanceros aux étoiles commençait. Pour amuser les enfants. Pour tuer l'ennui. Quelque part dans la cité, le malheur guettait sa proie comme une bête véloce. Déjà, les camions des forces armées quadrillaient la ville d'est en ouest, du nord au sud. Des gendarmes en civil conduisaient des chiens dressés pour mieux traquer Frank Dolcé, qu'ils devaient ramener mort ou vivant.

Jean-Bart avait pris le commandement de l'opération, mitraillette au poing. Nul ne pouvait deviner la raison de ce trop-plein d'énergie soudain. En fait, il était possédé d'une telle volonté, d'un tel désir de se débarrasser de Frank que la haine lui donnait un regain de forces. Sans doute était-ce le dernier soubre-saut du tigre blessé et qui se refuse à mourir? Il communiquait à présent à l'aide d'un walkie-talkie avec Robert Étienne. « Rien ne va plus, disait Robert d'une voix morne. On dirait que notre bon-homme s'est évanoui dans la nature. Je me contenterai de fouiller les maisons de Carénage demain matin. Toi et tes hommes devriez aller du côté de la Petite-Guinée. Comme tu le sais peut-être, la mère de ce Frank habite dans le coin... » « Oui, je le sais! lui cria Jean-Bart, insulté. Tu ne m'apprendras pas mon métier. » « À ta guise, fit Bébert. C'est toi que la *mambô* recherche et non moi, vieux frère. » Sur ce, Bébert se racla la gorge pour mettre fin à la conversation. Dans son for intérieur, il savait que le comman-dant était un homme fini.

Maintenant, Bébert ne voulait plus penser à Hervé et ses problèmes, ni au couvre-feu. Le besoin de voir Rita Moscova le tenaillait et aussi, une folle envie de baiser. Il aurait voulu, séance tenante, humer l'odeur de cette femme, sentir la chaleur de ses cuisses refermées sur lui, ses jeux de reins, sous sa pous-sée. La contempler, avec ses lèvres frémissantes, ses yeux chavi-rés, en proie au plus violent des orgasmes. Il repensa à sa dernière sortie avec elle, au cinéma; il s'était mal comporté. Conscient de sa bévue, le remords lui inspirait une nouvelle douceur. Toute l'affection qu'il n'avait jamais donnée à une femme, à cette femme, affluait en lui avec force. RITA, RITA... Des souvenirs d'elle, pêle-mêle, défilaient sur l'écran de sa mémoire. Oui, il n'avait aimé qu'elle. Aussi ressentait-il l'impé-rieux besoin, en ce moment, de lui crier cet amour. Il songeait à partir en exil avec elle, à gagner des cieux plus cléments. Sans doute était-il temps pour lui de tirer sa révérence à la politique. L'atmosphère, ici, commençait à devenir irrespirable et Bébert ne voulait surtout pas finir comme le commandant. Il s'ébou-riffa les cheveux, pensif.

Jean-Bart, pendant ce temps, faisait le guet au coin d'une rue, flanqué du caporal Dougé. Il observait la maison où logeait Nadeige avec une attention particulière. Il attendait le bon moment. Soudain, il siffla et, sans plus attendre, deux gendarmes accoururent avec des bidons d'essence. Dougé pointa le doigt en direction des portes et se pencha à l'oreille du commandant pour le mettre au fait. « La première porte à gauche est celle de la *mambô*. La deuxième, celle d'une certaine *madan* Saint-Armand. Le troisième logement abrite les *sors* Amélie et Mercedes. Toutes sont unies comme les doigts de la main ; des diablesses, je vous dis. Il faut les tuer sans hésiter. » « Han han ! acquiesça Jean-Bart, en se frottant le menton. Mettez le feu d'abord, puis tirez à hau-teur de lit. Qu'elles crèvent toutes sans exception. Je veux les voir griller comme des lapins ! » pesta-t-il, avec un sourire sournois.

Ces paroles avaient été proférées avec une force brutale. La condamnation était sans appel. On entendit des déclics de fusils, de mitraillettes qu'on ajustait, suivis de bruits de bottes. Les sol-dats, au nombre de dix, encerclèrent la maison. Ils avaient pris soin d'apporter une échelle pour accéder au toit. En deux minutes, ils aspergèrent d'essence les surfaces inflammables, le toit y compris, puis reculèrent à bonne distance. Dougé s'empara d'une bouteille munie d'une mèche, l'alluma et, dans un ample élan, l'envoya se briser sur une porte. Une flamme safranée se mit à lécher le bois pourri, longeant les battants des portes, les murs, puis atteignit le plafond par l'intérieur. Les poutres craquèrent. Le fromager sacré se tordait. Son feuillage, tel une tignasse écarlate, semblait s'embraser sous la poussée de l'incendie. Des braises incandescentes dansaient, folâtraient dans le vide, en plein ciel. Le feu, avidement, rongeait tout sur son passage. Les bidons d'es-sence, qu'on avait accrochés sur le toit, explosèrent soudain, créant un trou d'air qui insuffla plus de vigueur encore aux flammes. On sentit monter une chaleur suffocante : l'air devenait irrespirable. Jean-Bart, aussitôt, donna l'ordre de faire démarrer les véhicules pour tenter de couvrir le bruit des détonations. Tandis que les camions amorçaient leur pétarade, la peur haletait derrière portes et fenêtres. Des voix, un peu partout, se mirent à hurler, à geindre. Des plaintes de bêtes effarouchées. Petit à petit, elles faiblirent, à un point tel qu'on les percevait à peine. Les soldats commencèrent alors à tirer au ras du sol, à hauteur de lit, à hauteur d'homme. Tout le voisinage était pris de panique. Personne ne tentait de fuir. On préférait brûler vif plutôt que d'affronter la horde sanguinaire. Les dernières poutres s'effondrèrent enfin dans les cendres, avec fracas.

Jean-Bart hurlait de plaisir, félicitait Dougé, la mitraillette pointée en l'air. Il resta tout à coup interloqué : une tapée de rats sortait des décombres, dans une vapeur luminescente, tout en poussant des « cui cui » agressifs. Ils étaient si nombreux que les militaires reculèrent d'un bond pour aller trouver refuge dans les camions. Avant qu'ils n'aient eu le temps de reprendre leurs esprits et de tirer, les rats avaient disparu, volatilisés dans la nuit. Pétrifiés, tous se regardèrent sans échanger la moindre parole. Avaient-ils bien vu ? Le commandant, d'une voix éteinte, déclara que la mission était terminée.

Une heure plus tard, Ketty, encadrée dans la baie vitrée, observait le retour de son mari. Les bras ballants, le regard vide, la démarche déglinguée, il n'en menait pas large. Il la salua d'un geste évasif et lui dit, sans la regarder : « Je suis fini, ma chérie. Mes heures sont comptées. »

Ketty sursauta et eut un mouvement de recul. Elle avait remarqué que son homme venait de parler d'une voix qui n'était pas la sienne. Elle semblait lointaine, brouillée par des ondes invisibles. Une voix sortie d'un songe peut-être et qui, à l'instant, traversait la frêle dimension de leur existence. Déjà, Hervé

Jean-Bart nasillait comme un zombi. Il semblait errer dans une zone charnière entre la mort et la vie, une vie qui le fuyait tout en s'attardant près de lui, comme par malice.

Ketty comprit que la dernière croisade de son mari s'achevait. Elle poussa un soupir de découragement. Luckner Rozanfer lui-même avait refusé de venir au secours de Jean-Bart. Il avait, à son dire, trop de meurtres sur la conscience. Rozanfer n'était pas homme à se mettre en travers de la justice naturelle. Son instinct de sorcier vaudou le lui interdisait. Ketty n'en gardait pas moins, à la main, la lettre qu'il lui avait laissée.

Elle s'en fut dans sa chambre pour consulter cette missive une deuxième fois. Une peur fantastique lui collait à la peau ; elle tremblait comme une chiffe molle. Sur le lit à baldaquin, témoin de leurs ébats conjugaux, elle pleura un moment à chaudes larmes. Puis, elle déplia le billet resté dans le creux de sa main, le relut :

Chère madame,

Je crois qu'il serait préférable de ne pas se voir. J'ai eu vent de votre arrivée dans mon houmfor[1] *pas plus tard qu'hier soir. Pour être en paix avec moi-même et avec mes Esprits, j'ai décidé de vous faire grâce de ma présence. Comprenez-moi, je ne tiens pas à me salir les mains pour sauver un homme ayant autant de meurtres sur la conscience. Je connais trop bien le prix à payer pour un tel service.*

Malgré tout, le métier de houngan *m'interdit de fermer la porte au voyageur fatigué. Je vous ouvrirai donc la mienne à demi en vous indiquant quoi faire. Cependant, je dois vous mettre en garde. Si, après avoir exécuté mon ordonnance, Jean-Bart réintègre la vie, la vôtre ne sera plus à l'abri. Sachez que son persécuteur est très fort.*

---

1. Lieu où se déroule la cérémonie vaudou.

Maintenant, voilà ce qu'il faut faire pour guérir votre mari. Trouvez-vous un coq zinga, passez-le sur le corps du malade de la tête aux pieds. La maladie dont il souffre passera ainsi dans le corps de l'animal. Creusez une fosse à midi ou à minuit, dans laquelle vous ferez descendre le malade avec un jeune bananier (fraîchement déraciné) et enroulé autour de sa taille. En l'y faisant descendre, répétez la prière des Guédés. « Papa Baron Samedi, Guédé Mazaca, je vous demande la vie de cet homme. Je vous donnerai quelqu'un d'autre en gage. » Ensuite, faites sortir le malade du trou et faites-le tourner trois fois sur lui-même. Mettez le coq en cage et, un soir de pleine lune, libérez-le à la croisée des chemins, de préférence à minuit. La première personne qui touchera à son plumage héritera de sa maladie. Attention! Ne regardez jamais le malade dans les yeux et ne vous laissez pas égratigner par le coq. Apprenez mes recommandations par cœur et puis, brûlez ma lettre.

Signé : le houngan Luckner Rozanfer,
le petit-fils de l'autre
(celui qui n'achète jamais à crédit
et qui ne doit rien à personne).

Entre deux hoquets, Ketty fit craquer une allumette et brûla la missive. Elle se demandait si elle aurait le courage d'aller jusqu'au bout. Quelque chose lui disait de jouer de prudence, de ne pas forcer le destin. Néanmoins, elle ne voulait pas laisser son mari aller vers la mort sans lever le petit doigt. Mais encore... Peut-être était-ce s'acharner en vain? Au reste, cet ultime recours risquait d'entraîner sa propre mort. Toutes ces questions qui l'assaillaient la rendaient folle. Elle aurait voulu crier, hurler, mais aucun son n'arrivait à sortir de sa bouche. Où trouverait-elle la force nécessaire pour tenir le coup jusqu'à demain? Elle n'était pas faite pour souffrir. Son cœur n'était pas assez solide pour traverser une telle épreuve.

Les cheveux en bataille, Ketty regarda les mots se tordre sur le sol jusqu'à ce qu'ils ne soient plus qu'un amas de cendres. Puis, elle se tourna sur le dos, la tête penchée hors du lit. Par la baie vitrée, en contre-plongée, elle contemplait un feu lointain qui déchirait l'épais tissu de la nuit. ⚜

Chapitre XXIV

La mémoire défunte

CURRICULUM VITAE D'UN SALAUD. « Qu'est-ce qui m'arrive Ketty? Je ne sens plus mes jambes. J'étouffe, j'étouffe! » cria Jean-Bart. Puis, il marmonna quelque chose de confus. Ketty ne comprenait pas ce qu'il essayait de lui dire. Elle ne parlait pas le sabir des mourants. Par amour ou par devoir, elle restait là, les yeux rivés à ce gisant d'ébène que la mort, enfin victorieuse, enveloppait de ses draperies nocturnes. Jean-Bart ne bronchait plus. En lui, le monde fermait les yeux, la vie s'effaçait, s'estompait par degrés, le temps de courts vertiges mêlés d'épouvante. Dans le sillage de cette dure migration, de muettes images se déployaient dans sa conscience et, peu à peu, la saturaient. Il croyait voir défiler, devant lui sur un grand écran, sa propre histoire. L'histoire d'une vie qui passait à trépas dans la violence et dans le sang. Une histoire qu'il devait regarder en face avant de pouvoir gagner des territoires nimbés de lumière ou de ténèbres. Il en était à ces formalités.

Je m'appelle Hervé Jean-Bart. Je suis né, mal né, il y a des lunes de ça, loin du beau monde et de leur quête de bonheur, telle une virgule oubliée sur une page blanche. Je suis né à côté d'une rigole avec, pour tout avoir, les cris d'une femme en couches, terrassée de douleur, ma mère. J'ai vu le jour à ras le sol sous un soleil déclinant, laid, paraît-il, avec des yeux chassieux. Un banc de commères à la fois charitables et suspectes m'ont tapé sur les fesses. Le premier cri que j'ai poussé n'était pas celui d'un bébé. Il ressemblait à celui d'un chiot. La foule tout autour en eut un mouvement de recul. On réussit néanmoins à me faire pousser ce cri vital, un cri humain. « Grâce la miséricorde! » répétait ma mère, qui reprenait le récit de ma naissance dans ses moindres détails, lorsqu'elle était triste. Je ne tenais pas à savoir, mais elle m'y forçait... Alors, elle parlait, parlait avec volubilité. Tout de suite après avoir coupé mon cordon ombilical, elle m'avait emmailloté dans des langes sanglants, improvisés dans un pan de rideau déchiré à la hâte par une main diligente. Pourquoi me racontait-elle tout ça? Sans doute pour me bercer, pour bercer sa peine. Pour endormir le destin. Pour avoir, comme les autres, une histoire à la mesure de son passé.

Ma mère, depuis toujours, était mendiante. Elle monnayait la pitié à longueur de journée, la main tendue, pour gagner sa vie. Sans feu ni lieu, elle dormait à la belle étoile, emmitouflée dans son vaste édredon à guipures d'oripeaux.

Elle était née d'une mère inconnue, laquelle l'avait abandonnée en pleine rue, en pleine nuit. Cette femme avait consommé le pain du mal et, pour sa damnation, avait mis au monde une infirme affligée d'une bosse dans le dos. L'enfant maudite avait été recueillie au Marché en fer, dans un panier d'osier.

À six ans, déjà, au gré de sa faim, elle suivait les bancs de mendiants vers les dortoirs de charité, les parvis des églises, les allées des quais. Devant la cathédrale, une femme élégante lui remettait souvent de l'argent : un dollar, qu'elle déposait dans sa coui, pour s'enfuir ensuite avec l'assurance des gens qui ne connaissent pas le besoin. Étrange dame qui cachait son visage avec un chapeau de Panama! Un jour, Dieumercie, ma mère, avait compris qu'entre elle et l'inconnue, un lien caché existait, une histoire. Un secret, que les yeux de cette femme n'arrivaient pas à cacher tout à fait derrière son voile de générosité. Elle avait de l'instinct, ma mère. Elle avait tout compris et lui avait craché en pleine figure son jet de salive couleur de fiel. « Maudite sois-tu ! » hurlait-elle. Et elle avait pleuré longtemps, longtemps.

À mon tour, je fus à ma naissance un moins que rien, une larve prise dans un filet gluant de langes. Chargée de ce fardeau, la bossue s'était sauvée sous les vivats de la foule. Depuis quand applaudit-on quand on met un bâtard au monde en pleine rue, comme un chien ? Un chien condamné à errer sans fin, en quête de pitance. Le sort en fut jeté à l'approche de mes sept ans lorsque ma mère, cette âme sensible, se pendit après avoir renié sa mère légitime.

Pour ne pas mourir de faim, je me mis à suivre les chiens dans leur promenade. J'entrepris bientôt de les précéder, dénichant le premier des morceaux de viande avariée. Je mangeais dans les poubelles, sans honte et sans gêne. Au fil de l'errance, j'en vins à voler, à extorquer. Adolescent, je commis mon premier meurtre, un meurtre par strangulation. Je vouais à présent de l'admiration aux méchants, aux durs. J'enviais le meurtrier qui savait tuer, l'assassin qui savait s'y prendre. Je n'étais pas méchant mais, très vite, j'apprenais à le devenir. En moi, tout était désordre, conflits et contradictions.

Je devenais un autre moi-même, un étrange spécimen ! Je le suis resté, à jamais. Un parfait salaud, qui exécute, qui élimine pour faire souffrir. Je suis un sacripant, je vous le dis ; je vaux mon pesant de malheur. Toute ma laideur se résume dans mes actes. Depuis toujours, d'un seul tenant, elle me répugne et m'aiguillonne. Sans désarmer, elle nourrit en moi rage, envie, besoin de vengeance et de puissance, haine inassouvie, qui montent à l'aigu au contact des hommes. Je suis le roi des voleurs, le prince des mécréants, le chien errant des abattoirs et des dépotoirs. Je hurle mon courroux dans la nuit tout comme mes frères quadrupèdes. Je longe les murs. Je rampe, évitant le coutelas d'un rancunier. Je dors la nuit avec mes frères au long museau, blotti dans leur fourrure soyeuse qui me protège du froid cinglant de l'aube. Je suis abruti, à jamais. Nul bonheur ne me consume. Seule me possède l'envie de nuire, d'être l'ogre venu déranger le sommeil du juste. Ma vie, je vous le dis encore, est celle d'un ange déchu, souillée, vaine et cruelle.

Quelqu'un m'appelle dans mon sommeil, m'implore d'arrêter ce manège fou. Mais je suis trop pourri pour changer. Peut-on changer le destin? Peut-on changer un fruit blet? Depuis toujours, mon parcours est tracé. Il me faut continuer dans la seule voie que je connaisse, creusée à même les ornières de la haine et des persécutions, réelles ou rêvées. On m'a fait trop de mal et mon cœur est à l'étroit, dans ma poitrine. Il n'y a pas de place pour d'autres, les autres, qui toujours ont ri de moi, de ma mère avec sa bosse. Il n'y avait, il n'y a toujours pas de bonté dans leur cœur. Je les hais. Toute ma vie, ils m'ont piétiné jusqu'à l'écœurement. Je les hais. Ils me le paieront au compte-gouttes, au ralenti, jusqu'à ce que mort s'ensuive.

Encore et encore, quelqu'un m'appelle dans mon sommeil : sinistres bruits, sinistres chants syncopés. Salmigondis bizarre! On m'avertit, on me met en garde : « Gare à toi, Hervé Jean-Bart; tu finiras mal! » Comme si je n'étais pas déjà fini! Enfin, je reconnais la voix de ma mère, femme de rue, pute bossue, rate entre toutes tapie dans la lucarne de mon rêve. « Tu n'y peux rien, mère. Tu es partie trop tôt et maintenant, il est trop tard. Tu ne peux plus m'atteindre... » Pour elle, un temps, je deviens pourtant cireur de chaussures. Je quadrille la ville, une clochette à la main. Je cire par-ci, je cire par-là les souliers des riches, sans entrain, sans y croire. Je guette leurs signes de tête méprisants, leurs regards froids, leurs tenues impeccables, leurs voitures reluisantes, leurs filles à marier ou à violer. Et tout. Et tout...

Quelques années passent, on me prend à l'essai dans la gendarmerie. Le sort en est jeté. Ils me gardent sans autre forme de procès. Mon commandant apprécie ma férocité. Mes yeux de chien fou. Et surtout, la rage avec laquelle j'expédie les vivants ad patres. Je suis une mer démontée qui se distend sous l'orageuse poussée du ressentiment. Saline. Maligne. Sans tarder, je devins franc-tireur. L'œil rivé au viseur, mon tuyau de fer à la main, je donne la mort en douce, sur commande, pour de l'argent et aussi, par vice. C'est que

*mon art, depuis, s'est raffiné. Je ne hurle plus. Ma rage est contenue,
inassouvie pourtant. Au vrai, j'ai une mission, encore inachevée. Il
me faut maintenant rallier mes troupes.*

*Tintouin de fusils qu'on place en bandoulière. Il y aura exécu-
tion ce soir : Badinxter attend mes containers d'organes. Bruit sec
de bottes sur le macadam luisant. Je commande le peloton. Des prisonniers seront fusillés ; d'autres suivront. Encore et encore,
Badinxter espère et n'aime pas attendre. Je suis si las. Peu importe
aux Américains. Ils s'en foutent, du moment qu'ils ont ce qu'ils veulent. Si je ne tue pas, la CIA finira par m'avoir.*

*Et puis zut ! De quoi je me plains ? Je suis grassement payé.
Tintouin d'un roulement de caisse. La nuit se referme peu à peu.
Une demi-lune blafarde, comme une virgule oubliée sur l'ardoise
du ciel, s'enfuit derrière les nuages. Elle me balafre le visage. Je voci-
fère : « Une, deux, une, deux. Peloton, garde à vous ! » On bouscule
les prisonniers. On les accote au mur. Ils sont dix. Et il est dix heures
au beffroi de la cathédrale, qui ne manque jamais de rappeler que
le temps existe. De rappeler que l'horloge de la vie existe. Elle mar-
tèle le temps. « Pointez arme. En joue. Feu ! »*

*J'ai visé à peine, proche du ventre. Je ne voulais pas tuer ce jeune
homme en face de moi. Je pensais qu'il feindrait la mort. J'aurais été
le déposer devant chez lui, à la faveur de l'obscurité. Mais il n'a pas
joué le jeu. Il me regarde en plein dans les yeux, me quémandant sa
part de mort, comme les autres. Dans ses yeux-là, je vois ma mère qui
me crie qu'il est trop tard. J'hésite. Or, ma propre voix me reprend :
« Jean-Bart, pauvre couillon, tu ramollis mon petit vieux ! Achève-le,
qu'on en finisse. » Je vois encore ma mère dans ce regard. Étrange
métamorphose ! Elle n'a plus sa bosse. Elle marche pieds nus sur un
terrain brumeux, sans fin, à la mesure de l'infini. Je me fraie un passage vers le condamné, de muettes paroles aux lèvres : « Je n'ai pas le
choix, petit. Mes soldats me regardent. C'est ma réputation ou ta
vie. » Je dégaine mon Colt 45 et vise la tempe. Le temps s'arrête, éclaté
en gouttelettes de sang. C'est la fin. Mon cœur frémit ; j'éprouve un
pincement de remords : le premier.*

Ce dur pincement me monte à la gorge. Ah! c'est mon heure… Mon cœur est en folie. Il déraille, il éclate. Qu'est-ce qui m'arr… Un grand pan de vide bleu, à moirure de jais, m'enveloppe et me propulse dans… En solitaire, je transhume vers le néant, au bout de méandres obscurs. Je meurs, me semble-t-il. Je transmigre avec un aller simple pour l'enfer et mon curriculum vitæ *bien scellé, à remettre en main propre à qui de droit. Oui, je meurs. L'obscurité se referme peu à peu sur moi. Je sens… l'haleine fétide des cerbères au long museau. Des chimères inassouvies apparaissent à pas de loup, derrière… une déchirure de néant, la gueule méchante. Elles sont à ma ressemblance. Je… leur livre ma gorge en pâture, sans remords. Je veux qu'aucun pardon ne me soit fait.* ♣

Troisième partie
Le rêve réalisé

Quel Dieu, quel moissonneur de l'éternel été,
Avait, en s'en allant, négligemment jeté
Cette faucille d'or dans le champ des étoiles.
Victor HUGO

J'ai dans la tête une île errante
et c'est un dé qui roule vers la chance.
Bernard NOËL

Chapitre XXV

La rencontre

L A JUVÉNILE PRÉSENCE. La silhouette noire de Frank se découpait dans le petit matin clair. Il se parlait à lui-même, répétait, en les escamotant, des mots dénués de sens. On eût dit une incantation pour exorciser la peur. En fait, il était rongé d'inquiétude. Le vrombissement d'un moteur venait de se faire entendre, déchirant le silence. Le danger rôdait, mena-çait, là-bas dans la rue. Les gendarmes devaient être à sa recherche et, cette fois, ne le laisseraient certes pas s'en tirer. Sa tête avait été mise à prix, il en était presque certain. Cette pensée l'affligea. Il jeta un rapide coup d'œil aux alentours, puis à la ville, qui s'étirait tout en bas. On n'y voyait guère. Le brouillard, levé avec l'aube, tardait à se dissiper. L'horizon donnait l'aspect d'un croquis aux contours indécis. Dans une échancrure de ce voile grisâtre, Frank crut voir des ombres rôder, puis disparaître. Il perçut des aboie-ments, puis entendit, venant de la mer, des cris de gens qu'on égorgeait et qu'on jetait à l'eau. Des « plouf! », des « au-secours-je-ne-veux-pas-mourir! », des « grâce-miséricorde! » et des « ne-me-tuez-pas-pour-l'amour-de-Dieu! » s'échappaient vers le ciel. Mais ces appels déchirants furent vite noyés par l'assourdissant charivari des mouettes qui, accourues de nulle part, s'étaient mises à tournoyer dans un affolant désordre.

Pour la première fois en quarante-huit heures, l'effroi le gagnait : se terrer dans un abri sûr devenait pressant. Poussé par le vent, il dévala la côte, tomba mais, aussitôt, se releva, confiant de trouver quelque part une porte entrouverte où se faufiler. Devant lui, les vagues en colère venaient se fracasser sur les remparts. Les éclairs fissuraient le ciel en y laissant des lisérés argentés. La fatigue le gagnait. Il sentait ses jambes faiblir ; elles répondaient de moins en moins à la cadence qu'il leur imposait. Affamé, transi, il scrutait les maisons une à une, en quête d'un possible refuge. Il ne demandait qu'à pouvoir s'allonger sur un lit, qu'à recevoir un peu de réconfort, de chaleur humaine. Il avait tant besoin qu'on lui fasse l'aumône d'un coin chaud, d'un quignon de pain. Or il devinait, à ces portes closes, toute l'hostilité d'un monde qui ne voulait pas de lui.

Il se parlait tout en marchant pour se redonner du courage, pour tenter de raviver ses forces. Une illumination lui traversa l'esprit et il se mit à appeler à cor et à cri : « Gabriella, Gabriella ! » C'était une réaction absurde mais, curieusement, elle le calmait, le soutenait. Il s'employa à crier avec plus de force encore. Sa voix se mêlait au chant de la mer, au soliloque des vagues qui s'échouaient en tourbillons d'embruns sur la chaussée luisante. Sa vie dépendait de cette âpre lutte engagée contre la frayeur, la déraison, le désespoir. Les éclairs lacéraient maintenant le ciel à grands coups de fouet. L'orage commençait à gronder, menaçant. C'était comme si, là-haut, des esprits malins s'amusaient à rouler des barriques sur la tête des chrétiens-vivants.

À bout de souffle, Frank s'arrêta à l'arrière d'une maison et se laissa choir par terre. Un long moment, il contempla cette belle demeure tranquille. La pluie, qui tombait déjà à grosses gouttes, tambourinait sur le toit d'ardoise. Étrangement, cet endroit lui semblait avoir quelque chose de familier, de rassurant. Frank décida pourtant de se remettre en marche. Il franchit sans bruit la

haie d'hibiscus et fit un crochet jusqu'au boulevard. Il s'arrêta net
en apercevant, au loin, des faisceaux de lumière. Il distingua un
camion au moteur éteint, un camion tel qu'en conduisaient les
gendarmes et les macoutes. Il entendit alors un bruit de pas ; on
semblait venir dans sa direction. Frank ne doutait plus : c'étaient
bien « eux ». Étaient-ils venus ratisser le quartier de fond en
comble ? Pris de panique, il rebroussa chemin pour aller se réfugier derrière la villa. Tous les volets étaient fermés, sauf ceux d'une
fenêtre du deuxième étage, restés entrouverts. Il avisa un arbre et,
du regard, évalua la distance qui le séparait du but. S'il manquait
son coup, c'en serait fait : il se fracasserait le crâne dans sa chute.
Frank réfléchit un moment ; l'entreprise était périlleuse. Mais
avait-il le choix ? L'urgence d'agir l'emporta sur la raison. Il
grimpa dans l'arbre et parvint à une énorme branche qui surplombait la fenêtre. Il s'y engagea à pas mesurés, en funambule,
les deux bras ouverts dans le vide pour garder l'équilibre. Le vent
soufflait avec force mais Frank avançait, grignotant peu à peu
l'écart qui le séparait de la margelle. Lorsque la branche craque-
rait, se dit-il, il bondirait vers la fenêtre. Tous ses gestes trahissaient sa farouche détermination : il se *devait* de réussir.

Frank fit halte quelques minutes, immobile, concentré. La
rue était pleine d'eau ; sa chemise déchirée et boueuse lui collait
au corps comme une seconde peau. Il retint son souffle, et, dans
une ultime crispation de muscles, s'élança dans le vide, d'un élan
mal calculé. Frank s'abattit sur le mur, s'agrippa au rebord de la
fenêtre et, dans un dernier effort, parvint à y glisser une jambe,
puis l'autre. Il se retrouva dans une chambre assez vaste, aména-
gée sobrement. Face à la porte, dans une encoignure, un miroir
biseauté faisait le fier au-dessus d'une console. Une photo était
posée sur la table. Il s'en approcha, piqué de curiosité et reçut un
coup au cœur. Des bruits de pas mirent soudainement fin à sa
contemplation.

Quelqu'un venait dans le couloir. Le sang afflua à ses tempes,
tel un tumultueux ressac, à gros bouillons. Une odeur de musc lui

monta aux narines. Du coup, il se plaqua derrière la porte, aux aguets. Une femme l'ouvrit brusquement et la referma du pied tout en s'épongeant les cheveux d'une serviette. GABRIELLA... Il crut défaillir. Retenant son souffle, il la contempla, immobile. Le miroir vint le trahir presque aussitôt. Gabriella se retourna et poussa un cri de frayeur. Frank s'élança sur elle et la bâillonna. Elle se débattait comme une bête féroce et l'intrus se mit à la supplier : « S'il te plaît, ne crie pas. Je ne te veux aucun mal. Je me suis échappé de prison. Ils me courent après, ils veulent me tuer. Écoute-moi ! » insistait-il. Or, Gabriella était trop affolée pour obéir. Elle ne cessait de grogner et martelait le sol de ses pieds. Frank, désemparé, ne savait plus que dire pour la calmer. Une idée lui traversa l'esprit et, d'une voix pressante, il scanda son nom : « Gabriella, Gabriella, je ne te veux pas de mal. Peux-tu comprendre ça ? Je veux seulement de l'aide. Je n'en peux plus de courir ainsi. Je n'ai plus la force... Va ! tu peux crier maintenant ! » lâcha-t-il, à bout d'arguments. Sur ces mots, il desserra son étreinte et alla s'asseoir par terre au centre de la pièce, terrassé par une infinie fatigue.

Pendant ce temps, Gabriella avait regagné son lit à reculons. Elle fixait l'intrus avec des yeux où la peur semblait s'amenuiser. Ce visage-là lui était familier. Où l'avait-elle vu déjà ? Où ? Une violente émotion, soudain, l'empoigna. Elle reconnaissait ce regard, à peine effleuré tout à l'heure, dans son affolement, ces yeux brûlants. Les yeux du jeune homme de la montagne. On aurait dit... Peu à peu, comme en surimpression, le portrait d'un adolescent au radieux visage, surgi d'un temps lointain, estompa doucement les traits de l'intrus. Il avait quinze ans et des poussières, pas plus. Il était beau, se rappelait-elle, avec ses cheveux brossés vers l'arrière, son visage rond et doux, ses yeux de jaspe où brillait une détermination farouche. Il avait une façon peu banale de la fixer du regard, de la suivre, de lui dire en silence qu'il l'aimait.

Cette juvénile image disparut bientôt, cédant la place à cet homme de taille plus grande, aux larges épaules, assis là devant elle. Le temps l'avait sculpté en adulte mais, pour elle, il restait le même. Ses yeux avaient encore ces reflets auxquels on reconnaît un être aimant. Elle prit un temps pour dire : « C'est... tu es... » Les mots dans sa bouche se précipitaient comme pour l'étrangler. Elle ne put achever sa phrase. Ses yeux, en revanche, disaient avec éloquence son trouble, son étonnement sans fin. Certaine désormais qu'il n'y avait pas une once de malice en lui, Gabriella se permit de l'approcher, pas à pas. Elle brûlait de savoir une chose : comment avait-il appris son nom ? Frank resta vague : « Je te connais depuis toujours, c'est une très longue histoire. J'ai si froid et si faim, aide-moi ! » souffla-t-il, la tête baissée. Gabriella s'agenouilla pour l'aider à se relever et, tout en lui indiquant une chaise, lui ordonna de l'index de n'en pas bouger. Elle s'en fut presque en courant et on l'entendit longtemps aller et venir. Elle gravit enfin l'escalier et reparut avec un plateau chargé de nourriture. Frank la remercia des yeux et s'empara du pain qu'il dévora avidement. Compatissante, Gabriella l'observait sans rien dire. Jugeant bon de remettre à plus tard les questions, elle sortit de nouveau et cette fois, revint avec du linge propre qui, sans doute, avait appartenu à son frère.

En bas, la sonnerie de la porte retentit une fois, deux fois. Quelqu'un descendit répondre. « C'est ma belle-mère, précisa-t-elle. Il ne faut pas qu'elle te voie ici. Mais, sois sans crainte, elle n'entre jamais dans ma chambre. » Gabriella n'en était pas moins sur le qui-vive et, l'air faussement détaché, faisait les cent pas. Soudain, sans avoir entendu Frank lui dire qu'on venait pour lui, elle s'empressa de ramasser les vêtements sales qui traînaient sur le sol, ouvrit la console et les y enfouit. Elle sourit à Frank, à la manière de quelqu'un qui semble avoir la situation en main tout en n'osant y croire. Elle allait sortir quand il la retint par un bras : « Je te remercie pour tout. Peut-être est-ce ma première et dernière occasion de te parler. J'attendais ce moment depuis si longtemps. Hélas, le temps me manquera pour te dire des choses que j'aurais aimé que tu saches. Je me comprends. Ça ne fait rien. Tu ne peux

pas savoir à quel point je suis heureux de te rencontrer… » Il tournait en rond en cherchant ses mots. Il finit par se ressaisir et
ajouta : « J'aurais tant aimé que tu te souviennes de moi. Je veux
au moins t'expliquer ce qui s'est passé. Pourquoi je suis là. »

Et il lui raconta sa fuite, abrégeant ses péripéties, escamotant
les mots. Gabriella ne perdait pas une bribe de ce discours débité
à l'emporte-pièce. On eût dit les dernières paroles d'un condamné, au moment d'affronter le peloton d'exécution. Et elles
venaient de la bouche de « Fanfan »! La vie, décidément, vous
ménageait parfois d'étranges surprises. Cette extraordinaire coïn-
cidence la troublait. « Fanfan », ce timide soupirant d'autrefois,
celui qui ne l'avait jamais approchée pour lui déclarer sa flamme.
L'ombre qui la suivait partout, qui la guettait devant son école. Si
seulement il avait osé, à l'époque. S'il avait pu, oubliant sa
pudeur, avouer cet amour qui le consumait… Qui sait? Peut-être
que beaucoup de choses, à présent, seraient différentes. Elle le
contemplait tout en l'écoutant parler, de cette voix aux inflexions
douces et profondes. Il avait le visage d'un ange, un ange échappé
de l'enfer des hommes. Gabriella sentait monter en elle une
grande douceur, pénétrante comme l'amour. « Chut! chut! Tu
me raconteras tout ça tout à l'heure », l'interrompit-elle, avec un
sourire exquis qui exprimait toute sa bonté. Lentement, elle
referma la porte pour aller aux nouvelles.

Sur le pas de l'escalier, elle s'arrêta net, figée. Rita était toujours là et, avec une fougue de collégienne, embrassait un
homme de grande taille. Elle s'était hissée sur la pointe des pieds
pour être à sa portée. Au bout d'un moment, l'homme lui prit la
main et martela : « Partons d'ici. Il faut que nous partions. » « Tu
sais que je te suivrais partout », minauda-t-elle, en lui pourléchant le menton. « Partons tout de suite, je n'ai que très peu de
temps », insista-t-il. « Il n'y a pas le feu à ce que je sache », gri-

maça Rita, tout en l'enlaçant par la taille. « On dirait que tu ne me prends pas au sérieux. Jean-Bart est mort ce matin. Le caporal Dougé vient tout juste de me faire part de la nouvelle. » Rita poussa un cri de surprise. Ébranlée, elle recula pour aller s'adosser au mur. « Qu'est-ce que tu me dis là? Ça ne se peut pas, il débordait de santé! On ne meurt pas comme ça, merde! » Elle baissa les bras en signe de désolation. Il y eut un moment de silence. « Écoute, il avait pris une grosse bouchée en emprisonnant le fils de la *mambô*. Or, tu vois, c'est lui qui s'est fait avaler. » « Tu n'y crois pas vraiment, Robert, à ces conneries? » pouffa Rita, en reprenant ses esprits. « C'est lui qui me l'a dit. Et il était loin de blaguer. » « Voyons, allons donc! Il est mort d'une crise cardiaque, de sa belle mort. C'était un gros cochon qui abusait de tout... des femmes, de la bouffe et de tout le tralala. » Rita gesticulait, ponctuait sa version des faits d'un petit rire mordant. « Après tout, que veux-tu que ça me fasse? Il m'avait plaquée, non? Je lui souhaite bon vent chez le Diable! » Gabriella, qui n'avait pas perdu un mot de cette conversation, avait les yeux exorbités d'étonnement. Jamais elle n'aurait cru apprendre autant de choses en si peu de temps.

Robert cloua les lèvres de Rita d'un long baiser. Il y avait un désir brutal dans cette étreinte. Il avait besoin de prendre chair en elle, de s'y dissoudre sans plus attendre. De plus, aujourd'hui, il était sentimental comme un Méditerranéen. Gabriella choisit ce moment pour marteler le sol, à la façon de quelqu'un qui marche, puis elle se racla la gorge. Rita se retourna brusquement, prête à l'invectiver. Robert s'interposa : « Excusez-nous Madame, dit-il avec affectation. Viens, Rita. Partons. Tu reviendras chercher tes affaires plus tard. » La belle s'empara sur-le-champ d'un parapluie et ouvrit la porte d'un geste décidé. En sortant, elle fit à Gabriella un majestueux bras d'honneur. « Tu vois Robert, fit-elle en se rengorgeant, je t'avais dit qu'elle me faisait chier! »

Ils montèrent dans la Jeep en roucoulant comme deux tourtereaux. Un long moment, Robert parla de son projet de départ, de son appréhension à vivre plus longtemps dans cette ville. Il disait se sentir de plus en plus mal à l'aise dans son rôle de mercenaire. Il allait jusqu'à prétendre regretter de s'être associé à cette bande funeste. Était-il vraiment sincère? Rita, à l'évidence, était peu troublée par cet aveu.

Déjà, de ses doigts lascifs, elle dessinait des chemins sur le torse velu de son homme. Elle avait posé la tête sur ses cuisses. Rivé à son siège, Robert n'insista plus. Il voulait, avant toute chose, jouir de la présence de sa dulcinée. Cette femme, il l'avait dans la peau. Il la voulait à lui seul, à jamais. Il aspirait à finir ses vieux jours avec elle, dans un de ces condos luxueux de Key West. Cette décision, pour autant qu'elle le concernât, était irrévocable. Quant à Rita… Il avait encore à la convaincre de larguer Léonce, pour de vrai. Rita agaçait maintenant sa poitrine avec l'organe le plus persuasif qu'elle connaissait : sa bouche. Les préoccupations de Robert s'estompèrent pour de bon. Cette femme-là risquait de le conduire à sa perte, il le savait. Néanmoins, il ne pensait plus à rien. Il rejeta la nuque en arrière et ferma les yeux à demi afin de mieux goûter au plaisir qui montait en lui. En les entrouvrant, il aperçut, devant la voiture, un homme qui lui faisait signe de la main. « Attends un peu! s'écria Bébert, en baissant la vitre. Mais, c'est Jean-Bart! constata-t-il. Jean-Bart, attends! » Rita, elle aussi, avait vu le commandant. Il était maigre, le visage hâve, l'air dément. Il marchait très vite, d'une démarche qu'on ne lui connaissait pas. Une démarche qui pouvait être celle d'un ange déchu, en partance pour l'exil.

Robert fit tourner la clé dans le contact, décidé à se lancer à sa poursuite. Il s'y prit à deux fois, tant sa main tremblait. Pendant ce temps, Jean-Bart avait eu le temps de tourner le coin de la rue. « Il nous espionnait, ma parole! » lança Rita, le regard incertain. « Il ne peut pas nous espionner, voyons! Tu ne comprends pas. Il est MORT, m'entends-tu? » Robert, sur ces mots, recula en trombe. Les pneus crissèrent sur l'asphalte humide. Atteignant l'intersection, il ne vit personne. La rue était déserte, sans trace de quiconque. Seuls les débris laissés par la crue des eaux jonchaient le sol, çà et là. Le commandant s'était volatilisé, tel une vision fugitive. La voiture longea tranquillement la sinistre ruelle où pas une âme ne s'aventurait. Robert scruta les alentours : rien. Les cours des maisons étaient silencieuses et désertes. Rita, les yeux écarquillés de frayeur, pressa Robert de partir. « Emmène-moi loin d'ici! » suppliait-elle, la voix chevrotante. Plaquée contre Bébert, elle frissonnait. Ses lourds cheveux bouclés gambillaient au gré du vent qui s'était levé. ♣

Chapitre XXVI

Un être faible

L E SENTIMENT D'IMPUISSANCE. Revêtue de briques blanchies à la chaux vive, l'habitation de Milot se profilait à travers le brouillard. Une allée qui serpentait entre les arbres fruitiers y conduisait. Il y avait là, stationnée devant l'escalier de pierres, une Wagoneer maculée de boue. On pouvait voir, au loin, une enfilade d'*ajoupas* penchés dans la direction où le vent soufflait le plus souvent. Ces primitives maisons, typiques des campagnes haïtiennes, servaient de dortoirs aux travailleurs saisonniers qu'engageait le père Messidor. Tout autour, des instruments aratoires, qu'on avait laissés en plan, semblaient attendre l'heure de la prochaine corvée.

La plantation de café, qui s'étendait à perte de vue, s'estompait au pied de la montagne. Par temps clair, on aurait pu y distinguer la gigantesque proue de la Citadelle Laferrière, cette belle d'antan qui, vaillamment, avait su protéger la nation contre un retour en force des troupes françaises. Aujourd'hui, la brume avait tout envahi, laissant dans la nature ce petit air frisquet qui rappelait le temps des pluies. Sur cette terre, l'une des plus fertiles de l'île, la végétation était luxuriante. De nouvelles pousses, gorgées d'eau et de soleil, interceptaient le regard. Au loin, à l'abri de grands arbres qui semblaient rêver en plein jour, des ruisseaux cascadaient sur les galets. Des filets de fumée, qui s'échappaient des cuisines à ciel ouvert, fissuraient cet horizon lointain, charriant avec eux l'odeur des repas épicés. En ces lieux régnait un épais silence qui donnait le vertige. De loin en loin, seuls des corbeaux en vadrouille faisaient entendre leurs couacs stridents, comme s'ils étaient maîtres des lieux.

Sur la véranda, Léonce avait les yeux figés d'égarement. Il se répétait sans cesse : « Que dois-je faire ? Que dois-je faire ? » Il venait d'être témoin de l'infidélité de sa femme et s'en remettait à grand-peine. Au fil des ans, il avait paru ne rien voir alors que sa poule de luxe, poudrée à frimas, commettait incartade sur incartade. Comme pour donner le change, il agissait en mari crédule, s'évertuant à vanter sa gaieté explosive, son tempérament flamboyant. À dire vrai, il fermait les yeux pour garder bien au chaud, dans sa couche, cette dévergondée qui n'avait que faire de son amour. La vérité, aujourd'hui, lui avait sauté au visage, sans pudeur et sans ménagement.

En effet, il avait aperçu Rita, qui le croyait à Milot, au bras d'une brute tout en muscles et en nerfs. Elle avait une silhouette de dévoyée, s'en allant d'un pas allègre vers un quelconque dortoir de péchés. Ses yeux, maquillés à outrance, irradiaient des paillettes de joie. Rita était rayonnante, flamboyante comme un soleil à son apogée, hors d'atteinte. Contre un arbre rencogné, le vieux s'était bouché les oreilles pour ne plus entendre son rire en cascade, un rire tranchant comme une lame de poignard. Il aurait tout donné pour être façonné du même bois que cet énergumène qui la tripotait. Léonce lui avait envié sa prestance, son sourire vainqueur.

Il avait voulu rappeler sa femme à l'ordre, le bras levé déjà, mais s'était ravisé au dernier moment, récusant cette dérisoire amorce de réprimande. Le mari trompé était resté là, dans la rue, paralysé d'impuissance, figé dans un temps qui ne lui appartenait plus. Il souffrait d'en être à l'étape où le mâle perd de sa virilité, devenant peu à peu un vestige d'homme, une étoile morte gravitant autour d'un astre trop fort. Il ne savait plus, maintenant, que battre en retraite, les tripes nouées par un désir de vengeance. Seul son cœur était entré dans une folle sarabande, en voyant l'infidèle, cognant durement sous l'effet de ce violent poison : la jalousie.

Léonce, pour mieux réfléchir, s'appuya au dos de sa chaise. Son échec avec Rita le confrontait sans ménagement au passé. Il lui semblait que son corps devenait un bassin d'eau saumâtre, dans lequel se noyaient la souffrance et le remords confondus. Le visage en sueur, il écarquillait les yeux, comme s'il les ouvrait enfin sur sa conscience. Il ne savait pas, à présent, comment s'expliquer les écarts de conduite de toute une vie, ces années de débauche, d'irresponsabilité, qui avaient gangrené son existence et celle de sa famille. Sa mémoire lui renvoyait un flot d'images en vrac, qui suscitaient en lui, telle une douleur lancinante, un sentiment d'indignité.

Jeanine, sa première femme, venait à l'instant chatouiller sa mémoire et lui demander des comptes. Il revit sa chevelure répandue en désordre sur le lit, ses grands yeux qu'il n'avait pas osé fermer et qui le fixaient, comme pour en graver à jamais le souvenir dans le grand livre des défunts. Il avait fui à la hâte ce visage anguleux rigidifié par la mort, ce masque placide qui, déjà, parlait le langage de l'oubli. Seule l'image de cette gourgandine de La Fossette le hantait, tellement belle, fatale comme une fleur vénéneuse. En cette période de deuil, il n'avait de souffle que pour Rita. Pis encore, il avait ignoré les sanglots de ses enfants qui, à tue-tête, réclamaient son affection.

Léonce n'avait jamais compris pourquoi il avait cessé d'aimer sa première femme, ni pourquoi il l'avait haïe avec une telle acuité. Ce détachement où, de surcroît, entraient l'hostilité et le mépris, était devenu pour elle intolérable, avec le temps. Jeanine, qui lui avait donné deux enfants et le meilleur d'elle-même, s'était enlevé la vie dans un moment de solitude et de désœuvrement. Devant Dieu et devant les hommes, Léonce se sentait responsable de sa mort. C'était comme s'il l'avait tuée lui-même, à coups de paroles violentes, avec ses yeux de feux follets où s'engrangeaient à profusion la folie, la rage. Sa liaison avec Rita l'avait au bas mot ensorcelé et, pris dans l'engrenage de la machine à jouir que pilotait cette démone, il avait jeté son passé derrière lui comme on jette de vieilles choses à la poubelle. Le présent seul comptait désormais pour Léonce et cet amour, en le détournant des siens comme de sa mémoire, l'avait rendu sans âme.

Depuis un bon moment déjà, Nadeige était là, à le regarder de pied en cap. Il n'avait pas senti son regard fixé sur sa nuque. Elle posa enfin la main sur son épaule et le secoua doucement. « Ah! c'est toi! » articula-t-il, d'un air égaré. « Ta présence est requise auprès des tiens », laissa-t-elle tomber, à brûle-pourpoint. « Tu as une tâche à accomplir, un vieux compte à régler. Il y a de ces choses qu'on ne peut remettre indéfiniment à plus tard. Je crois que pour toi, le temps est venu. Il faut que tu y ailles! »

Léonce secoua la tête de lassitude, s'essuya la bouche de son éternel mouchoir à carreaux et dit, avec un pincement au cœur : « Je suis fatigué de toutes ces histoires. Je n'aime pas les querelles, les chicanes de famille. Pourtant, elle m'en a fait voir, la Rita. Je suis devenu sa petite chose, son pépé à qui elle peut conter fleurette quand bon lui semble. C'est une ingrate. Dire que je l'aimais! Je... » Fidèle à sa nature, il ne finissait jamais une phrase compromettante, de crainte de se mettre à nu. Il en avait, d'ailleurs, déjà trop dit. Léonce restait un homme secret, qui ne s'ouvrait qu'avec réticence.

Nadeige revint à la charge en modulant sa voix, cette fois, d'intonations douceureuses : « Ta présence va arranger bien des choses, tu sauras me le dire. Encore faut-il avoir le courage d'aller de l'avant et de prendre le taureau par les cornes. Je n'insinue pas que tout ce qui a pu arriver aux tiens est de ta faute, n'empêche qu'une grande part de responsabilité te revient. Va, ta fille a besoin de toi ! » À ce moment, Léonce porta la main à sa poitrine. Une sourde morsure lui déchirait les entrailles, comme si l'on avait mis le doigt sur une plaie mal cicatrisée...

Paraissant ignorer son trouble, Nadeige le semonça : « Ta femme n'est pas blanche comme neige, Léonce. Il est temps d'arrêter de lui donner le bon Dieu sans confession. Enfin, merde ! Elle est responsable de la mort de... Va chez toi ; elle te fera des AVEUX TERRIBLES ! Je crois vraiment que le temps est venu... Ah ! j'oubliais ! Ne sois pas étonné si tu vois un homme dans ta maison. C'est mon fils. »

Le père Messidor lui jeta un regard incrédule. « Les AVEUX DE RITA ! Ton FILS ? » parvint-il à dire en se frottant le visage, comme pour s'extirper d'un cauchemar. « Évidemment, poursuivit Nadeige, je ne suis sûre de rien, c'est à toi d'y voir. Tu es le seul à connaître ta femme et ses habitudes. Tout de même, on n'a pas besoin d'être *mambô* pour sentir certaines choses... » Léonce se leva brusquement, défroissa sa veste d'un geste machinal et, d'un pas ferme, s'en fut vers sa Jeep.

Ces paroles l'avaient ébranlé. Un sentiment de honte lui barbouillait le cœur. Il s'était dérobé si longtemps aux réalités de sa vie qu'il se demandait, maintenant, s'il n'était pas trop tard pour réparer. Il n'en restait pas moins que tout était clair à présent. Il savait ce qu'il avait à faire : « Il faut que je rentre à la maison nettoyer ma rigole », se répéta-t-il avec conviction.

À l'autre bout de la véranda, *madan* Saint-Armand, la mine soucieuse, allait et venait. Un châle noir lui couvrait les épaules. Depuis l'incendie, ses dents semblaient avoir allongé et sa laideur avait pris du mordant. Un mauvais rictus, désormais permanent, lui plissait la bouche. *Madan* Saint-Armand en avait jusque-là. La vie de nomade, en pleine campagne, l'assommait. Elle aurait aimé retrouver ses quartiers, à la Petite-Guinée. Mieux encore, remonter le temps pour stopper la machine destructrice de Jean-Bart. Arrêter ce grand feu qui avait failli toutes les brûler, qui les avait jetées à la rue comme des misérables. Elle et les autres devaient la vie à Nadeige qui, ayant senti un danger imminent, les avait fait fuir par la trappe de la cave, juste avant l'arrivée des militaires. « Ah ! si on pouvait tout éviter, les accidents, les calamités naturelles, les maladies, le monde serait un vrai paradis ! Le bon Dieu n'est pas si bon que ça et le Diable, son jumeau, fait tout son possible pour tirer son épingle du jeu. » Elle savait pourtant qu'il y avait de ces traquenards du destin auxquels personne ne pouvait échapper.

Madan Saint-Armand leva les yeux au ciel et soupira. Elle se demandait comment s'y prenaient les autres pour accepter la situation aussi sereinement. À travers les persiennes à demi-closes, elle pouvait voir *sor* Amélie tremper un morceau de pain dans son café et, tout à côté, *sor* Nelson, qui écossait des pois dans un bol de porcelaine. Ninnin, quant à lui, se prélassait dans un fauteuil d'osier qui engloutissait tout son petit corps. Elle avait hâte que cette histoire-là cesse, mais il en restait, hélas, deux encore à expédier au pays sans-chapeau. Un crissement de pneus mit fin à sa rumination. Derrière un nuage de poussière, elle vit s'éloigner le véhicule du père Messidor. ⚜

Chapitre XXVII

L'odeur des rats

L E DOCTEUR SCHULTZ. Steve écrasa son mégot sur le trottoir et gravit les trois marches qui menaient à son domicile. Ses yeux vert pâle où, comme toujours, brillait une lueur sournoise, semblaient éclairer son visage rasé de frais. Un type efflanqué, à l'allure excentrique, le suivait pas à pas. Le médecin introduisit sa clé dans la serrure, poussa du pied les battants de la porte et, d'un geste prévenant, fit signe à son hôte d'entrer le premier. Celui-ci le remercia d'un clin d'œil canaille et s'engouffra à l'intérieur en esquissant un pas de danse.

L'endroit était vaste, à peine meublé et d'une propreté méticuleuse. Il ressemblait à ces lofts nord-américains où des artistes en mal de création allaient se terrer pour être seuls avec leur ego. À la fois dépouillé et confortable, cet intérieur n'en baignait pas moins dans une ambiance suggestive et bizarrement sinistre. Ici et là, des photos et des sculptures d'hommes nus interceptaient le regard. Steve semblait les avoir installées dans un but précis : afficher ses couleurs sans aucune réserve. Un ordinateur déjà en marche trônait sur une table. Dans une encoignure, une lampe art déco coiffée d'un abat-jour opalescent répandait une lumière brutale. Des plantes aux tons vibrants n'arrivaient pas à tempérer la froideur qui imprégnait ce décor.

Steve ouvrit le frigo et soudain, s'immobilisa, comme pour humer une odeur désagréable. Les narines frémissantes, à la manière d'une bête flairant le danger, il renifla l'air longuement. « Ça sent le rat mort ici, tu ne trouves pas, Henri ? » lui lança-t-il, en dépouillant le frigo de deux bières. « Non, je ne sens absolument rien », fit l'autre, en ajustant ses lunettes. Il était assis en paresseux sur le bord du lit et se concentrait sur la bière que Steve lui balançait. Il se mit à fredonner une chanson à la mode tout en tapotant sa bouteille. Son attitude désinvolte laissait deviner qu'il était pressé de vider les lieux. Une musique nouvel âge sortit des enceintes acoustiques et, peu à peu, détendit l'atmosphère. Henri savourait maintenant sa bière en contemplant Ti-Steve, admiratif. Il s'inclinait toujours devant ceux qui réussissaient dans la vie. Or, s'il enviait son hôte pour son savoir et son prestige, Henri se sentait diminué en sa compagnie.

En effet, devant cet homme au verbe haut, son orgueil en mangeait un coup. Frais émoulu d'une faculté haïtienne et muni d'un diplôme sans valeur, il se considérait désormais chômeur, un de plus parmi tant d'autres. Un raté en devenir, qui n'irait nulle part s'échouer, hormis dans le lit de cet Américain. En fait, son remarquable physique était le seul atout sur lequel il pouvait compter. Ne sachant rien faire d'autre, Henri avait choisi de se prostituer au plus offrant.

Steve maugréait devant son ordinateur. Il recommença à renifler l'air de plus belle et tourna en rond : « Merde ! je rêve ou quoi ! Cette odeur est bien vraie », fit-il, dans un étranglement. La voix chargée d'impatience et de frustration, il devenait brusque avec Henri. Encore un peu et il passerait toute sa mauvaise humeur sur lui. Ce bout d'homme, gros comme un échalas, était capable de méchanceté. Il lui suffisait d'être contrarié pour devenir hautain, cassant. À ces moments-là, il exécrait ces éphèbes noirs, avec lesquels il entretenait une amitié pour le cul, qui n'en voulaient qu'à son pognon. Aussi prenait-il un malin plaisir à les rabaisser, à leur rabattre le caquet, leur rappelant à tout propos qu'ils étaient les usufruits du tiers-monde, un monde tiers, mendiant et quémandeur, en équilibre précaire sur l'Occident blanc. Un monde où l'on s'entassait, pêle-mêle, dans un dépotoir à ciel ouvert et qui, au mieux, servait de laboratoire aux chercheurs américains. « Qu'on en finisse avec ces chimpanzés ! » s'écria-t-il subitement, de colère. « Allez, allez ! Donnez-moi vos organes, bande de bourriques. Donnez-moi vos vies pour que je fasse des heureux ailleurs. J'ai l'île dans le cul ! » hurla-t-il, tout en faisant défiler, sous ses yeux, la liste des gens qui avaient fait honneur à son bistouri. Il se parlait à lui-même et gesticulait, le visage en nage, comme s'il était frappé d'un accès de folie. Quelque chose, assurément, le perturbait.

Steve, depuis quelque temps, avait abandonné ses recherches. À dire vrai, on lui avait forcé la main en le privant de subventions. Le Département de recherche scientifique avait donné priorité à des médecins du Camp Krome, où l'on disposait de cobayes haïtiens. L'ambition du Dr Schultz avait fondu du même coup comme cire au soleil. Déjà enclin à broyer du noir, il ne lui manquait que cette déveine pour chuter dans l'excès et dans la déraison. Aussi se prescrivait-il du lithium pour tempérer ses crises d'humeur. Celle-ci ressemblait en tout point aux précédentes, à la seule différence qu'aujourd'hui, cette hargne s'avérait plus marquée qu'à l'ordinaire. Il était, visiblement, moins que jamais dans son état normal. Ces conduites excessives le rendaient imprévisible aux yeux d'Henri qui, tout en le jugeant désaxé, ne tenait surtout pas à jouer au psychiatre.

D'un ton pénétré de respect, il finit par oser dire : « Steve, tu me devais quelque chose. » Henri savait que le moment était mal choisi mais il tenait mordicus à lui soutirer un peu d'argent et à foutre le camp. Comme il achevait sa phrase, quelque chose le fit sursauter. Un cri lui échappa, qu'il travestit aussitôt en quinte de toux. Près de lui, un trio de rats passait et repassait à la queue leu leu, comme s'ils cherchaient à se faire remarquer. Il aurait juré, sans pouvoir l'expliquer clairement, que ces bestioles étaient douées d'intelligence. « Viens ici ! *Come on, honey!* » hurla Steve, qui s'énervait, en secouant brusquement la tête pour remonter une mèche de cheveux.

Henri s'approcha, taisant à dessein ce qu'il venait de voir. Ti-Steve l'empoigna par la taille. « Regarde, regarde ! *Look. Check it out!* » grommela-t-il, en pointant son ordinateur. Henri n'aimait pas cette façon qu'il avait de lui parler mais, jusqu'ici, il avait quand même trouvé la force de l'endurer. Dans son métier, l'orgueil n'avait pas vraiment sa place et il essayait, bon an mal an, de tenir le coup. « Tout le monde a ses problèmes », se disait-il pour se donner bonne conscience. « Tu vois ces noms, enchaînait Steve, je les ai tous soulagés d'une partie vitale, d'un organe qui, maintenant, fait le bonheur de quelqu'un aux USA. Et hop ! quinze à Atlanta, trente en Floride, six en Californie, *and so on*! » Il avait prononcé ces derniers mots en faisant grimper d'un registre le timbre de sa voix.

Enfin, il quitta sa chaise, fouilla dans sa poche et sortit des liasses de billets qu'il remit à Henri. « Tu vois, je fais peut-être un métier sinistre mais au moins, je peux te payer, *bloody faggot*! » Un rire maniaque le fit grimacer comme un chameau qui blatère. « *For God's sake*, ne me regarde pas avec ces yeux-là ! On dirait que tu me fais des reproches, que tu me prends en pitié, mon petit vieux. Pourtant, de nous deux, celui qui est à plaindre, c'est toi. Je suis la main qui donne, n'oublie pas ça ! *Don't ever, ever forget that!* » Il s'arrêta un moment pour savourer l'effet de l'humiliation sur le visage de l'autre.

Le remugle désagréable de tout à l'heure s'était épaissi. Il envahissait maintenant la pièce, agressant l'odorat, imprégnant la peau. Peu à peu, tel un gaz toxique, il creusait son chemin dans le cerveau de Steve. Pris d'un étrange frisson, celui-ci regagna son siège. Des noms de morts clignotaient devant lui, réclamant vengeance. Ces noms avaient soudain retrouvé un corps, gisant ensanglanté, mutilé sur une table d'opération, recouvré une voix qui, dans un dernier souffle, appelait à l'aide dans le tuyau de son oreille. « Va-t'en ! Allez-vous-en ! » implora Steve, qui paraissait en proie au délire.

Il lui sembla que sa tête allait éclater, que, d'un moment à l'autre, il allait perdre conscience. Le temps basculait. L'écran glauque de l'ordinateur tourbillonnait ; tout vacillait autour de lui. Ses paupières s'alourdissaient. Il avait l'impression qu'on lui fermait les yeux, qu'on le précipitait de force dans le sommeil. Il se prit la tête dans les mains et continua à gémir : « *Get lost, leave me alone !* » Il confondait maintenant Henri avec l'un ou l'autre des défunts qu'il croyait voir. Tout à coup, il s'élança, le souffle court, renversant tout sur son passage pour regagner le lit sur lequel il se laissa choir, inerte, les bras en croix.

Henri semblait cloué sur place, hébété. Les agissements de Steve et, pour finir, ce retournement spectaculaire l'avaient complètement médusé. Il ne savait que faire ; la panique le gagnait. Subitement, il se décida à tirer sa révérence. Il se leva et, prenant ses jambes à son cou, s'enfuit en faisant claquer la porte derrière lui. Une fois dehors, Henri se rendit compte qu'une odeur nauséeuse imprégnait ses vêtements et lui collait à la peau. Il comprit alors que quelque chose de louche et de bien réel se tramait là. Son instinct le poussa à déguerpir en vitesse.

À Milot, pendant ce temps, la bande de Nadeige s'était rassemblée dans le vaste salon du père Messidor. Tout de blanc vêtu, *madan* Saint-Armand, *sor* Nelson, *sor* Amélie et Ninnin étaient assis en arc de cercle, le buste incliné au-dessus d'une cuvette d'où s'échappait une fumée inodore. Leurs lèvres étaient muettes ; ils suaient à grosses gouttes, tendus qu'ils étaient par l'effort de concentration. Dans la pièce, éclairée faiblement d'une bougie, on distinguait à peine leurs figures d'ébène qui, encore une fois, appelaient à la rescousse le malheur et la mort.

Steve, de son lit, entendit un bruit. Un bruit ténu que seule une oreille attentive pouvait capter. Un crépitement de petits pas venant du salon. Le plancher de bois crissait, égratigné, eût-on dit, par quelque chose de pointu. En dépit de son mal, il s'efforça de réfléchir, chercha à comprendre. Or, il n'y avait rien à comprendre. La lampe n'éclairait plus. Quelqu'un ou quelque chose venait de la renverser. La maison était plongée pour de bon dans l'obscurité. Steve ne sentait plus l'âcre odeur qui, tantôt, entravait le passage de l'air dans ses poumons. Néanmoins, l'envie de dormir persistait. Il luttait de toutes ses forces contre la séduction du sommeil. Son instinct le poussait à résister à cet ultime engourdissement, sinon, c'en serait fait : il ne se réveillerait plus. À deux reprises, il susurra le nom d'un *loa* avec qui il entretenait un commerce mystique, le supplia : « *Guadé Vi, Daddy Guadé Vi. Help me out !* » Il était hélas trop tard. Ses paupières, déjà, étaient lourdes comme des pierres. Sa main heurta une bouteille vide, oubliée là sur la table et qui, en tombant, éclata en d'infimes tessons. « Qui est là ? Henri, c'est toi ? Qui est là ? » fit-il, d'une voix éteinte. Des yeux étincelants, tels du chrome miroitant au soleil, percèrent la noirceur. Ti-Steve, le pouce dans la bouche, se recroquevilla et ferma les yeux pour ne plus les voir, comme un môme qui a peur dans l'obscurité.

Il eut l'impression, au moment de sombrer, que d'étranges créatures poilues le reniflaient et marchaient sur le lit. L'instant d'après, il entrevit une grosse femme aux dents carnassières qui s'assoyait sur un homme pour l'étouffer. Il rêva ensuite que des rats rongeaient le corps de l'homme avec un appétit furieux. Polissons, ils entraient et sortaient de sa bouche, comme s'il se fût agi d'un égout. Il en avait même un dans l'anus. La queue de l'animal avait pris l'aspect d'une ficelle rouge sang et se balançait de droite à gauche. On eût dit un signe de victoire. L'homme était nu et lui ressemblait en tous points. Dans la mouvance de son rêve, il comprit qu'il était mort, bien mort. ❧

Chapitre XXVIII

L'amour conjugué

UNE CARAVELLE DE RÊVE. Après que Rita fut sortie, Gabriella remonta vers sa chambre et s'encadra dans l'embrasure de la porte. Elle avait un air absorbé, paraissait lointaine. En fait, tout ce qu'elle venait d'entendre de la bouche de Robert repassait dans sa tête. Quelque chose qui lui échappait était en train de prendre corps, de se constituer, petit à petit. La photo accrochée chez Nadeige se dessinait devant elle en séquences vaporeuses. Peu à peu, l'image se précisa, devenant aussi nette que celle qu'elle y avait contemplée, ce jour-là. Pour lui donner raison, la phrase de Robert se répercutait en elle, fulgurante : « Il avait pris une grosse bouchée en emprisonnant le fils de la *mambô*. » Tout était clair maintenant : Fanfan ou Frank était le fruit de la matrice de Nadeige. Voilà pourquoi celle-ci avait laissé entendre, avec cet air énigmatique, qu'elle comprendrait tout « en temps et lieu ». Un sourire victorieux, mêlé d'un rien d'incrédulité, illumina son visage. La voix de Frank interrompit cette profonde méditation : « Qu'est-ce qu'il y a? Quelque chose ne va pas? » « Non, au contraire, tout va bien. Ils sont partis. Tu n'as plus rien à craindre », fit-elle en pointant l'escalier du doigt.

Il y eut une pause pendant laquelle on ne percevait que le bruit de leur souffle, sur un fond de quiétude. Frank devina que Gabriella était au courant de tout. Néanmoins, il se demandait comment elle allait réagir. Il avait peur de briser l'enchantement de cette rencontre, de lui déplaire. Après tout, il n'était qu'un étranger pour elle, un prisonnier en cavale. Au mieux, un lointain soupirant entré par effraction chez elle.

En revanche, il se sentait libéré, soulagé d'un pesant boulet qu'il n'aurait plus à traîner. Il était certain que son drame allait prendre un autre tournant. Plus rien ne pouvait le menacer, ni le spectre de Massillon, ni celui de Jean-Bart, ni les soldats qui regagnaient leur caserne dans leurs voitures blindées, ni même l'Américain qui avait abusé de lui, à la prison. Tous ces gens-là marchaient vers leur destin, vers un lieu d'expiation, comme des pêcheurs s'enfonçant dans la mort. Les sentiments de haine, de colère et d'inquiétude qu'il avait connus quelques heures auparavant avaient disparu, le laissant dans un état d'euphorie indéfinissable. Seule à présent l'idée de séduire Gabriella occupait son esprit. Un désir charnel de plus en plus impérieux le tisonnait.

Incrédule, Frank la regardait, la trouvant plus belle encore que dans ses visions. Il luttait contre le doute qu'elle puisse le repousser, cherchant dans ses yeux un zeste d'espoir. Un court instant, il crut dériver vers un lieu sans nom, proche de la folie. Mais la voix de Gabriella lui parvint, lointaine, avec un timbre irréel. « Tu es le fils de quelqu'un que j'ai eu le plaisir de connaître. »

Elle hésita un moment puis, avisant le coin du lit, s'y assit et reprit sur un ton neutre, mais rassurant : « Ta mère m'avait en quelque sorte annoncé ta visite, à mots couverts bien sûr. » « Tu la connais, ma mère ? » sursauta Frank. « Plus ou moins. Je l'ai rencontrée par hasard. Si je ne m'abuse, je crois qu'elle est un peu responsable de ce qui arrive aujourd'hui. » Elle avait lancé ces derniers mots sur un ton désinvolte, comme ces personnes qui souhaitent donner l'impression qu'elles sont tributaires du destin.

Or, elle savait qu'il existe des situations étranges qui se tricotent entre les humains et qui gagnent à demeurer inexpliquées. « Il y a un temps, poursuivit-elle, j'aurais paniqué devant de telles coïncidences. Déjà, lorsque je t'ai aperçu à la cascade… » Frank la fixa, troublé. « Même en ne voyant que ton dos, je savais, je sentais que tu ne m'étais pas inconnu. Du moins, mon sixième sens me le disait avec force… À propos, est-ce que tu étais journaliste? » ajouta-t-elle.

Esquivant la question, Frank, bouleversé, lâcha tout à trac : « Ah! Gabriella si tu savais à quel point j'ai désiré cet instant, combien de fois j'ai crié ton nom! Mon histoire est incroyable. À un certain moment, je me croyais fou, car seuls les fous peuvent désirer une personne de la sorte. Je te voyais partout et surtout, en rêve. Si je t'avais depuis longtemps perdue de vue, je ne cessais d'espérer te voir surgir un jour, dans l'une ou l'autre des rues de la ville. Lorsque je n'avais rien à faire, surtout à mon retour de Port-au-Prince, je longeais au hasard les ruelles que tu avais l'habitude d'emprunter. Il m'arrivait même d'aller me prostrer devant le Collège Regina Assumpta, juste pour le plaisir de te revoir en souvenir. Mais c'étaient des visages d'adolescentes d'une autre époque qui défilaient devant moi. Je croyais revoir parmi elles la Gabriella de mes quinze ans. Tu n'étais pas là. Tout avait changé. Les rues étaient devenues laides, poussiéreuses, chargées de misère. Une odeur de cendres et de décombres avait envahi la ville. Je ne sentais plus l'odeur des pluies diluviennes dans les tamariniers. Les édifices de l'ère coloniale semblaient figés dans la destruction. Tout avait changé. Les femmes jadis si gaies, assises aux balcons, avaient le regard fixe et vide. Elles scrutaient sans cesse quelque chose au loin, un point invisible, un mari absent qui ne reviendrait sûrement plus. Rien ne subsistait des beaux jours. Françoise Hardy ne chantait plus à la radio : *Tous les garçons et les filles de mon âge…* Le temps avait fait son œuvre sur la ville, sur moi. Devant le portail du Collège, la sœur supérieure était encore là, vieille et ridée, paraissant plus acariâtre que jamais à l'approche de la mort. Un jour, elle m'a fixé longuement avec son lorgnon, puis elle s'en est allée en secouant sa cornette, avec une expression de pitié. Je suis reparti du Collège, l'esprit ravagé. Jour après jour, je tentais de noyer ma souffrance dans les fortes chaleurs des après-midi capois. J'ai toujours gardé espoir de te retrouver, même si ce rêve semblait impossible. J'y croyais fort, très fort. En vérité, d'aussi loin que je m'en souvienne, je t'ai toujours aimée et je t'aime encore, comme un fou. J'ai atteint l'inaccessible. Je... »

Gabriella l'arrêta en posant une main sur sa bouche et, doucement, lui chuchota qu'elle allait préparer du café. Elle lui fit signe de la suivre, en bas dans la cuisine. Pareille à un oiseau qui jamais ne reste en place, elle avait déjà quitté la chambre, le laissant dans un état d'ébahissement total. Frank subissait de nouveau l'effet de son charme ; il se sentait envoûté par elle. Non, ce n'était pas lui qui se trouvait là, dans cette maison. Il se croyait encore dans sa cellule, au centre d'un rêve où elle lui apparaissait, irréelle, magnifiée par son désir ardent. Un long moment, il resta là, sans bouger, absent du présent. Il revenait de loin, de si loin... « Oui, j'étais journaliste. Mais c'est terminé tout ça », s'entendit-il murmurer d'une voix incertaine, altérée par sa mémoire à la fois blessée et fascinée...

LA PRISON DU CAP, DÉCEMBRE 1973
(Chronique imaginaire d'un prisonnier matraqué à mort)

J'étais en train de somnoler lorsque le commandant Jean-Bart et le gendarme Massillon firent irruption dans ma cellule. Une flopée de coups d'une rare violence tombèrent sur ma tête ainsi que sur mes côtes. Je perdis toute notion du temps. Pantin désarticulé, je délirais. Je me tordais de douleur. Je hurlais. J'appelais au secours, au grand dam du gendarme qui n'arrêtait pas de cogner. Recroquevillé, je psalmodiais sans rime ni raison un nom doux et caressant. J'étais à demi évanoui. Le sol, petit à petit, s'éloignait de mon corps. Tout chavirait. J'étais en lévitation. Le temps que dura mon inconscience, j'eus l'étrange sensation de pénétrer dans un royaume de paix, où le silence n'en finissait pas d'enfanter d'autres silences. Je croyais que l'horloge qui marquait le temps, qui marquait ma vie, s'était tue. Je ressassais le nom d'une femme que j'aimais en secret et que j'avais perdue de vue.

J'entr'aperçus la personne invoquée. Une silhouette divinement gracieuse, à pas feutrés, venait vers moi. « C'était… » Ma voix resta bloquée dans ma gorge. « C'était elle ! » Mon passé, mausolée de souvenirs, me revenait en force, plein de séquences posthumes. Il me sembla qu'on m'enveloppait dans une toile d'une blancheur liliale. Une grande douceur tombait du plafond, comme si l'Éternel, dans un élan de miséricorde, s'était avisé de me venir en aide. Quelque chose emplissait l'air d'une aura de magnificence. J'étais trempé de sueur, abasourdi de joie, de souvenirs opiacés, de paysages inconnus, de lieux jamais visités mais familiers. Mon instinct me disait que j'étais en train de mourir. J'avais l'impression que l'espace et le temps se confondaient, se dissolvaient, s'anéantissaient. Plus rien ne me retenait. C'était à croire que je transitais entre deux mondes, à la charnière de la mort, là où l'âme attend le grand traversier pour l'éternité. Dans mon ascension, je voyais le geôlier me frapper à coups de bâton. Il frappait, frappait sans pitié. Encore et encore, avec ses pieds, en vain. Je ne ressentais aucune douleur. De ma voix retrouvée, je scandais enfin un prénom : « GA-BRIEL-LA ! » Cette femme avait surgi comme un mirage sur une eau calme. Son image était claire, d'une netteté hallucinante. J'en étais fasciné, ébloui d'émerveillement.

La vision était belle, enivrante. Plus vraie que nature. Une femme d'une beauté sublime et coiffée d'un diadème venait vers moi. Étrange ! Tout en elle me faisait songer à l'icône de la Vierge noire que j'avais offerte à ma mère, un matin de la Toussaint. Elle me tendait la main, avec insistance. Je m'accrochais à elle, avec espoir. Ma tête était légère. La vision était belle. Elle avait enrayé mon mal d'un seul tenant. Les bêtes de l'Apocalypse qui s'acharnaient sur moi étaient chassées par elle, d'un simple geste de la main. Puis, tout s'effaça. J'eus la sensation qu'elle me laissait aller et que je dérivais en chute libre. Je sentis quelque chose entrer en moi d'un coup sec. Je perçus, parmi d'autres bruits, un chuintement d'os et de chairs broyés. Grands dieux! Je me trouvais à l'étroit dans mon corps, dans ce corset difforme qui, déjà, ne me seyait plus. Cette femme s'était enfuie tout en me ramenant à la vie. Se pouvait-il que la mort ne voulût pas de moi? Une voix solennelle — qui n'était pas la sienne — s'éleva et me sortit de ma rêverie. Elle disait, comme pour répondre à la question posée : « Va! retourne d'où tu viens, parmi les vivants! Tu vivras pour elle. Tu la mérites. »

Gabriella disait quelque chose qu'il n'entendait pas. Il était loin et tout près en même temps. Elle s'amenait dans le couloir. Frank étira le cou pour la voir venir. Elle riait; ses boucles d'oreilles bougeaient, suivant le mouvement de son cou gracile. Elle traversa un coin obscur, puis sa silhouette réapparut dans un halo de lumière, pleine de sensualité, enveloppée d'un voile de félicité. « Oui, je viens », fit-il sans bouger, en réponse à sa question. Il finit par s'ébrouer et se dirigea vers l'escalier, qu'il descendit à pas de chat. Plus il s'approchait d'elle, plus ce corps embellissait. Il aurait aimé la prendre dans ses bras séance tenante et écraser sa bouche sur la sienne, pour recoudre à jamais ses lambeaux de souvenirs. Cependant, il avait trop peur qu'elle le repousse. De nouveau, elle lui fit signe de la rejoindre. Il percevait le tumulte de son sang dans ses veines. Jamais il n'avait ressenti une telle joie, une telle dérive. Voyant qu'il hésitait, Gabriella s'avança et lui tendit la main. Leurs doigts se soudèrent en une communion inespérée. Elle doit m'aimer un peu, admit-il pour la première fois.

Ils traversèrent l'allée qui menait à la cuisine. Frank promena son regard sur la vaste salle, éclairée *à giorno* par de larges fenêtres, le plafond haut, les plantes débordant des étagères et qui se répandaient en cascade, parfois jusqu'au sol. Celui-ci, damassé, ressemblait à un grand échiquier où nulle partie ne se jouait. Il alla s'asseoir et, dans cette pièce à la fois vivante, paisible et lumineuse, quelque chose en lui se détendit. Il entreprit de raconter en détail sa mésaventure, depuis son arrestation jusqu'à sa fuite. Il lui parla des visions d'elle qu'il avait eues à la prison. Gabriella était émue, lui souriait de temps à autre pour le mettre encore plus en confiance. Elle lui apporta une tasse de café à l'arôme corsé. Frank y ajouta trois cuillerées de sucre et le savoura à petites lampées. Ils burent en silence. Un silence entrecoupé de regards de tendresse. Un silence d'or. Frank devinait que chacun d'eux s'efforçait de trouver les mots capables de traduire leurs sentiments. Un désir muet et grandissant accentuait cette peur partagée, au point que toute parole censée leur restait coincée dans la gorge.

Gabriella se décida enfin à parler. Son débit était lent, presque haché. Les mots lui venaient à grand-peine, comme si elle les passait par un tuyau étroit. Remuer ses sentiments lui était pénible. Il s'agissait de secrets refoulés qu'elle n'osait pas exhumer, qu'elle avait jusque-là gardés pour elle. Néanmoins, son envie de tout lui raconter était si forte, si impérieuse, qu'elle parvint à dominer sa gêne : « Ce dont je me souviens le plus, c'est le léger toucher de ta main lorsque je t'ai remis le livre que tu avais échappé en tombant. Je me rappelle avoir écrit mon nom en lettres majuscules, à côté du tien… En ce temps-là, tes yeux n'étaient pas aussi amoureux qu'aujourd'hui. Je me rappelle aussi que tu te rongeais les ongles comme moi, jusqu'à la chair… Avec le temps, j'ai oublié ton visage, seul ton regard subsistait dans ma tête. Le jour où j'ai quitté Haïti pour aller étudier à l'étranger, j'ai rencontré un de tes amis à l'aéroport, tu sais, le grand qui avait l'air d'un joueur de basket. Il m'a raconté ce que tu devenais. Cet échange, en ravivant ton souvenir, m'a rappelé la douceur d'un temps à jamais enfui. À ce moment, j'ai eu l'impression que tu allais me manquer. »

De dos qu'elle était, elle se retourna. Ce brusque mouvement signalait une grande nervosité. Frank quitta sa chaise pour se rapprocher d'elle. Il la trouvait belle à ravir. Il mangeait des yeux ce fruit mûr à point, le fruit de la passion, prêt à être cueilli. Le corps de Gabriella vibrait ; elle avait l'impression que des milliers de fourmis s'y étaient logées. Jamais elle n'avait ressenti une sensation aussi physique, intensément animale. Elle regarda Frank d'un regard oblique et lut cette même envie sur son visage. De se sentir désirée si fort augmenta à l'aigu son plaisir. D'un geste machinal, elle retira ses chaussures et posa ses pieds nus sur le sol. Elle venait, du même coup, de se débarrasser de ses scrupules. Toute pudeur oubliée, son instinct seul à présent décidait de sa conduite, dirigeant ses pas vers lui.

Oui, elle avait eu envie de lui dès la première minute, à la cascade. Maintenant, un courant fulgurant la traversait tout entière. C'était un signal. Elle avait besoin qu'on la touche, besoin de sentir la main de Frank sur sa poitrine. Pour lui, elle était disponible, libre, folle, en goguette d'amour. Elle haletait. Son corps en émoi, vivant, ferme, s'offrait à cet homme qu'elle avait désiré en silence. À sa façon, elle le portait en elle depuis des années. Il était cette flamme qui se consumait dans l'âtre de son adolescence, une flamme en latence, ravivée en cet instant par mille braises d'incandescente volupté. Tapi dans son bas-ventre, un trop-plein de désir la força à prendre appui sur le comptoir. Sa bouche entrouverte laissa échapper un soupir heureux. Les pointes de ses seins se durcissaient de façon apparente et saillaient dans son chemisier. Elle fut tentée de lui dire : « Prends-moi », mais se contint. Les choses devaient aller à leur rythme, sans précipitation. En vérité, elle était prête.

Ce moment était si intense pour Frank qu'il lui semblait n'avoir toujours vécu que pour cela. Il avait dès lors la nette impression que cette fille lui était destinée. Que l'histoire qui se déroulait dans sa tête, depuis des lustres, devait avoir lieu ici. Que l'affaire était déjà entendue… D'entrée de jeu, il prit Gabriella à bras-le-corps. Ils demeurèrent figés comme deux somnambules, englués dans un même rêve. N'y tenant plus, Gabriella empoigna la tête de Frank, écrasa sa bouche sur la sienne. Ce long baiser avait un goût d'éternité, de bonheur pérenne. Leur amour prenait d'un seul tenant son envol, tel un oiseau captif qu'on vient de libérer.

Maintenant, leurs souffles s'entrecroisaient, leurs lèvres étaient dessoudées. Ils se regardèrent quelque temps sans bouger. Que leur arrivait-il? Pris de vertige, ils montèrent l'escalier en courant à la recherche d'un lit, d'une place, se déshabillèrent avec les gestes fébriles des gens pressés. Le lit les reçut dans un craquement sonore de jointures. Leurs corps étaient imbriqués l'un dans l'autre, en proie à un grand frisson. Ils s'embrassaient avec acharnement. On pouvait entendre les clapotis de salive cravacher l'arrondi de leurs lèvres. Ils s'abreuvaient de ce liquide avec excès, se léchaient la peau, humant à tour de rôle l'odeur de leur corps en transe. Ils se lâchaient puis se rejoignaient, en des contorsions tempétueuses, comme pour mieux s'apprécier.

Avec fougue, Frank étreignait ce corps qui s'abandonnait à lui. Ce corps-là, qui tanguait dans tous les sens, était une caravelle de rêve en partance pour l'extase. Ce corps naviguant, toutes voiles dehors sur des ondes heureuses, n'était pas un spectre. Il était bien vivant et avait l'odeur de Gabriella. À l'instant, elle le broyait, l'aspirait, ondulait ses hanches pour lui procurer le plus impétueux des plaisirs. Leurs coups de reins conjugués se répercutaient dans la pièce, comme des claquements de battoir sur une pierre lisse. Les dents de Gabriella se mirent à grincer telles des os de seiche qu'on frotte l'un contre l'autre. Elle sentit sourdre du plus profond de sa chair une diane de joie, annonçant le spasme final d'une petite-mort douce. Elle s'ouvrit pleinement pour accueillir la dernière bourrasque, la fraîche ondée laiteuse de son homme. Sa petite Voie lactée dans sa diatomée. Recrus de fatigue, ils restèrent là sans bouger, les yeux grand ouverts à contempler des étoiles imaginaires. Sur eux, à l'instant, coulait un bonheur étale comme une mer tranquille. ❧

Chapitre XXIX

La fleur du mal

UNE GROSSE ERREUR. Sur le coup de sept heures, le père Messidor gara sa Jeep derrière la maison. Il enfila des bottes aux larges extrémités qui lui arrivaient à mi-cuisses, esquiva l'entrée principale qu'il empruntait d'habitude, et bifurqua côté jardin. Sous son bras gauche pendaient un sac de jute et une pelle. Il avait l'air pressé et jetait, par instants, un regard contrarié vers le ciel. Il fit une courte pause et, d'un geste furtif, se brossa les cheveux de la main. Puis, il emprunta une allée de pierres concassées. Elles couinaient au contact de ses bottes. Ce bruit, songea-t-il, allait réveiller tout le quartier! Au jugé, le père Messidor avait, en ce moment, une allure de pintade en maraude.

Il délaissa l'allée, marchant sur les fleurs que la pluie du matin, déjà, avait abîmées. Puis il traversa la cour d'un pas rapide qu'on ne lui connaissait pas. Le pan de son paletot ainsi que le sac de jute battaient au vent. Les derniers rayons du soleil nimbaient les toitures et le fût des arbres d'une chape violette, presque mortuaire. Bientôt, l'obscurité serait complète. Léonce atteignit une rangée de manguiers derrière lesquels il se faufila, comme pour se soustraire à d'éventuels regards. Il évalua de l'œil la distance qu'il venait de parcourir, bien qu'il connût le lieu dans tous ses replis. La chambre de Gabriella était éclairée. L'envie d'aller la saluer le prit mais, au bout d'un moment, il s'avisa de n'en rien faire. Il y avait chez Léonce une détermination telle qu'il ne pouvait remettre son entreprise au lendemain.

Il scruta sa montre pour la deuxième fois ; le temps pressait. Le père Messidor traça un grand rectangle avec sa pelle. Il y voyait assez clair encore pour bien distinguer l'endroit où il allait creuser. La bêche mordilla la terre humide. L'humus retourné lui montait aux narines. C'était une odeur qu'il avait toujours aimée, une odeur nourricière. Telle une fourmi besogneuse, Léonce poursuivit son travail avec une obsédante résignation. À chaque trois coups de pelle, il s'arrêtait et se remplissait avidement les poumons, le temps de cravacher sa carcasse, de refaire son énergie. En peu de temps, le trou fut creusé. Un petit rire cristallin sortit de sa gorge, que l'on pouvait confondre avec le bruit du métal heurtant un galet.

Cette tâche terminée, il se dirigea d'un pas ferme vers la maison. Comme il en franchissait le seuil, il entendit quelqu'un qui jouait du piano avec frénésie. On eût dit un adolescent en liesse. C'était un air qui ne lui était pas inconnu. Cette mélodie vibrait d'une irrépressible gaieté et venait du répertoire de Gabriella. Il y avait si longtemps qu'elle avait joué avec cette ardeur ! Il devinait ses doigts allant et venant sur le clavier, comme jadis, lorsqu'elle était heureuse. À présent, elle chantait un air de G. G. Vikey. Sa voix montait, s'étirait en lamentations ouatées, magiques : *Tchou ou tchou ou Bobby…* Léonce prêta l'oreille pour saisir ces paroles aux accents de bonheur. Il aurait tant voulu… Mais il n'avait aucune intention de se laisser ramollir, surtout pas en ce moment ! L'histoire devait suivre son cours.

D'une poigne qui se voulait énergique, il ouvrit la porte. La belle voix de sa fille emplissait la maison. Il avait négligé de retirer ses bottes, qui laissaient sur le plancher un tracé de terre boueuse.

On ne l'avait pas entendu entrer bien qu'il eût fait claquer la porte. Ses pas le menèrent au salon ou il se contenta de rester sur le seuil, appuyé au chambranle de la porte, les bras croisés. Frank l'aperçut le premier et prévint Gabriella d'un signe discret. Elle interrompit son refrain dans un hoquet de surprise et, en toute hâte, alla l'embrasser. Elle sembla ne pas remarquer la tristesse de son regard qui, pourtant, était manifeste. Se retournant, elle prit Frank par la taille : « Papa, je te présente un ami de longue date que j'avais perdu de vue. » Ce dernier lui tendit la main pour l'échange des cordialités. « Très heureux, monsieur », grinça Léonce.

Le vieux le couvrait de sa stature qui, malgré l'âge, demeurait imposante. Il prit son temps pour toiser le nouveau venu tout en mâchonnant sa pipe. Il y eut un moment de lourd silence ; seul le bruit du vent se faisait entendre, par une fenêtre entrebâillée. Cette rumeur emplissait la maison d'une longue vibration qui évoquait une plainte. Sans un sourire, le teint pâle, Léonce ébouriffa les cheveux de sa fille et se dirigea vers l'escalier. Soudain hésitant, il s'arrêta, la main cramponnée à la rampe : « Ma fille sait ce qu'elle fait. D'ailleurs, elle a toute ma confiance. Et puis, tu m'as l'air comme il faut. Fais bien attention à elle. Elle est tout ce qui me reste ici-bas. » Frank allait lui répondre, mais le père l'arrêta d'un geste impérieux : « Les mots n'ont pas d'importance, mon jeune. Tes yeux parlent pour toi. Tu es chez toi ici, hein Gabriella ? » fit-il, avec un clin d'œil qu'il s'efforçait de rendre gentil. Néanmoins, on sentait bien que le cœur était absent.

Léonce grimpa l'escalier et se barricada dans sa chambre. À peine allongé sur le lit, sa tête se mit à tourner. Un étrange vertige s'emparait de lui ; le plafond tanguait. Les yeux mi-clos, il luttait pour ne pas sombrer dans l'évanouissement. « C'est de la fatigue », murmura-t-il, sans vraiment y croire. Il entendit, tout à coup, les accords lointains d'une sonate. Une musique triste, qui ne ressemblait en rien à celle qu'interprétait Gabriella, tout à l'heure. Les notes s'estompaient, s'éloignaient, puis revenaient avec force. Il lui fallut quelques secondes pour se persuader que la sonate n'existait pas. Son cerveau déraillait, s'en allait à la dérive, lui semblait-il.

Il vit alors, pour la seconde fois en quelques heures, le visage de sa défunte femme, Jeanine. Son corps était recouvert de tulle d'un rouge lie-de-vin qui agressait la vue. La morte faisait osciller son buste de l'avant à l'arrière. Puis, ce manège terminé, elle ouvrit très grand la bouche et, d'une voix de fausset, prononça cette imprécation lugubre : « Tue-la, tue-la, tue-la ! »

Au bout d'un moment, la voix reprit de plus belle mais, cette fois, avec plus d'acuité, plus de violence encore : « Venge mon fils, Léonce. Venge Gabriel ! Tu n'auras de paix que lorsque tu l'auras tuée. Tu sais qui, Léonce. »

Le père Messidor se prit la tête à deux mains et la secoua à coups répétés. La respiration sifflante, il délirait : « Oui, oui, je ferai tout ce que tu voudras. Laisse-moi tranquille ! Je n'en peux plus, Jeanine. » La musique persistait, lancinante. La tête lui tournait de nouveau ; dans un grand désordre s'y chevauchaient des images de Tunis, de Paris, de Montréal, de Ouagadougou. Ne sachant trop ce qui lui arrivait, ni ce que tout cela signifiait, il constata soudain que Jeanine avait disparu. Une étrange odeur de feuilles mortes et de suint demeurait néanmoins, embaumant la pièce d'un relent d'outre-tombe. Elle évoquait pour lui le deuil, le poids du remords, l'approche de la mort.

Léonce ruisselait de sueur. Le front brûlant, il grelottait comme s'il avait de la fièvre. Il parlait fort et sa voix avait des inflexions rauques. On pouvait l'entendre de loin : « Tu ne m'as jamais pardonné mais je regrette tout ! Je veux que tu me pardonnes. Ne vois-tu pas à quel point je souffre ? Je paie au centuple pour tout. Pour toi. Pour Gabriel. Il n'y a pas d'homme sur terre plus malheureux que moi… »

Gabriella entra précipitamment dans la chambre et secoua son père vigoureusement. « Réveille-toi, papa ! Réveille-toi, je t'en prie! » suppliait-elle, les yeux embués de larmes. Elle fit signe à Frank d'ouvrir la fenêtre, de faire entrer de l'air. Le vieux s'était réveillé, sans pour autant comprendre où il était. Au bout d'un moment, le souvenir de cette expérience singulière lui revint mais il n'en souffla mot. Peu après, Léonce avait retrouvé son aplomb. Son premier geste fut d'allumer sa pipe. « Ça va, Gabriella, je vais bien, dit-il en toussant. Mais qu'est-ce que tu as à me regarder comme ça? » « Papa, tu m'inquiètes; tu ferais mieux de rester au lit. » « Je ne dormirai que lorsque j'aurai accompli ce que j'ai à faire. Mais où diable est passée Rita? » « Papa, tu n'es pas raisonnable », reprit Gabriella. Léonce hocha la tête : « Tu ferais mieux d'aller prendre de l'air et de profiter de la présence de ton ami. J'aurais besoin d'être seul avec Rita. J'ai un compte à régler avec elle. C'est privé, Gabriella. Comprends-tu? Pendant que j'y pense, commande-nous un repas pour trois. Je crois que je vais avoir faim lorsque j'aurai terminé », grommela-t-il, avec un reste de catarrhe dans la gorge. « Papa, tu n'es pas raisonnable! » « Raisonnable? En voilà un bien grand mot! Comment le pourrais-je? » Il avait cousu ses lèvres d'un rictus amer, ce qui mettait fin à toute forme de conversation.

Gabriella serra la main de son père, très fort, comme lorsqu'elle avait onze ans et l'aimait avec son cœur d'enfant. Elle avait peur qu'il ne lui arrive malheur ou encore qu'il ne commette une bêtise. Il n'était pas dans son état normal. Elle aurait voulu lui parler davantage, lui dire des choses qu'elle ne lui avait jamais dites avant. Or, chez elle, les petites histoires intimes et profondes se vivaient sans paroles. Et puis, avec l'âge et le temps, elle avait oublié comment on parle à un père... D'un geste impatient, Léonce les exhorta à sortir, prétextant qu'il allait bien et qu'il n'avait besoin de personne. La jeune femme lui tourna enfin le dos, avec regret. Son intuition lui disait que son père tramait quelque chose.

Une voix claire, aux accents aigus, attira l'attention. Rita venait d'entrer. Déjà, elle menait un train d'enfer. Suivie de Frank, Gabriella descendit en vitesse et fila à la cuisine. Rita venait d'ouvrir le réfrigérateur et décapsulait une bière. Elle ne s'était pas rendu compte de la présence de Frank. Lorsqu'elle le vit, elle sursauta et poussa un cri strident en laissant tomber la bouteille sur la table. Elle l'apostropha d'un air mauvais tout en soutenant son cœur : « Bordel ! t'as failli faire éclater ma patate ! » « Mais qui es-tu ? Est-ce qu'on s'est déjà vus ? » blagua-t-elle, après avoir calé deux bonnes gorgées de bière. « Bas les pattes, Rita. Tu nous emmerdes. Fous le camp ! On t'a assez vue ! » explosa Gabriella, qui ne s'attendait pas à la revoir. Rita n'était pas du genre à lâcher prise. Elle recula pour être plus près de l'escalier et se mit à crier, les mains en porte-voix : « Nounours, ta fille a de la visite. Viens voir ! Nounours, je sais que tu m'entends ! Je te dis qu'elle ne restera pas pucelle longtemps. Oh la la ! je t'en passe un papier ! »

Léonce descendit l'escalier à pas contrôlés, l'air grave, presque théâtral. « Rita, c'est assez ! Cet homme est mon invité, alors, un peu de respect », ordonna-t-il, sur un ton solennel, qui ne semblait pas impressionner sa femme. « On joue au méchant, mon Léonce ? » fit-elle, en jouant des épaules. « Regarde le joli morceau que ta fille t'a ramené. »

Gabriella, exaspérée, prit Frank par la main et l'enjoignit de la suivre. Rita ferma la marche en empruntant une allure déglin-guée. Elle buvait toujours à même le goulot et, de l'autre main, fourrageait dans sa tignasse. Elle semblait prendre un malin plai-sir à les agacer, à les mettre en rogne. Comme si ce n'était pas suf-fisant, elle rota, puis envoya valser sa bouteille dans une corbeille de fleurs. « Hé hé ! la jolie trouvaille ! » siffla-t-elle, la bouche en cul de poule. « Madame est cachottière. J'ai toujours su que tu t'envoyais en l'air en sourdine. Madame est un peu plus discrète que les autres, mais le résultat est le même, hein ? On ne réprime pas ces choses-là », gouailla-t-elle. « Hé hé ! il est un peu maigrichon ton petit jojo mais, un coup remplumé, il aura de quoi entre les jambes pour te faire sauter le mille-feuille ! »

Cette dernière phrase avait été ponctuée d'un rire sonore. « Tu vas me payer cher cet affront ! » s'écria Gabriella. Puis elle courut à la cuisine et en revint avec un flacon, qu'elle agita fébrilement sous le nez de l'autre. « Je te l'avais promis, ma salope ! Tu sais de quoi il s'agit, je suppose ? » Les yeux de Rita s'agrandirent. Flairant le danger, elle battit en retraite vers l'escalier, vers Léonce, qui ne broncha pas. « Nounours, fais quelque chose, c'est du vitriol ! Du calme, Gabriella, on peut s'expliquer. On est des grandes personnes. Je m'en vais. Donne-moi le temps de faire ma valise. Je te laisse ta maison, ton père. Je pars avec Robert. D'ailleurs, il m'attend à l'aéroport ; c'est pas le temps de m'abîmer le portrait, merde ! Je m'en vais pour tout de bon. Je débarrasse le plancher… » Frank prit le flacon d'entre les mains de Gabriella et tâcha de lui faire entendre raison : « Tu es trop bien pour faire ce genre de truc. Pas toi. Ne laisse pas la haine avoir prise sur toi. Tu vaux mieux que ça. » Gabriella secoua la tête, en signe de découragement, puis abdiqua. Sa dernière remarque fut pour son père : « Je te la laisse. Je m'en vais chercher de quoi manger. Si je la retrouve ici, au retour, c'est moi qui partirai et ce sera pour de bon cette fois. Parole d'honneur ! »

« Alors, Rita, raconte-moi tout. Tout ce qui est arrivé à Gabriel, de A à Z », enchaîna Léonce, sur le ton d'un censeur de lycée. « Ah non ! Ne sois pas peau de colle ! Tu n'as pas choisi le bon moment, grogna-t-elle, impavide. Je m'en vais avec Robert et j'ai peu de temps devant moi. Je pensais faire ça en douce, en évitant une scène de ménage pénible. Bingo ! voilà que je tombe sur toi. C'est bien ma veine aujourd'hui. » Tout en parlant, elle avait gravi quelques marches. Arrivée à la hauteur de Léonce, elle se heurta à un mur. Le vieux lui obstruait le chemin, les jambes

écartées. « Tu n'as pas compris ? Tu n'as plus rien à faire ici ! »
tonna-t-il, sur un ton empreint d'ironie.

Rita, gonflée à bloc par une rage qu'elle ne contenait plus, le
bouscula pour passer. Mais Léonce eut le temps de se redresser et,
avec une agilité de primate, asséna sur le mufle de sa femme un
magistral coup de poing. Rita roula en tonneau dans l'escalier et
atterrit sur le palier avec un bruit mat. Elle se leva à grand-peine.
De ses lèvres fendues sortait un filet de sang. Ses prunelles
maquillées étaient figées de stupeur. Elle s'accrocha au mur, les
genoux flageolants, tout en essayant de comprendre ce qui lui
arrivait. Domptée, elle leva vers Léonce un menton de petite fille
attristée. Elle s'essuya la bouche avec le pan de sa blouse et secoua
sa tignasse, comme pour reprendre ses esprits. Elle réfléchissait.
Elle paniquait à la vue de cette paire d'yeux vitreux qui, maintenant, étaient chargés de violence. Le vieux, après tout, n'était pas
si mollasson que ça ; elle venait de l'apprendre à ses dépens. Son
instinct lui disait à l'instant de fuir. Elle battit en retraite vers la
porte, à tâtons, mais Léonce avait lu dans ses pensées. Avant
qu'elle n'ait eu le temps de tourner la poignée, il l'attrapa par la
crinière et l'envoya dinguer sur le sol. Elle se releva aussitôt, frô-
lant les murs, cherchant de la main un objet pointu. Elle n'avait
pas perdu pour autant sa faconde, lui proférant des menaces, des
insultes ordurières. Le père Messidor se dirigea vers elle avec une
détermination d'automate. C'était comme si quelqu'un d'autre, à
la force colossale, s'était immiscé dans son corps.

La voix de tout à l'heure, comme un refrain, creusait son chemin dans son cerveau et l'incitait à passer aux actes : « Tue-la, tue-
la, tue-la ! Venge mon fils ! » Rita hurlait ; elle griffait, cherchait à
mordre. Deux bonnes gifles vinrent lui rabattre le caquet. Sonnée
par cette avalanche de coups, elle gagna en titubant un fauteuil de
moleskine et s'y laissa choir, les genoux collés. Elle faisait maintenant penser à une chienne qui, devant un adversaire de taille,
décide de battre en retraite, la queue entre les jambes. Elle souleva
la tête à demi comme pour lire, dans le regard de Léonce, l'iné-

luctable sentence de mort, sa mort. « Il est inutile de feindre avec moi. Je sais tout, fit Léonce. Faudrait tout me raconter. Si tu te tais, il t'en cuira. J'ai tout mon temps, ma petite peste. »

D'un bond, elle se leva. « Ben oui, je l'ai fait emprisonner, ton petit Gabriel. Ben oui, il a mal fini. J'en avais ras le bol de me faire humilier! Je l'aimais, moi. J'étais prête à tout lui donner. Il prétendait que j'avais rien à donner, que j'étais pourrie et vulgaire. Il me disait que j'étais inculte, que je n'avais pas de classe. Que je n'étais pas une fréquentation recommandable. Pourtant, je voulais devenir la petite femme modèle qu'il aurait voulue. À l'entendre, j'étais indécrottable. N'empêche que, les premiers temps, il aimait ça, me baiser. Il me disait que j'étais sa machine à jouissance. Ça n'a pas duré, ah non! Monsieur se faisait du sang de cochon pour le paternel! Il s'est vite fatigué de me voir toujours dans ses jambes. Moi, je l'aimais, j'en voulais plus, j'en demandais encore plus. J'acceptais tout de lui. Je me pliais à ses caprices, à sa perversité. Puis, avec le temps, j'en ai eu jusque-là de me faire traiter comme une chienne. Une laissée-pour-compte. Je me suis mise à détester son petit air bourgeois. Il était beau, le petit maquereau, mais c'était pas un ange, ton fiston. Il cultivait la méchanceté. C'était un pourri comme tous les autres hommes. Il a eu ce qu'il méritait, pouah! » « Alors t'as demandé à tes chiens méchants de le tuer! » coupa Léonce.

Elle se mit à reculer : « Oui, si tu veux le savoir, s'enhardit-elle. Jean-Bart a eu sa peau, eh oui! Pire que ça : clic, clic, l'Américain l'a coupé en petits morceaux. Il a envoyé ses viscères aux États-Unis, à la Fondation Badinxter. Au moins, sa mort aura servi à quelque chose. »

« Clic clic! » Rita pouffa, pliée en deux, les cheveux en bataille. Un rire hystérique, ferrailleur, lui secouait les épaules. D'une poigne ferme, Léonce la redressa. « Tu ne sais pas tout, continua-t-elle, entre deux hoquets. J'y ai pris goût, à faire le mal. J'ai voulu me débarrasser aussi de ta petite sainte nitouche de Gabriella. Elle a tout pour elle, la maudite! lâcha-t-elle, en frappant du talon.

Elle chante, elle joue du piano, elle est intelligente : elle a tout. Et elle me méprise. Pis moi, je la hais. Ah ! la salope a été plus chanceuse que son frère, je te le dis ! Ces deux cons disparus, je l'aurais eu à moi toute seule, ton butin. On m'aurait enfin respectée, non pour la douceur de mon cul, mais pour mon fric. »

« Tu sais ce que tu es ? hurla Léonce, qui écumait. Une sale ordure ! » « Ordure toi-même ! lui lança Rita en pleine face. Tu sais, je t'ai jamais aimé. Ça, tu le savais, hypocrite ! Vieux cochon ! À vieux cheval, herbe jeune. Tu m'as achetée, comme les autres, avec de l'argent. Tu t'es payé une jeune poulette, fripouille, pour remonter ta clochette qui ne voulait plus sonner. C'était pas de l'amour, ça. C'était de la peau, mon vieux. Jamais tu n'y avais pensé que ça pouvait me dégoûter ! Eurk eurk ! Tu es aussi responsable de ce qui est arrivé ! Tu es aussi pourri que moi ! Alors de quoi je me mêle ? » Elle lui cracha au visage et renversa la table de cuisine au passage. « Je vais te dire quelque chose, en prime. Il paraît que ton Gaby divaguait devant le peloton d'exécution. Il récitait des poèmes ! Tu vois, même au moment de sa mort, il faisait son chien savant. N'empêche que Jean-Bart l'a quand même buté. Pour moi. Pour laver mon humiliation. Ah ah ah ! »

D'une main crispée, le père Messidor sortit son revolver et vissa le silencieux, tout comme il l'avait fait devant l'épicerie du Chinois, lorsqu'il voulait se débarrasser de Jean-Bart. Des larmes coulaient sur ses joues. Pendant ce temps, Rita gesticulait, le défiant de trouver le courage d'aller jusqu'au bout. « Tu es bien trop lâche pour me tuer, mazette ! Robert viendrait te flinguer en personne mais il a mieux à faire : il m'attend. On prend l'avion dans une heure pour Key West. Ce sera notre retraite dorée. Il a de la classe, Bébert : c'est d'ailleurs le seul homme qui me respecte. Je l'aime. Je veux partir avec lui, m'entends-tu, pauvre con ? Tu ne tireras pas, Nounours ; je le sais. » « Ta tombe est déjà toute prête, ma belle. Tu ne penses tout de même pas que j'ai mis mes bottes pour aller au bal ! » trancha-t-il. « On s'inquiétera de moi. On viendra t'arrêter et on te pendra haut et court. » « Tu as fait une grosse erreur, Rita. Une grosse erreur. Personne ne viendra te chercher. PERSONNE ! C'est l'anarchie ici. Tout le monde songe à sauver sa peau. De toute façon, je suis trop vieux. Je n'ai rien à perdre, plus rien à espérer de la vie. Je vais laver mon humiliation dans le sang. Adieu, ma belle ! Adieu ! Bon vent chez le Diable ! » Sur ces mots, il pointa le canon en direction de sa femme. Les yeux de Rita figèrent d'effroi. Exorbités, ils menaçaient ruine. L'épouvante de la mort la défigurait. Elle balbutia : « Écoute, Nounours. Léonce, voyons ! Fais pas l'idiot ! » Elle tremblait, tremblait à coups saccadés, comme un jouet mécanique. Léonce lui tira trois coups en plein cœur et Rita s'affaissa sur le sol sans un cri, sans un soupir. « Quel gâchis ! Une si belle fleur… », articula-t-il avec une pointe de regret. Sans perdre un instant, il traîna le corps vers la porte, puis le chargea sur une brouette qui l'attendait derrière la maison. ♣

Chapitre XXX

Le colis empoisonné

L A CLINIQUE. L'hélicoptère atterrissait sur le terrain de la Fondation Badinxter et ses hélices hoquetaient dans un halètement de moteur qu'on éteint. Le vent tiède faisait frissonner le gazon rasé de près. Un homme de taille moyenne descendit de l'appareil. C'était Edward Badinxter, le P.-D.G. le plus en vue de la côte. Un homme riche et qui avait le bras long, à Washington. Sur ses épaules reposait la vie de nombreux Américains en attente d'organes. Celui-ci se dirigea à foulées amples vers l'entrée principale. Une espèce de gorille aux mâchoires solides, qu'on aurait cru sorti tout droit de l'arène de la World Wresling Federation, venait à sa rencontre. D'une prévenance obséquieuse, il le salua tout en le déchargeant de sa valise. Tous deux longèrent une allée ornée de zelliges qui se terminait en boucle, devant un bassin d'eau dormante. Élégant, de bon goût, l'aménagement avait tout pour inspirer confiance aux clients potentiels de la clinique.

Le Dr Badinxter enfonça les mains dans ses poches et s'élança vers l'entrée, du pas décidé de celui qui doit s'acquitter d'une tâche pressante. C'était un homme au visage singulier et aux yeux d'un vert à la fois minéral et froid. De longues mèches traversaient son crâne pour dissimuler une calvitie naissante. On reconnaissait, à ses attitudes, le bourgeois revenu de tout et qui, au terme d'une carrière brillante, pue fort l'égotisme et l'arrogance. Soucieux des convenances, l'homme affichait un air puritain qui cadrait mal avec l'ambitieux qu'il était, prêt à tout pour se hisser à l'avant-plan et qui, encore, n'avait de cesse d'être vu, courtisé, adulé. Il y avait, derrière ce masque rigide aux afféteries d'oiseau de charnier, ce petit quelque chose qui eut invité le premier des sages à vouloir le gifler.

La Badinxter Foundation for Genomic Research était située en banlieue de Miami. C'était dans l'un de ces quartiers huppés et peu passants où, à longueur de journée, les policiers guettaient la présence de Blancs itinérants et de Noirs maraudeurs, les uns et les autres étant friands des poubelles de riches. Un quartier sans saleté, où les chiens bien nourris faisaient la grasse matinée au bord de piscines azurées. C'était ici que des immigrants, croyant encore au rêve américain, venaient se promener avec la parentèle pour émoustiller leur ambition. Cet endroit, en vérité, ressemblait à un petit éden taillé sur mesure pour abriter des gens à l'aise.

L'immeuble de la Fondation, aux murs extérieurs recouverts de vitres teintées, était de construction récente. Ses contours, sur cinq étages, obéissaient aux fantaisies d'un architecte excentrique. Une clôture en fer ouvragé délimitait son vaste emplacement, sur lequel poussaient à foison palmiers, hibiscus, bougainvillées et frangipaniers. Engoncé dans cette végétation luxuriante, se dressait un portique entouré de géraniums, de plantes volubiles et de jarres polychromes. Une fontaine en onyx, dans laquelle pissaient à qui mieux mieux des chérubins en liesse, occupait un autre site. Il régnait en ces lieux un silence surnaturel que seuls brisaient, par intervalles, des grillons frottant leurs élytres. Aménagé pour les malades, ce havre de paix était baigné d'ombres, de secrets, de mystères surtout. On pouvait voir déambuler, entre deux haies de verdure, des convalescents courbaturés que surveillaient des infirmières attentives. Leurs visages étaient blêmes comme des songes errants. La plupart d'entre eux s'adonnaient au menu jardinage en coupant, ici et là, tantôt une fleur, tantôt une feuille. Puis ils s'en retournaient, d'une démarche indolente, vers un quelconque dortoir pour s'y reposer. La maladie les avait métamorphosés en enfants de pensionnat, abrutis par une discipline grégaire. Fraîchement requinqués par les organes d'autrui, d'autres pensionnaires, plus chanceux, traitaient déjà d'affaires au téléphone, voire même houspillaient leur personnel qui, sûrement, trimait au World Trade Center. Ils avaient du vent dans les voiles pour faire chier la terre entière et, sans vergogne, riaient en songeant au magistral pied de nez qu'ils venaient de faire aux ténèbres. Ils se sentaient d'attaque pour une autre décennie de défis et de plaisirs.

Ainsi, la Fondation Badinxter était non seulement un centre de recherche mais aussi une clinique privée au service de riches industriels, en attente soit d'une greffe d'organes, soit d'une chirurgie plastique. Ces quidams à la santé déficiente arrivaient de partout avec espoir de trouver, derrière ces murs, cette rallonge de vie qui leur permettrait de remettre à plus tard l'échéance du destin. Badinxter demeurait l'homme de la situation, sachant tout mettre en œuvre pour donner satisfaction à sa clientèle.

Sous sa gouverne, par ailleurs, une équipe réunissant quatre-vingts spécialistes de renom — dont vingt généticiens — travaillait d'arrache-pied pour découvrir le secret menant à la longévité. Sentant le vent favorable à la biotechnologie, le Dr Badinxter avait axé sa recherche sur le génome humain, recherche dont il se vantait d'être le pionnier. Fort de la confiance que lui témoignait le National Institute of Health, il avait fait l'acquisition de cinquante séquenceurs qui, reliés à un système informatique à la fine pointe du progrès, avaient la capacité d'identifier huit cents gènes par jour. Une récente découverte, qui portait sur la manipulation génétique, laissait entrevoir que ses chercheurs seraient en mesure, à l'aube de l'an 2000, de créer en laboratoire des hommes intelligents et au physique impeccable avec, en prime, leur copie conforme. Ils pourraient ainsi disposer de pièces de rechange advenant un coup dur. Cette avancée ferait en sorte que les dignes fils de l'Occident — et leurs ayants droit de même couleur — ne seraient plus tributaires de la providence nègre ou latino pour se retaper une santé. L'équipe de Badinxter, confortée par les subventions qui lui arrivaient de consortiums pharmaceutiques à travers le monde, avait là de quoi se bomber le torse.

Ce matin-là, le Dr Badinxter en menait large. Il avait la lippe heureuse, l'œil bagarreur. Il s'arrêtait à tout moment pour saluer un patient, voire, avec indulgence, un flagorneur avide de promotion. Une blonde sulfureuse avec un derrière de Négresse s'amena bientôt pour lui remettre, d'un air navré, le journal du matin. Le médecin fronça les sourcils, incrédule : son nom s'étalait à la une du *Washington Post*. « Sans blague ! » claironna-t-il. Il commença à lire en diagonale, balayant les premiers paragraphes pour s'arrêter à la deuxième colonne : *Depuis quelque temps, diverses sources dénoncent l'approvisionnement d'organes à destination de Miami. Il appert qu'à chaque semaine, des lettres sans espoir de réponse de citoyens du Nicaragua, du Salvador et d'Haïti s'entassent sur un comptoir du Consulat américain. Elles demandent au gouvernement des États-Unis d'intervenir pour qu'on cesse de les dépouiller de leurs viscères, à commencer par de nombreux prisonniers privés de tout droit. Dans la même foulée, elles affirment que des médecins américains, de connivence avec des militaires du tiers-monde, pratiquent ce funeste commerce depuis nombre d'années.*

Pour se donner une contenance, Badinxter feignait le détachement, poursuivant sa lecture au rythme convenu du praticien qui, débordé, va à l'essentiel :

De plus... des appels... l'endroit exact où les avions atterrissent la nuit... Après des semaines... en mesure d'affirmer que des containers de petit format sont remis régulièrement à un employé de la Fondation Badinxter.

Bien que pressé d'en finir, le patron n'éluda rien de la pièce de résistance :

*Il semble que des choses louches se trament derrière les portes de cette clinique dont le célèbre généticien Badinxter est le grand patron. Malgré la renommée de celui-ci en ce qui touche la recherche de pointe en biogénétique — laquelle, d'ailleurs, lui a valu d'avoir ses entrées à la Maison-Blanche — on soupçonne le D*r* Badinxter de prêter son concours à des pratiques douteuses.*

Tout porte à croire que des mesures s'imposent dans les plus brefs délais pour faire toute la lumière sur les activités de la Fondation Badinxter. L'inaction de la classe politique risquerait d'entraîner de graves conséquences pour les organisations vouées à la recherche médicale. Il faut songer de plus au discrédit qu'elle jetterait irrémédiablement sur la valeur des institutions de ce pays.

Matthew Dougherty et Dorothy Schneider

Le Dr Badinxter entendait gronder en lui des jurons qu'il s'interdisait de proférer. « Comment peut-on écrire de pareilles insanités sur mon compte ? Moi qui me dévoue corps et âme pour la science ! » se contenta-t-il de mâcher sourdement. Il eut la soudaine impression qu'on l'abandonnait, qu'on le poussait doucement vers un maelström vertigineux. Il s'ébouriffa les cheveux pour chasser les idées noires qui, déjà, s'engrangeaient dans son cerveau. Songeur, il froissa la feuille porteuse de malheur et la jeta à la poubelle.

La voix de sa secrétaire — une biochimiste diplômée de Harvard — lui parvint brouillée, comme dans un rêve : « C'est bien parti ! Un peu plus et on va être le point de mire de tous les médias, à commencer par la télévision. D'autres vautours de la presse vont nous tomber dessus. Il ne manquait plus que ça ! » Elle semblait aussi atterrée que son patron par cet article dévastateur. Badinxter lui donna une tape sur le derrière afin de travestir sa mauvaise humeur naissante. Manifestement, il existait entre eux une connivence qui dépassait les limites de l'amitié.

« Contacte le *Washington Post*. Tu vas voir de quelle façon je règle mes problèmes ! pesta-t-il. Je vais les mettre dans l'eau bouillante et les citer en cour pour libelle diffamatoire ! Écris-moi ça sur ton calepin : Dorothy Schneider est frustrée parce que nous avons refusé l'admission de sa mère pour une opération d'urgence. Tu compléteras le reste, bien sûr. Arrange-toi avec son médecin traitant. S'il y a des problèmes, tu essayeras le même scénario avec Dougherty. On se comprend ? » fit-il d'un air supérieur, en lui clignant de l'œil. « Tu es un petit démon, tu sais », minauda-t-elle, la bouche en cœur. « Aux grands maux, les grands remèdes, ma chère », fanfaronna-t-il.

Il rejoignit enfin son bureau et composa son numéro sur la serrure à code numérique. Betty s'en fut derrière le paravent de la réception tout en brassant ses hanches, lesquelles saillaient outrageusement sous son tailleur classique. Badinxter, quant à lui, jeta un regard troublé de droite à gauche, tel un animal en état d'alerte. Sans pouvoir se l'expliquer, il avait l'impression qu'un œil invisible le fixait avec une attention soutenue.

Il pénétra dans la pièce. Aussitôt, une chaleur ardente lui monta au visage comme s'il avait été aux abords d'une étuve. Son corps fut secoué par une violente commotion ; il lui fallut s'appuyer au chambranle de la porte pour ne pas tomber. Il avait l'impression de pénétrer dans l'antre maudit d'un quimboiseur et une frayeur irrépressible s'empara de lui. Il scruta la pièce d'un œil oblique, le regard stupide, tel un ivrogne cherchant son chemin dans le noir. Un silence étale, sans écho, tissait une toile morbide au-dessus de sa tête. Il en était sûr, quelqu'un l'attendait, tout en épiant ses moindres mouvements. Comme averti d'un désastre imminent, son cœur se mit à battre la chamade. Il fut tenté de fuir mais, néanmoins, n'en fit rien. Il laissa ses pas le guider vers un fauteuil, sur lequel il se figea.

De temps en temps, il se retournait, croyant pouvoir surprendre un intrus sorti d'un placard. « Quelque chose de méchant ne cesse de me regarder », maugréa-t-il, à plusieurs reprises. Il sortit son revolver de son porte-documents et voulut aller vérifier lorsque, brusquement, il se ravisa. Son arme, songeait-il, ne lui serait d'aucune utilité pour affronter la puissance sournoise qui rôdait autour de lui. Il se prit à regretter d'avoir embauché ces médecins-mercenaires qui allaient tripatouiller le ventre des Nègres, là-bas en Haïti. C'était accorder trop d'importance à des êtres indignes qui, de surcroît, s'arrogeaient le droit d'envoyer leur sorcellerie chez lui, avec préméditation de vengeance! Il s'en voulait d'avoir donné le feu vert à Steve Schultz, de l'avoir encouragé à piller tertres et caveaux pour mettre la main sur la formule zombifère. « À trop se frotter aux cochons, on finit par tomber dans leur bourbier », ronchonna-t-il, les traits tétanisés par la peur. Il avait l'impression qu'on le catapultait à l'âge de pierre, dans une savane désolée où des Cro-Magnons à moitié nus se livraient en son honneur à une danse macabre. *Ah! ces fils de Cham, si je pouvais tous les occire! Ce que je donnerais pour balayer cette engeance noire de la surface de la terre! Le pays et ceux de notre race n'ont que faire des services de pareils crétins. On serait mieux avisé de les renvoyer dans leur Afrique natale. Send them back where they belong for Christ's sake!*

Badinxter enserra sa tête à deux mains dans le but de mettre fin à son soliloque, comme s'il craignait qu'on ne lise dans ses pensées. Soudain, une impérieuse envie de demander grâce, haut et fort, le submergea. Mais un mouvement d'orgueil, qu'un reste de lucidité lui dictait, le cloua à son fauteuil. C'est alors qu'il aperçut, trônant près du téléphone, une boîte de carton, une antique boîte, tavelée de moisissure et grossièrement ficelée, qui devait sûrement lui parvenir d'une autre civilisation. Elle était là, sur son bureau, défiant son regard avec une étrange insolence.

D'une voix enrouée, il appela Betty à l'interphone. Celle-ci s'amena à pas mesurés, avec cette grâce vaine qui était sa marque de commerce. Elle s'efforçait de ne rien laisser voir de l'appréhension qui l'avait gagnée. Au moment même où elle franchissait le seuil, une forte odeur de pourriture lui monta aux narines. Elle eut un mouvement de recul et jeta à la cantonade : « *God!* il y a quelque chose de vraiment louche ici ! » « Ça vient de qui cette cochonnerie ? » ragea Badinxter, en pointant la boîte. « Allons, dis-le-moi Betty, je n'ai pas de temps à perdre ! Chaque minute compte », poursuivit-il en s'affaissant de nouveau dans son fauteuil. « Je n'en ai aucune idée, Edward, *I swear to God*! Je l'aurais su, puisque je vérifie tout le courrier moi-même. »

Badinxter hésita, puis gloussa, un brin fanfaron, comme s'il avait le contrôle de la situation : « À vrai dire, j'ai mon idée là-dessus. J'en viendrai bien à bout. J'en ai déjà vu d'autres. » Cette feinte, qui ne visait qu'à bien paraître aux yeux de Betty, ne fit rien pour masquer sa frayeur. « De quoi s'agit-il, Ed ? Tu ne te sens pas bien ? Tu en fais une de ces têtes ! » « Je me comprends. Ce serait trop long à t'expliquer. » Et il se mit à déchirer le colis. Un rat sculpté se détacha des débris ainsi qu'une lettre, qui était accrochée à son cou. Il la prit et commença à lire :

Au moment où vous me lirez, vous commencerez à saigner du nez. Il arrêta net de lire, comme pour mesurer les conséquences de tels propos. Une goutte de sang tomba sur le bureau. « Appelle-moi le FBI ! lança-t-il. Demande le bureau des sciences occultes, poste *222 Hubald*. Dis-leur de s'amener en vitesse. » Betty demeurait figée, frappée de stupeur. « Qu'est-ce que tu attends pour appeler ? Tu n'as encore rien compris ! Le Malin est ici avec la ferme intention de me ravir la vie. » Betty se mit aussitôt à hurler et, en peu de temps, le bureau fut envahi par une foule en sarrau où, tour à tour, chacun se regardait d'un air médusé et curieux. Badinxter évitait de porter les yeux sur la lettre, mais une force inéluctable l'y obligea. Ses doigts se crispèrent. Il tremblait. Il suait. Son sang coulait à présent en gouttes précipitées, le rouge s'agrandissait sur sa chemise. Son visage s'empourprait, de petits vaisseaux commençant à se rompre à la surface de sa peau. Il continua de lire :

*Vous n'êtes pas sans savoir que vous êtes le grand respon-
sable de ce qui se passe, en Haïti. Les gens sont arrêtés dans
la rue et dépouillés de leurs organes pour satisfaire les besoins
de vos citoyens. Vous avez délégué, un peu partout dans l'île,
des médecins-mercenaires pour exécuter ce macabre travail.
Sous couvert d'alléger la misère d'une population défavori-
sée, vous leur volez leurs viscères, moyennant pitance ou un
visa pour Miami. Au Camp Krome et contre leur gré, les
Haïtiens vous servent carrément de cobayes. Vous en avez
fait des hommes sans nom et sans dignité. Pour soigner votre
image auprès de l'opinion publique, vous faites des dons aux
hôpitaux. Grâce à l'aide de ces bandits de militaires, vous
avez réussi à leurrer toute une population qui ne soupçonnait pas vos intentions premières. Le Dr Schultz, chef de
manœuvre, ainsi que le commandant Jean-Bart, viennent
de tomber. Votre heure est venue ; personne ne peut vous sauver. Vous devez payer tribut pour vos exactions, pour vos
œuvres cruelles.*

*Ne tentez rien. Personne ne peut vous sauver, pas même
vos spécialistes. Le sort en est jeté. Votre âme revient désormais aux dieux tutélaires de l'île que vous avez réveillés.*

Les médecins se concertaient pour diagnostiquer le mal mystérieux dont souffrait Badinxter. Déjà, on avait acheminé un pré-
lèvement de sang au laboratoire pour fins d'analyse. Les
inspecteurs du FBI arrivaient à leur tour, suivis d'un régiment de
spécialistes en parapsychologie. Une dame fière, avec une voilette
noire devant les yeux, demeurait à l'écart. Elle gardait les paupières baissées et semblait être en contact avec l'au-delà. Une
odeur âcre et de plus en plus forte envahissait la pièce. On suffo-
quait. Les employés fuyaient maintenant en désordre, abandon-
nant leur patron à son sort.

Peu après, Badinxter s'écroula comme une masse, la face
contre le sol ; il baignait dans un liquide noirâtre. La mort avait

fait son œuvre sur lui avec un curieux acharnement. Étrangement, alors qu'il sentait venir l'irrémédiable défaite, l'homme n'avait proféré aucun son, ni demandé qu'on lui vienne en aide. Le grand Badinxter était resté maître de lui jusqu'à la fin, une moue ineffable à la commissure des lèvres, tel un tyran taciturne qui n'a que faire de la pitié des hommes.

Un silence souverain envahit la pièce. Betty y était seule pour tenir compagnie aux agents du FBI, lesquels ne semblaient guère troublés par ce dénouement tragique. Tout en s'épongeant les yeux, elle remit à l'inspecteur en chef un télégramme expédié par Steve Schultz au Dʳ Badinxter. Il y expliquait qu'il était persécuté par une *mambô* de la Petite-Guinée. L'inspecteur se mit à lire pour le bénéfice de ses collègues :

Mes jours sont comptés. Pour moi, il n'y a plus d'espoir. J'ai sous-estimé cette force mystérieuse qui dort dans le pays. Il faut croire que cette témérité a eu raison de moi. Que diable ! Au point où j'en suis, je m'en fous... Si je casse ma pipe, je me console à l'idée que la mambô *pourrait remonter jusqu'à toi, cher Ed...*

L'agent du FBI cessa net sa lecture et coula un regard méditatif vers Betty, qui, en ce moment, frissonnait comme une chiffe molle. « Nous avons à bavarder, n'est-ce pas ? » suggéra-t-il. L'ex-secrétaire pivota sur ses talons et rejeta la tête en arrière. Elle paraissait sombrer peu à peu dans l'hébétude. En vérité, elle n'avait pas d'opinion. Quant à leur dire ce qu'elle avait vraiment vu... ♣

Chapitre XXXI

L'adieu aux étoiles

L A CARAVANE DE RARAS. La ville du Cap-Haïtien était en liesse et vibrait de couleurs, de mouvance, tel un théâtre à ciel ouvert. Cette agitation avait gagné la Petite-Guinée, où s'ameutait une foule énorme qui ne cessait de grossir, bouillonnant comme une ravine prête à déborder. Des bouches sortaient des imprécations grossières ; les gestes étaient chargés de provocation et d'indécence. Les gens semblaient attendre un mot d'ordre, un signal, celui d'un tambour peut-être, qui les entraînerait dans une allègre débauche aussitôt la nuit tombée. Le soleil couchant, de même qu'il embrasait par pans entiers les maisons centenaires, exacerbait de ses feux cette attente enfiévrée.

Sur le coup de sept heures, Nadeige rentra en ville par le dernier *tap-tap* en provenance de Milot. Elle ne s'attendait pas à se trouver au cœur d'une telle effervescence. Le poste de police était désert, aux abords du pont Hyppolite, maintenant paralysé par un invraisemblable embouteillage. Depuis que la radio avait annoncé la mort de Jean-Bart, personne, à vrai dire, ne tenait en place. Des enfants gouailleurs entraient à leur tour dans la ronde et, avec des boîtes de conserve attachées aux chevilles, couraient çà et là, chargés de ce bruyant attirail. De squelettiques cabots les poursuivaient tout en aboyant avec frénésie. Il régnait au Cap un tapage du tonnerre, un infernal boucan de révolution.

Sous la dentelle des balcons de guingois, des vieillards poussaient, entre deux sucées de pipe, des soupirs d'impuissance. D'autres, à la nervosité croissante, agitaient leur canne de gaïac tout en récitant des oraisons à saint Jacques le Majeur. De porte en porte, une rumeur circulait. On disait qu'une flopée de bougres, *mazinflins* de leur état, allaient quitter la montagne pour tout mettre à sac. Les commerçants, qui pour la plupart étaient Syriens, Italiens, ou encore des Nègres riches, des Mulâtres, avaient vite fermé boutique. Ces *zotobrés* n'avaient rien eu de plus pressé que d'aller se terrer dans leurs villas, laissant la piétaille à sa basse besogne de destruction. En ce mois de novembre de l'An de turbulence, la ville, assurément, ressemblait à une marmite en ébullition.

Nadeige héla un taxi en maraude et s'y engouffra. Au ralenti, la voiture s'engagea sur le pont Hyppolite. De jeunes malotrus, qui allaient à pied, la précédaient en occupant toute la chaussée. Mécontents d'avoir à se ranger pour faire place au véhicule, ils frappèrent à gros coups de poing sur le capot tout en vociférant, à gorge déployée : « Passez, foutre Papa caca! »

Le chauffeur, qui ne tenait pas à envenimer les choses, se borna à hausser les épaules. Nadeige fulminait. Elle savait néanmoins qu'en ce moment, elle avait tout intérêt à se dominer. Prenant son mal en patience, elle reporta son attention sur les alentours, qu'elle observa avec une feinte curiosité. Elle fut prise d'un léger haut-le-corps. Sa mâchoire inférieure tremblait nerveusement. Pour la première fois, elle semblait prendre la pleine mesure de la déchéance du Cap. La ville, avec ses masures altières, chancelait de désespoir. Son Cap-Haïtien était devenu un bestiaire de Nègres capons, un dortoir de Nègres sans couilles dont l'unique souci était de faire la bamboula. L'antique cité qui, un temps, avait été la plaque tournante des Antilles, paraissait à l'agonie. Sans dignité, elle offrait à tout venant ses plaies béantes, où grouillaient par milliers des hommes exsangues et gangrenés de rancœur.

Nadeige poursuivit cette inspection le cœur battant. Tout le long de la grève brûlaient des pneus et des troncs d'arbres. En bas, sous le pont, on avait allumé un grand feu de joie ; les étincelles jaillissaient de ce brasier comme des feux de Bengale. Le *lakou-fourmi*[1] baignait dans un éclairage brutal, livrant aux regards indiscrets la promiscuité de ses lieux. De ce trou-punaise, où bivouaquaient hommes et bêtes en proportion égale, montait une odeur de putréfaction qui se confondait à celles des égouts et des latrines débordantes. Malgré l'abondance des frangipaniers qu'on avait plantés ici et là pour parfumer ces vieilles misères, l'immonde relent persistait, découvrant mieux qu'une image la sordide pauvreté. Ah ! on était ici au royaume de La Fossette, en plein dans la fosse des Nègres en haillons, ceux-là mêmes qui, à n'en plus finir, bambochaient pour oublier la déveine de leur race !

L'horizon, à son tour, s'était barbouillé de cendres et de suie. La nuit antillaise était déjà tombée, déployant, sur la scène étriquée du Cap, un somptueux rideau noir pailleté d'étoiles d'argent. On allait entendre bientôt, venant de la montagne, les premiers accords du tambour somnambule.

La circulation parut se désengorger. Le chauffeur de taxi se retourna brusquement. On eût dit qu'il venait de constater la présence de sa passagère. Il cligna des yeux puis, un rien narquois, engagea la conversation : « Madame, vous ne m'avez pas dit où vous allez ? » « Déposez-moi à la Petite-Guinée », fit-elle évasivement. Le chauffeur fit démarrer la voiture et poursuivit : « Ah ! Ils ont eu ce qu'ils méritaient... Vous avez vu, madame, il

---

1. Bidonville improvisé, fourmillant de gens venus le plus souvent de la campagne.

n'y a toujours pas un gendarme en devoir. Il paraît qu'ils sont en réunion. La vérité, madame, c'est qu'ils ont la chienne à cause des rats qui ont envahi la prison Le Dernier Repos. Et, bien sûr, à cause de la mort de Jean-Bart. On dit même que c'est la *mambô* de la Petite-Guinée qui a eu sa peau. Si c'est le cas, on lui doit une fière chandelle, à cette femme ! Dommage qu'on lui coure après, à l'heure qu'il est. Mais je sais qu'on ne l'aura pas. C'est-à-dire que, euh… » Le chauffeur, conscient d'avoir trop parlé, bégaya, toussa et ferma d'un coup sec son moulin à paroles. Penaud, il jetait de temps à autre un coup d'œil au rétroviseur, à l'affût d'un mot qui trancherait cette épineuse question : sa passagère cachait-elle une espionne à la solde de l'État ?

Nadeige émergea de sa léthargie quand elle entendit le chauffeur lui dire, sur un ton plus bas cette fois : « Je disais ça comme ça, pour parler. Vous savez, on dit pas mal de choses sans vraiment y penser. » « Soyez sans crainte cher Monsieur, fit-elle, je ne suis à la solde de personne. Continuez à dire ce que vous pensez, c'est la seule façon de leur montrer que vous existez. Les lâches vivent bien et plus longtemps, mais à quel prix ! Soyez brave ! Vivez l'instant présent la tête haute, mon ami ! »

Ces paroles semblèrent calmer le chauffeur. L'œil rivé à la route, il gravit lentement la côte de la Petite-Guinée, qui était abrupte. Il tourna à gauche, suivant les indications de Nadeige. Ses phares, aussitôt, déchirèrent la foule en deux. Le brouhaha semblait atteindre ici son paroxysme, comme si tous les bruits de la ville venaient mourir dans le quartier. Nadeige perçut néanmoins la modulation rauque d'un tambour qu'on caressait. Toum, toum. Tam, tam… Elle savait que Ti-Koyo le tambourinaire ne pouvait être loin. Lui seul était capable de chevaucher le fameux instrument et d'en tirer cette richesse mélodique, ce rythme caraïbe. Il était le maître des sons, le magicien de la musique de la nuit. Nadeige baissa machinalement la vitre et le chercha des yeux. En vain. Faute de pouvoir avancer, elle s'attarda au spectacle qui s'offrait à elle.

La caravane de *raras* était en marche. On allumait des quinquets, des margotins de bois-pin et leurs petites flammes s'agitaient au gré de l'alizé. On exhibait des écriteaux. Sur l'un d'eux, on pouvait lire : « La maison de Jean-Bart à brûler ! » Les hommes, débarrassés de leurs chemises, allaient et venaient torse nu. Des femmes de bonne caste suivaient le défilé sur les trottoirs, où elles se trémoussaient avec mignardise. D'autres, aguerries par des années de lupanar, avaient la jupe relevée. Elles dansaient comme des bacchantes en rut et s'aéraient le sexe avec d'énormes éventails. Les applaudissements fusaient de toute part pour encourager l'étalement de cette obscénité.

La caravane s'arrêta devant l'hôpital Justinien. La musique était vibrante, tonitruante. Une femme masquée portant un justaucorps se démarquait maintenant des autres. Elle brassait ses hanches avec hardiesse en attendant la venue d'un mâle prêt à lui donner le change. Tantôt, elle louvoyait des épaules, tantôt elle faisait des entrechats. De son bas-ventre pleuvaient *chicas*[1] et *grouillades*[2]. Bientôt, s'amena le chevalier espéré. Il était de grande taille et se couvrait le visage d'un masque à l'effigie de Jean-Bart. Au vu de cette figure hideuse, la foule hurla avec frénésie. Persifleur, le commandant revenait du royaume des morts afin de cirer, une dernière fois, la devanture d'une vivante.

La femme masquée l'interpella d'un signe du doigt. Elle se cambrait sans vergogne, les bras ceignant un *poteau-mitan* imaginaire. L'orchestration endiablée des flûtes de bambou et des tambours vaudou l'avait envoûtée raide. Du moins le laissait-elle croire à la populace, qui ne demandait pas mieux. Le commandant était aux anges en voyant ce *piment-bouc* sorti tout droit des jardins du paradis. Cette femme de chair, tout en rondeurs provocantes et qui, de surcroît, fleurait bon la Marie-Madeleine, serait sa partenaire de bacchanale. À pas lents, il s'avança vers elle et,

---

1. Mouvement pelvien de l'avant vers l'arrière.
2. Mouvement giratoire de la hanche.

quand il fut assez proche, plia les genoux pour être à sa hauteur. Une cacophonie de voix tapageuses accueillit cette initiative. La femme infléchit le bassin, tout en s'évertuant à faire des petits bonds. Puis, elle fit trembler son corps comme si, tout à coup, un courant intérieur l'électrisait. Derrière son masque de carnaval, on la devinait belle luronne avec, en prime, une croupe heureuse. Il y avait fort à parier qu'elle n'avait pas fini d'absorber, dans sa conque marine, toutes les écumes de la mer. Le commandant lui ouvrit grand les bras et, aussitôt, elle vint se plaquer sur lui. Il la couvrit de sa haute stature. Pubis contre pubis, ils besognèrent ferme pour le plaisir des yeux. Le tambour hoquetait une *rabordaille* rythmée et, comme des dieux fous, ils se livrèrent avec une frénésie redoublée à la danse de la perdition.

Soudain, des pétards retentirent. Un hourvari de joie montait de partout. La musique s'arrêta aussitôt, comme pour marquer une pause. Le commandant porta la main à sa tempe, semblant frappé par la déflagration qu'on venait d'entendre. Il tournoya sur lui-même et tomba face contre terre. Or, son profil sournois semblait plus que jamais narguer ce public auquel il vouait une haine sans merci. Vindicatif, le peuple supplia la femme de l'achever pour de bon. Elle s'exécuta et, pour parfaire ce simulacre de mort, arracha net de la tête du géant le masque honni, duquel pendouillait une langue fluorescente. La femme agita fébrilement ce faciès moribond aux quatre points cardinaux. Pour finir, elle le livra à la foule en délire qui ne demandait pas mieux que de le brûler.

Nadeige, juchée sur le capot du taxi, n'avait rien perdu de toute la scène. Elle semblait revenir de loin ; un indéfinissable malaise la gagnait peu à peu. Sans plus attendre, elle demanda au chauffeur de la reconduire chez elle, devant les décombres de sa maison.

La caravane de *raras* venait de se remettre en marche vers Ducroix, emportant avec elle ses pantins en goguette, grisés à l'excès par le vin frelaté du libertinage. Comme elle fermait la portière, Nadeige entendit clairement, comme si cette dernière phrase lui était adressée : « Il y a la maison de Jean-Bart à brûler! *Roye! Roye!* On va finir le travail de la *mambô*. À l'assaut, mes amis! *Roye!* »

La petite phrase du chauffeur lui revint : « On lui doit une fière chandelle, à cette femme... » Dès lors, le carnage qu'elle avait provoqué lui parut reposer sur un énorme malentendu. Elle n'avait agi que pour sauver son fils et venger celui de Léonce. Voilà qu'on la hissait au rang d'héroïne. Elle devenait, en quelque sorte, le porte-étendard de la justice. Le déferlement de joie qui, à cette heure, poussait le peuple aux pires outrances, reposait en fait sur sa propre déchéance. Elle avait cédé au mal, donné la mort, entraîné son fils dans le sillage de cette souillure. Le peuple se chargeait de le lui rappeler avec éclat. Toutes ces clameurs, cette euphorie, avaient pour elle un goût de fiel, de cendres et de défaite.

La mine basse, Nadeige regarda partir le taxi et, en quelques longues enjambées, traversa la rue désormais silencieuse. Le vent, à forte saveur océane, répandait un baume cicatrisant. Soudain, à l'autre bout du trottoir, elle vit trois personnes qui s'amenaient dans sa direction. Le trio, suivi d'un guide, s'arrêtait ici et là pour interroger les rares piétons encore dans les parages. Cette présence lui parut suspecte, voire de fâcheux augure. Nadeige, déjà, devinait qui étaient ces gens sans même avoir entendu leur accent nasillard. Ils ne pouvaient être, pensait-elle, que des agents du FBI lâchés à ses trousses pour élucider la mort de Badinxter et de Schultz. Ils arrivaient maintenant. Nadeige eut un mouvement de recul et songea à s'enfuir. Au dernier moment, craignant d'éveiller leurs soupçons, elle se ravisa. Leurs regards méfiants se posèrent sur elle. Ils la dévisageaient sans gêne, tels des chiens aguerris flairant le gibier. Une boule d'angoisse gonflait dans sa poitrine. Elle s'en voulait d'être revenue pour se faire piéger, chez elle, comme la dernière des demeurées. Qu'avait-elle donc pensé? Se pouvait-il que ces étrangers soient venus dans l'intention de la tuer? Ah! comme elle aurait voulu en cet instant être ailleurs!

Les Esprits malins qu'elle avait reniés rôdaient à présent.
Sans doute cherchaient-ils à la mettre à l'épreuve. La tentation
était forte mais Nadeige, néanmoins, arriva à se contenir.
L'image de son fils avait surgi dans son esprit, l'espace d'une
seconde, comme un rappel à l'ordre. Elle rouvrit les yeux et vit, à
ses côtés, une dame fière au visage ombré d'une voilette noire.
Nadeige lui jeta un regard inquiet et se décida à prendre les
devants : « Qu'est-ce qui amène ces blancs-becs ici ? » lança-t-elle
au guide, resté en retrait. « Ces messieurs et cette dame recher-
chent une certaine *mambô*. Aux dernières nouvelles, elle habitait
aux alentours », fit-il savoir d'un air empesé. Nadeige eut un éclat
de rire glacial : « Mais mon petit vieux, il y a des tonnes de *mambôs* ici ! C'est comme chercher une aiguille dans une botte de
foin ! » siffla-t-elle. Tout en parlant, elle tapa amicalement la joue
du guide et déguerpit à foulées amples. « On ne me le fait pas, ce
coup-là ! » souffla-t-elle.

Comme elle tournait le coin de la rue, la dame à la voilette
noire se ressaisit et, bousculant ses collègues, s'écria d'une voix qui
s'étranglait : « Rattrapez-la ! Rattrapez-la ! C'est elle que nous
recherchons ! Je le sens. C'est elle, la *mambô* ! » Les deux quidams
s'élancèrent au pas de course, le revolver au poing. Ils s'arrêtèrent
net, en atteignant l'intersection, tels des chiens rendus au bout de
leurs laisses. Puis ils tournèrent en rond en s'interrogeant récipro-
quement du regard. Une effraie chuinta dans la nuit. Sur la chaussée, un pas rapide résonna, décrut, s'éloigna. La rue était
désormais déserte, vidée de toute présence humaine. Seule une
vapeur crayeuse flottait dans les airs.

Une demi-heure plus tard, Nadeige descendit d'un taxi. Elle
se trouvait devant la villa des Messidor. Elle traversa la grande
allée et marqua une pause, saisie par le désir impérieux de voir le
panorama. Les arbres avinés de sève oscillaient au-dessus de sa

tête. Avec grâce, leurs noires frondaisons ployaient et dansaient, suivant une mélopée que les végétaux seuls connaissent. On la percevait aux harmonieux chuchotements que le vent suscitait en les caressant au passage. Ici, à Carénage, on était dans un havre de paix. Tout était silence, ou presque. On entendait encore au loin le roulement cadencé des tambours somnambules. Sous l'emprise de la lune, la mer, toute proche, semblait rêver tout haut d'alevins d'eau douce, de coraux blancs, de requins apprivoisés. Sur elle scintillaient, par vagues successives, des éclats d'écailles et des muqueuses argentées. Nadeige s'ébroua : il était temps de faire quelque chose.

Pourquoi suis-je venue ici ? Je m'écarte de mon chemin. Pourtant, cette course folle doit prendre fin, je le sais.

Nadeige réfléchit encore un moment, puis se décida. Elle alla frapper à la porte des Messidor. Trois coups secs. Elle entendit un grincement de chaise, suivi de bruits de pas très lents. La porte s'ouvrit enfin, laissant apparaître le père Messidor. L'homme lui ouvrit grand les bras : « Ooh ! quelle belle surprise ! Mais entre ! Ne reste pas dans le courant d'air », gloussa-t-il, avec les gestes empressés des personnes qui aiment recevoir. Avant de refermer la porte, il allongea le cou vers la rue et vit qu'un taxi attendait : « Ma foi, on t'attend ! Dis au chauffeur qu'il peut repartir. On aura à causer, toi et moi », acheva-t-il.

Nadeige recula pour mieux le regarder : « Ma parole ! tu as une mine de pendu, Léonce. Qu'est-ce qui se passe ? Est-ce que tu t'es vu dans un miroir ? » « Tu n'as pas fait tout ce chemin pour me parler de ma mine ! » « Pas tout à fait », admit-elle, en fouillant des yeux le vestibule chichement éclairé. « Allons nous asseoir, nous serons plus à l'aise pour parler, ne penses-tu pas ? »

Léonce se dirigea d'un pas traînant vers le salon. Il fit signe à Nadeige de s'asseoir mais celle-ci préféra rester debout. Ses yeux balayaient l'escalier dans l'espoir d'y voir surgir Frank et Gabriella. Cette attente se prolongea et lui parut bientôt inutile : « Est-ce que mon fils est venu ici ? Je sens sa présence, bien que je craigne qu'il ne soit déjà parti... Est-ce que tu l'as vu, Léonce? Dis-le moi!» fit-elle, avec une moue d'impatience. «Pas de panique, Nadeige. C'est toi qui en fais une tête, maintenant! Oui, je l'ai vu comme je te vois, assis là-bas près du piano.» «Mais, tu ne m'as toujours pas dit où il est allé? Tu dois bien deviner que je suis venue pour ça?» «Il vient tout juste de partir... pour aller à la cascade, avec Gabriella. Il sera là bientôt. T'inquiète pas. Prends au moins le temps de t'asseoir; il est maintenant hors de danger, non? Je vais te préparer un café bien corsé. Ça nous fera du bien, après tout...»

«Oui... un bon café», murmura-t-elle, évasive.

Le père Messidor s'esquiva. Nadeige l'entendait parler, dans la cuisine, sans saisir ce qu'il disait. En fait, une horde de pensées la submergeaient, tout comme tantôt, à la Petite-Guinée. La conscience réclamait des comptes à la raison et l'examen s'avérait pénible. Une part d'elle-même s'insurgeait contre le carnage des dernières heures, réprouvant ces effusions de sang qu'elle avait provoquées. L'instant d'après, la colère enrayait ses remords. Elle semblait s'enfoncer de nouveau dans un désir de vengeance inextricable. Son esprit, longtemps, tourna en rond, assiégé d'images folles, d'idées confuses.

Elle en était là lorsque son hôte revint dans la pièce, les mains chargées d'un plateau. L'arôme du café montait dans l'air, réconfortant. Léonce rompit enfin le silence : «Je suis navré de t'avoir fait attendre. Je n'arrivais pas à trouver le café. Tu sais ce que c'est d'être seul, perdu dans une grande maison. Parfois, il m'arrive d'oublier...» «Je comprends ça», souffla-t-elle sans conviction. De nouveau, ils se regardèrent en silence. Leurs visages étaient empreints de gravité. Dans le malheur qui les rapprochait, l'un et l'autre semblaient tout à coup se ressembler. D'une voix sourde, ils échangèrent des banalités, évitant toute conversation épineuse. Le père Messidor restait sur ses gardes, mesuré dans ses paroles et taisait toute allusion à sa femme. Pour tout dire, il se sentait en transit à cette heure de sa vie. Sa vie qui avait chuté dans un vide

sans fond depuis que, brutalement, il avait assassiné Rita. Il souffrait à présent le martyre mais, tel un héros de la tragédie grecque,
il se soumettait à cet avatar du destin avec une résignation altière.
Ainsi, entre Nadeige et lui, une tacite complicité s'installait sans
qu'aucune parole ne soit prononcée.

Au bout d'un moment, celle-ci parut s'absorber de nouveau
dans une méditation douloureuse. Dans sa tête, un processus de
reconstruction d'événements s'était brutalement enclenché. Tout
cela était arrivé, faut-il le dire, parce qu'elle avait voulu mettre son
fils à l'abri de la méchanceté des hommes. Voire, pour le jeter
dans les bras d'une femme de rêve, pour lui permettre de vivre un
amour profond et durable. Nadeige admettait enfin qu'un trop-
plein d'amour maternel, cet autre versant de l'amour, avait
dérangé ses sens et fait bifurquer sa raison du droit chemin.

Son regard s'abîma dans la contemplation d'une photo. On y
voyait une jeune fille en robe de première communiante. Cette
image qui, en fait, était celle de Gabriella enfant, éveilla quelque
chose en elle avec l'intensité d'un éclair lors d'une nuit d'orage.
Enfouissant la tête dans ses mains, elle ne put réprimer plus longtemps de violents sanglots. Dans la solitude de cette vieille
hacienda, elle crevait enfin son kyste de haine, se libérant l'âme et
le corps de trois années de contingences hostiles.

Léonce qui, depuis un moment, s'abîmait aussi dans un lourd
silence, s'approcha d'elle : « Pleure, ma chère, pleure, tu te sentiras
mieux après », lui souffla-t-il, désemparé. « Pourquoi est-ce que
tout ça m'est arrivé, à moi ? J'étais toute seule dans mon coin, à
m'occuper de mes affaires. Ah ! ce n'était pas le paradis, mais j'étais
satisfaite ! Je menais une vie simple avec mon fils et mes voisines.
Je n'étais ni riche ni pauvre et je n'aspirais pas davantage au Pérou.
Je n'avais qu'une seule ambition, c'était de voir mon Frank heureux. Je pensais avoir réussi quand tout a basculé, quand il s'est
avisé de choisir ce métier de fou. Je lui répétais d'arrêter d'écrire
des horreurs dans le journal. Il n'écoutait pas. De nos jours, les
enfants n'écoutent plus les conseils de personne… Il pensait avoir

le droit de dire ce qu'il voulait. Ah! ça oui, il avait du jugement! Mais pas assez pour voir ce qui lui pendait au bout du nez. Je lui disais qu'il allait mal finir au pays d'Haïti. Bien sûr, il se croyait invulnérable… Ah! ce pays de merde, il ne fait que bouffer nos enfants! Le mien, le seul que j'ai. Je ne pouvais permettre que Jean-Bart vienne me l'enlever à la vie! Plus d'une fois, je l'ai enjoint de partir, de fuir ce pays de sang et de mort avant qu'il ne soit trop tard. S'il m'avait écoutée, je n'en serais pas là, foutre-tonnerre! À présent, mes mains sont sales. J'ai tué, entends-tu? Pour mon âme noire, il n'y a pas de salut… Et puis, qu'est-ce que j'en ai à foutre, de mon salut? Puisqu'il ne me reste plus rien. Rien. Ma maison a été détruite, incendiée par ces chiens sales de militaires. Et me voilà condamnée à fuir. »

Du regard, maintenant, elle invitait Léonce à partager son chagrin : « Chut! Tu as fait ce que tu devais faire, c'est du passé tout ça », fit-il, en la dirigeant vers un fauteuil. Puis il ajouta, d'un ton solennel : « Tu n'as pas commis ce carnage en vain. Tu as été l'instrument, l'instrument, m'entends-tu, d'une vengeance commune. On a tous profité de ton courage. À commencer par moi. D'ordinaire, les *mambôs* et les *houngans* vont aux plus offrants. Ils vendent leur science aux assassins, aux macoutes, alors que toi, tu as pris le chemin opposé. Tu n'as pas seulement vengé ton fils, tu as aussi vengé le mien. Enfin, tout le peuple. Ce commandant et ses comparses ont eu ce qu'ils méritaient. Si tu es coupable, dis-toi bien que je le suis autant que toi! » lança-t-il, tout en assénant un coup de poing sur la table.

« Mais Léonce, j'ai tué de mes mains! Y as-tu pensé? coupa Nadeige. J'ai donné la mort! Non, à une personne, mais à quatre! Je ne peux faire comme si rien ne s'était passé. Je me sens comme eux, oui, une bête assoiffée de vengeance, sans foi ni loi. Rien ne sera plus pareil désormais. J'ai honte, très honte, Léonce. Pour tout dire, je ne vois pas de motif acceptable pour justifier mes actes. » « Pas de motif acceptable… » Ces confidences, pour Léonce, étaient d'une ironie cruelle. Sa propre honte allait croissant devant cette femme qui le prenait à témoin de son indignité. Il se sentait piégé et son silence, à présent, lui devenait insupportable. Fatalement, il ne pouvait faire marche arrière et payait le prix fort pour son égarement.

Je n'aurais pas voulu pleurer devant lui. Hélas! c'était plus fort que moi. Ah! Saint des saints, je me sens si lasse…

Léonce paraissait accablé, ce qui n'avait pas échappé à Nadeige. Sans doute était-elle allée trop loin. Il y eut un moment de flottement que le père Messidor mit à profit pour retrouver son sang-froid. Il dut se cravacher pour y parvenir mais, il y arriva et reprit son argumentation là où il l'avait laissée : « Tu dois aussi te dire que tes actes, comme tu dis, ont servi à réunir deux êtres qui s'aiment d'amour. Côté face, c'est le désastre pour certains. Côté pile, c'est le bonheur pour Frank et Gabriella. Ta colère, tout compte fait, a engendré quelque chose de bon. Tu dois penser à toi, maintenant. À ce que tu vas faire. À demain… Frank sera là bientôt. Il nous aidera à trouver une solution. »

Non! Je ne veux pas que Frank me voie dans cet état! J'ai trop honte. Tout, mais pas ça! Lui qui, toujours, disait que sa mère ne pouvait faire de mal à une mouche. Pauvre petit, s'il avait su! Sa bonne fée de mère s'est changée en meurtrière : la rumeur le lui dira. Gabriella, peut-être, l'aura deviné… Il me faut partir au plus tôt, loin d'ici. Quitter l'île. À moins que… Pourquoi pas?

Nadeige leva vers Léonce des yeux brillants et lui jeta à brûle-pourpoint : « Je n'attendrai pas Frank. Il vaut mieux que je m'en aille loin de cette ville. » Le vieil homme, qui ne s'attendait pas à un tel revirement, la contempla, l'air interloqué. « Où veux-tu aller? » « À San Pedro de Macoris, en République dominicaine, répondit-elle avec assurance. J'ai une sœur qui est très bien installée là-bas. Elle pourra sûrement m'héberger pour quelque temps. » « Penses-y comme il faut, chère amie. On ne part pas en voyage les mains vides, sans passeport et sans argent. Traverser la frontière, tu dois bien le savoir, n'est pas chose facile depuis quelque temps. Sauf, bien sûr, pour ceux qui sont en règle. » « Je m'arrangerai bien, ne t'en fais pas. C'est une question de… »

Léonce ne la laissa pas achever : « Ah non! plus de folies! D'accord que tu partes pour te faire oublier. Encore faut-il que tu le fasses dans les règles! Il y a sûrement un moyen de s'arranger sans te mettre en danger, encore une fois. Tu es en sécurité ici. Nous avons tout notre temps. »

« Justement, rectifia Nadeige, je n'ai plus de temps pour réfléchir. Il me faut déguerpir au plus vite. » « Du calme, du calme, fit Léonce, avec l'air triomphant de celui qui, soudain, a trouvé la solution d'une énigme. Comment n'y ai-je pas pensé plus tôt? Attends-moi une minute, je reviens », ajouta-t-il d'un ton empressé.

Je n'aurais pas dû venir ici… Non mais, quelle histoire!

Nadeige, tout en s'admonestant, arpentait la pièce de long en large, les bras croisés, la mine soucieuse. Elle entendait Léonce parler au téléphone sans comprendre de quoi il s'agissait. Au bout d'un moment, son hôte revint dans la pièce avec, à la main, une grande enveloppe. Il l'adjura d'attendre pour l'ouvrir, de lui faire confiance : « Une chose est sûre, précisa-t-il en la lui tendant, tu trouveras là-dedans tout ce qu'il faut pour passer la frontière sans encombre. Il y a un petit détail de photo à régler; maître Laroche s'en chargera. Ensuite, il te conduira lui-même à San Pedro de Macoris et, de là, tu décideras de la suite. Comme de gagner les États-Unis ou le Canada, si le cœur t'en dit. Voilà, je crois avoir tout dit. »

Nadeige fixait l'enveloppe, stupéfaite. Elle devait se décider tout de suite. Sans doute Léonce avait-il raison : elle tenait à la main sa meilleure chance de se faire oublier. Ne sachant que dire, elle se hissa sur la pointe des pieds pour l'embrasser. Cet élan soudain émut le vieil homme qui, fidèle à lui-même, battit aussitôt en retraite. Il se frotta les mains, histoire de se redonner un peu d'énergie : « Je vais t'y conduire tout de suite, si tu n'y vois pas d'inconvénient. » « Puis-je te demander une faveur? coupa

Nadeige. J'aimerais avant tout que tu me conduises auprès de Frank. Il est bien allé à cette cascade, n'est-ce pas ? J'aimerais le voir une dernière fois, rien que pour quelques minutes. »

Léonce acquiesça du menton et l'invita à le suivre. Ils s'engagèrent dans le sentier menant à la montagne. Le clair de lune éclairait leurs pas, fourrageait la noirceur, faisant presque surgir des buissons des formes surnaturelles. Au bout d'un moment, ils atteignirent une éminence tapissée de hautes herbes et la contournèrent. La cascade apparut, belle et mystérieuse, modulant comme toujours sa tumultueuse ritournelle au seul bénéfice des étoiles.

Au pied du torrent, Nadeige se cabra. Frank et Gabriella, enlacés, dérivaient à la surface de l'eau. Leurs rires se perdaient dans le grondement des eaux bouillonnantes. Nadeige contemplait la scène. Pas un mot ne sortait de sa bouche. Or, son visage exprimait un sentiment de soulagement infini, comme si, depuis des lustres, elle rêvait de cette alliance.

Ma tâche est accomplie. Je peux partir...

Léonce lui souffla qu'il irait l'attendre au pied de la côte. Elle se retourna pour voir disparaître, telle une ombre sylvestre, sa haute silhouette, puis leva la tête pour regarder la nuit. Un moment, elle laissa errer son regard sur ce ciel chargé de mystères où la lune, à l'instant, perçait des lambeaux de nuages.

Nadeige resta un temps sans bouger. La tête lui tournait agréablement. Une délicieuse sensation d'irréalité s'emparait d'elle. Allégée d'un lourd fardeau, il lui semblait flotter dans l'espace, avec ivresse. Les mauvais souvenirs fuyaient, désertaient sa conscience. Plus rien n'existait, hormis la volonté de vivre une paix durable, loin des frayeurs du monde.

La brise du soir lui léchait la figure. Elle soupira d'aise et ferma les paupières. Elle allait glisser dans le sommeil quand une voix la tira de cet engourdissement. Elle tendit l'oreille. Dans le lointain, Gabriella chantait, d'une voix cristalline, sa mélopée à son homme. Cette tessiture irréelle, rythmée à plaisir par le vent,

se répercutait au plus profond d'elle-même. Nadeige reconnaissait la chanson que Frank, au sortir de l'enfance, fredonnait sans
cesse : *Tous les garçons et les filles de mon âge savent bien ce que c'est
que l'amour...* Cette voix était une caresse. On eût dit celle d'un
ange, qui s'adressait aux hommes à l'affût de merveilles. Elle semblait sourdre de très loin, d'une infinie distance. Nadeige aurait
juré qu'elle venait de là-haut, de cet immense arbre à palabres où,
par grappes, étaient accrochées les étoiles vives, mûres à point,
que des yeux, de par le vaste monde, croquaient à l'instant du
regard. ♣

Table des matières

PAO : réalisation des Éditions Vents d'Ouest inc. (Hull)
Négatifs de la page couverture : Imprimerie Gauvin (Hull)
Impression : AGMV Marquis imprimeur inc. (Cap-Saint-Ignace)

Achevé d'imprimer en septembre
mil neuf cent quatre-vingt-dix-sept

Imprimé au Québec (Canada)